김강현 신무협 장편소설

ORIENTAL FANTASYSTORY & ADVENTURE

황금공자

黄金公子

③

dream
books
드림북스

황금공자 3 혈룡귀갑대

초판 1쇄 인쇄 / 2011년 10월 14일
초판 1쇄 발행 / 2011년 10월 24일

지은이 / 김강현

발행인 / 오영배
편집팀장 / 신동철
책임편집 / 오승화
편집디자인 / 신경선
펴낸 곳 / (주)삼양출판사 · 드림북스

주소 / 서울특별시 강북구 송천동 322-10호
대표 전화 / 02-980-2112 팩스 / 02-983-0660
편집부 전화 / 02-980-2116 팩스 / 02-983-8201
블로그 / blog.naver.com/dreambookss

등록번호 / 제9-00046호
등록일자 / 1999년 3월 11일

ⓒ 김강현, 2011

값 8,000원

ISBN 978-89-542-4526-5 (04810) / 978-89-542-4523-4 (세트)

* 지은이와 협의하에 인지는 생략합니다.
* 잘못된 책은 구입한 곳에서 바꾸어 드립니다.

목차

제1장
혈룡귀갑대주
금철휘

　폭풍 같은 시간이 흘러갔다. 백검화는 정말로 오랫동안 정
신을 차리지 못했다. 하지만 이내 정신을 수습했다. 생각해
보면 너무 황당한 말이었다.

　"전 정말 진지하게 물어본 거랍니다."

　"나도 진지하게 대답한 거야."

　백검화가 살짝 눈살을 찌푸렸다. 아무리 그래도 자신이 혈
룡귀갑대주라는 말은 너무 지나쳤다. 웬만한 장난은 그냥 넘
어가 줄 수 있지만 혈룡귀갑대주에 관계된 장난은 받아주고
싶지 않았다.

　백검화는 금철휘를 똑바로 바라봤다. 금철휘의 얼굴에는

장난기가 어려 있었다. 하지만 눈빛은 더없이 맑았다. 왠지 거짓을 말하는 것 같지가 않았다. 그래서 혼란스러웠다.

"대체…… 대체 제게 왜 이러시는 거죠?"

"그걸 나한테 물어보면 어떻게 해? 관계가 궁금하다고 먼저 말 꺼낸 사람이 누군데?"

백검화는 한숨을 내쉬었다. 따지고 보면 맞다. 자기가 먼저 말을 꺼냈다. 금철휘는 그저 대답한 것뿐이다. 그녀는 다시 한 번 금철휘를 바라봤다. 고작 스물한 살의 청년일 뿐이다. 한데 이렇게 마주하며 대화를 나누다 보면 종종 나이를 잊는다. 마치 백검화 자신보다 더 나이가 많은 사람을 상대하는 기분이 들었다.

'그래서 더 혼란스러워.'

항상 나이에 맞는 행동을 한다면 그나마 혼란스럽지는 않을 것이다. 한데 가끔 금철휘가 보여주는 그 번득임이 백검화를 계속 당황스럽게 만들었다. 그때마다 금철휘에게서 혈룡귀갑대주의 그림자가 불쑥 튀어나온다.

"하지만 말이 안 되잖아요. 금 공자가 혈룡귀갑대주라니. 그분은 이미……."

백검화의 표정이 어두워졌다. 차마 자기 입으로 그 사람이 죽었다는 말을 할 수 없었다.

'뭐야? 저 표정은.'

금철휘는 백검화의 표정을 보고는 분위기가 묘하다는 것

을 깨달았다. 본래 제삼자의 입장에 서면 훨씬 잘 보이는 법이다. 백검화가 짓는 표정은 아쉬움이나 안타까움 이상의 감정이 담겨 있었다.

"내가 태어나기도 전에 죽은 사람은 아니잖아?"

백검화의 눈이 커다래졌다. 금철휘의 말에 묘한 느낌이 담겨 있었다.

"그 말은…… 예전에 만난 적이 있단 말인가요?"

"거기까지. 나머지는 혼자서 상상의 나래를 펼쳐 봐."

금철휘는 씨익 웃으며 술잔을 비웠다. 백검화는 술을 따라 주며 생각에 잠겼다. 혼자서 상상의 나래를 펼쳐 보라니, 더 이상 얘기해 주지 않겠다는 뜻 아닌가. 한참을 생각하던 백검화는 다시 금철휘를 바라보며 물었다.

"한데 혈룡귀갑대주의 이름이 금철휘라는 것, 진짜인가요?"

금철휘가 자신 있게 고개를 끄덕였다.

"확실해. 그건 내가 보장하지."

백검화는 참으로 묘한 일이라고 생각하며 금철휘를 바라봤다. 이렇게 공교로울 수가 있을까. 둘이 이름까지 같다니 말이다.

'닮았어. 그것도 지나칠 정도로 닮았어.'

백검화는 그 생각을 떨쳐낼 수가 없었다. 차라리 동일인이라고 하면 속이 편할 것 같았다. 하지만 그건 절대 아니다. 눈앞에 있는 금철휘는 금룡장의 소장주인 금철휘지, 혈룡귀갑대주 금철휘가 될 수 없다.

'그분의 나이가 얼만데. 금룡장주님과도 별로 차이가 없을 텐데, 이 사람과 동일인이라니 말도 안 되지.'

결국 백검화는 시간만 보내고 결론을 내리지 못했다. 하지만 더 이상 혼란스럽지는 않았다. 금철휘는 금철휘고 혈룡귀갑대주는 혈룡귀갑대주다. 둘 사이에 뭔가 관계가 있는 건 분명하지만, 그 관계가 나쁘지는 않은 듯했다.

'그럼 됐어.'

백검화는 그렇게 생각하며 부드럽게 웃었다. 그리고 술잔을 금철휘에게 불쑥 내밀었다.

"저도 한잔 주세요."

금철휘가 그런 백검화를 보고는 대견하다는 듯 씨익 웃으며 술을 따라주었다. 백검화는 그 미소에 눈빛이 흔들렸다. 마치 혈룡귀갑대주가 자신에게 술을 따라주며 웃는 것 같았다. 그녀는 눈을 감고 술잔을 비웠다. 꼭 추억 속으로 들어간 듯한 기분이 들었다.

술자리는 밤늦도록 이어졌다. 백검화는 몰랐지만, 사실 금철휘도 그녀와 마찬가지로 추억을 안주 삼아 술을 마셨다.

*　　　*　　　*

금향각은 이제, 빠르게 구축한 정보망을 탄탄하게 다지는 일을 진행했다. 사실 그것이 가장 중요했다. 처음부터 목표가 사해방과 대등한 위치로 올라가는 거였기에 이미 충분할 정도로 성과를 얻었다.

"설마 가능할 줄은 몰랐는데……."

사실 화예지는 처음 금철휘로부터 이 계획을 들었을 때는 절대 목표를 이룰 수 없을 것으로 판단했다. 물론 큰 성과를 거둘 수는 있겠지만, 그게 전부일 거라 생각했다. 하지만 그건 그녀가 금철휘의 역량을, 아니, 금룡장의 역량을 너무 과소평가한 것이었다.

"명색이 정보를 다루는 사람이 그런 걸 제대로 파악하지 못하다니……."

살짝 자괴감이 들었지만 그래도 그 대상이 금룡장이기에 좀 덜했다. 금룡장은 정보조직들에게 알려진 것보다 훨씬 더 깊은 저력을 가지고 있었다.

어쨌든 금룡장의 힘을 등에 업고 금향각을 다시 만들다시피 했다. 물론 금룡장의 울타리를 벗어날 수 없게 되었지만 화예지는 전혀 불만이 없었다.

"이제 진짜 복수를 준비할 수 있어."

화예지의 눈에 불길이 타올랐다. 그녀는 몸이 부서져라 일을 하는 와중에도 결코 복수심을 놓지 않았다. 그녀가 하는 모든 일의 목표는 바로 복수였다.

"진추방……!"

그 이름을 되새기며 화예지는 이를 갈았다. 생각하면 할수록 가슴이 타들어가는 것만 같았다. 눈이 불에 타 새까맣게 재가 되는 듯했다.

진추방이 아니었다면 금향각은 지금보다 훨씬 커졌을 것이다. 굳이 금룡장의 힘을 등에 업지 않아도 최소한 절강 정도는 장악했을 것이다. 그 정도 역량은 충분히 갖추고 있었다.

하지만 진추방이 배신하고, 금향각의 자금과 알토란같은 정보들만 골라서 가져갔기 때문에 급격한 몰락의 길을 걸을 수밖에 없었다. 그나마 항주는 정보원들 간의 유대가 있어서 진추방의 영향을 덜 받았다. 그게 아니었다면 항주조차 제대로 수습하지 못했으리라.

화예지는 복수심을 되새기며 다시 일에 파묻혔다. 아직 끝난 게 아니다. 정보망을 다지며 가능성이 보이는 곳에 새로운 망을 구축해야 하고, 또 그에 따르는 제반 사항들을 정리해야만 한다. 아마 이번 일이 완전히 마무리되면 금향각은 어쩌면 사해방을 넘어설지도 모른다.

화예지가 머무는 곳, 향화루의 최상층에는 이내 종이 넘기는 소리만 가득해졌다.

*　　　*　　　*

금철휘는 오랜만에 아버지인 금룡장주 금일청과 마주했다. 오늘은 금철휘가 만나고자 해서 만난 게 아니라, 금일청이 금철휘를 불렀다. 상당히 이례적인 일이었다. 그동안은 금철휘가 아쉬운 게 있어서 금일청은 찾는 것이 대부분이었다. 이렇게 금일청이 금철휘를 찾은 건 거의 처음 있는 일이나 다름없었다.

금일청은 금철휘와 마주앉아 한동안 차를 즐겼다. 금철휘도 그 시간 자체를 즐기려 애썼다. 굳이 일 얘기를 먼저 꺼내 분위기를 깨기도 싫었기에 가족과 함께하는 분위기를 만끽했다.

'나쁘지 않아.'

항상 느끼는 거지만 이런 기분 참으로 괜찮았다. 예전 혈룡귀갑대 동료들과 함께할 때와 비슷하지만 미묘하게 다른 느낌이었다. 그리고 그 미묘한 차이가 주는 즐거움이 상당했다.

한동안 적막함이 계속되었다. 그리고 찻주전자가 비었을 때, 금일청이 먼저 침묵을 깼다.

"요즘 재미난 일을 벌였더구나."

"별로 재미있지는 않았습니다."

금철휘는 그렇게 말하며 또 묘한 느낌을 받았다. 전생에서 금철휘는 한 번도 존댓말을 써본 적이 없었다. 그랬기에 지금도 마찬가지로 누구를 만나든 말을 놔 버렸다. 어린놈이 버룻없다는 말을 들을 법도 한데, 금철휘가 가진 특유의 분위기 때문인지 한 번도 그런 반응을 받은 적은 없었다.

그런 금철휘가 유일하게 말을 높이는 대상이 바로 금일청이었다. 금철휘는 그것이 어색하면서도 다른 한편으로는 너무나 자연스럽고 포근해 처음에는 적잖게 당황했다. 하지만 이제는 그 자연스러움을 더 즐긴다. 그 포근함에 더 기댄다. 그게 또 나쁘지 않다.

"사해방은 함부로 건드리면 곤란한 자들이다."

"그들이 먼저 건드렸습니다."

금일청은 흐뭇하게 웃으며 고개를 끄덕였다. 사실 그동안 사해방과 금룡장은 거의 대등한 관계였다. 공생에 가까운 관계였다. 금룡장으로부터 사해방으로 흘러들어 가는 자금은 막대했다. 그 자금이 아니라면 사해방이 천하를 장악하다시피 할 수는 없었을 것이다.

그동안 사해방은 한 번도 금룡장을 적대하거나 야욕을 드러내지 않았다. 금룡장은 나름대로 사해방이 허튼짓을 할 경우에 대비해 몇 가지 조치를 취해 뒀다. 하지만 그것만으로는 부족했던 것이 사실이다.

어쨌든 이번 기회에 사해방이 어떤 마음을 품고 있는지 알게 되었고, 또 사해방의 힘을 훌륭히 극복해 내어 훨씬 단단하게 기반을 다졌다. 이 모든 것이 금철휘의 공이었다.

"만혈괴의는 어쩔 셈이냐?"

"어차피 똑같은 놈입니다. 한 번 더 이용해 먹어야지요."

금일청이 크게 고개를 끄덕였다.

"네가 마무리까지 알아서 하도록 해라. 슬슬 네게 내 자리를 물려줘도 괜찮을 것 같구나."

금일청의 말에 금철휘가 뜨악한 표정으로 그를 바라봤다.

"아직 삼십 년은 이르죠. 전 아직 멀었습니다."

"겸손이 지나치구나. 삼 년 안에 네게 모든 걸 물려주도록 하마."

금철휘가 씨익 웃었다.

"삼 일 안에 가출할지도 모릅니다."

금일청이 고개를 절레절레 저었다. 하지만 그러면서도 흐뭇한 표정을 감추지 못했다. 아들이 이렇게 성장했다는 사실이 기쁘면서도 뿌듯했다. 죽은 아내가 떠올랐다.

'보고 있소? 우리 아들이 이렇게 자랐다오.'

금일청은 시큰해지는 눈시울을 감추기 위해 천천히 자리에서 일어났다.

"이제 무엇을 할 생각이더냐?"

"금향각을 더 키워야죠. 그리고 응징도 마무리 지어야 하고요."

"응징?"

금철휘가 이를 드러내며 웃었다. 그 미소가 꽤 사나워 금일청은 눈에 이채를 띠었다. 자신의 아들에게 이런 면도 있다는 사실이 놀라웠다.

"사해방을 제가 그냥 둘 것 같습니까?"

사실 금철휘에게 있어서 금향각을 얻어 광범위한 정보망을 구축한 건 부수적인 일이었다. 금철휘가 원하는 것은 사해방의 몰락이었다. 금철휘는 예전 혈룡귀갑대 시절에 그렇게 살아왔다. 자신에게 해코지하는 자들을 단 한 번도 용서한 적이 없었다.

방식은 다르지만 이번에도 마찬가지다. 대신 그때는 피가 흘렀지만 이번에는 금이 흐른다는 게 다른 점이다. 아마 사해방은 막대한 금을 쏟아낸 뒤에 허망하게 스러질 것이다.

'내가 그렇게 만들 테니까.'

금철휘의 눈이 번쩍 빛났다. 그 결연한 의지가 금일청에게도 확실히 전달되었다. 금일청은 새삼스러운 눈으로 자신의 아들을 바라봤다.

"이제…… 정말 다 컸구나."

금일청은 고개를 끄덕이며 말했다.

"그래. 네가 하고 싶은 걸 해봐라. 마음껏 날개를 펼쳐 봐라. 내가 그 날개를 든든히 받치는 바람이 되어 주마. 하늘 끝까지 날아 봐라."

금철휘가 금일청을 바라봤다. 금철휘는 마음 한구석에서부터 차근차근 차오르는 생소한 감정에 당황스러웠다. 평소라면 이런 낯간지러운 말을 들으면 팔뚝에 소름이 돋았을 텐데,

지금은 그렇지 않았다.

"날아…… 보죠."

금철휘의 대답에 금일청이 기분 좋게 웃었다. 그의 웃음 속에는 많은 것이 담겨 있었다. 그리고 금철휘는 어렴풋이 그 안에 담긴 아들에 대한 정과 믿음을 느꼈다.

*　　　*　　　*

사해방주는 심각한 표정으로 북령주와 남령주를 바라봤다. 두 사람 역시 사해방주와 다를 바 없는 표정이었다.

"금룡장을 대체 어떻게 했으면 좋겠나?"

사해방주의 말에 두 사람은 입을 꾹 다문 채 아무런 말도 하지 못했다. 금룡장과의 끈이 완전히 끊어져 버린 것은 사해방에 너무나 큰 타격을 주었다. 금룡장에서 유입되는 자금이 사라지고 나니, 정보망을 움직이는 것조차 쉽지 않았다.

"일단 동령주가 관리하던 곳은 완전히 손을 떼기로 했다."

사해방주의 말에 남령주와 북령주가 눈을 크게 뜨고 그를 바라봤다. 아무리 어렵다지만 그렇게 되면 금룡장을 더 이상 건드리기 어려워진다.

"그쪽 정보를 완전히 포기하면 금룡장을 징치할 수 없게 됩니다."

"정보가 아닌 다른 방법을 쓸 생각이다."

사해방주의 단호한 말에 두 사람은 다시 입을 다물었다. 정보가 아닌 다른 방법이라면 무력을 말하는데, 금룡장이 고작 그런 일로 흔들릴 리가 없었다.

두 사람의 생각을 아는 사해방주가 설명을 덧붙였다.

"금룡장은 그저 돈이 많을 뿐이야. 무력이 강하지 않다. 무림맹이나 혈무련이 움직이면 아무리 금룡장이라도 타격을 입을 수밖에 없어."

"하면……."

"그들을 움직인다."

사해방주의 말에 두 사람의 표정이 더욱 심각하게 굳었다. 사해방주가 움직이라는 것은 사해방이 오랜 시간 동안 공들여 만든 작품이었다.

"그들을 고작 금룡장을 징치하는 데 쓰는 건 낭비입니다."

사해방주는 침중한 표정으로 고개를 저었다.

"고작이라니. 금룡장의 저력을 가볍게 봐선 안 된다. 이번 일만 해도 우리에게 얼마나 심각한 타격인지 모르겠느냐?"

"하지만 그들은……."

북령주와 남령주는 정말로 아까웠다. 그들을 키우는 데 들어간 시간과 돈이 얼마인데 이렇게 허무하게 쓴단 말인가.

"그리고 금룡장을 제대로 징치하지 않으면 향후 우리 사해방의 활동이 순탄하지 않을 것이다. 누가 우리를 두려워하겠느냐?"

천하제일의 정보조직이 갖는 위상은 상상을 초월한다. 지금까지 금룡장이 그렇게 대단한 저력을 가지고서도 사해방과 굳이 적대하지 않으려 애썼던 이유도 바로 그것이었다. 한데 이 상태로 금룡장이 떨어져 나가면 제이, 제삼의 금룡장이 나오게 된다.

그것을 알기에 남령주와 북령주도 더는 반대할 수 없었다. 그들도 내심으로는 다 받아들인 상황이었다. 다만 너무 아까워서 한 번 말을 꺼내 본 것뿐이었다. 물론 사해방주도 그것을 알기에 더 이상 거기에 대해서는 언급하지 않았다.

"그보다 동령주와 서령주는 어찌 되어가고 있습니까?"

북령주의 물음에 사해방주가 쓴웃음을 지었다. 사실 일이 이 지경까지 된 것은 모두 그 두 사람이 새로 벌인 일 때문이다. 한데 아직도 뚜렷한 성과가 없으니 생각하면 할수록 기분이 가라앉았다.

"너희들도 봐 두는 게 좋겠지. 이게 그들이 보내온 것들이다."

사해방주는 방 한구석에 있던 궤짝을 가리켰다. 그러자 궤짝 뚜껑이 덜컥 열렸다. 안에는 녹슨 병장기 몇 개와 차곡차곡 쌓인 책자들이 있었다. 불과 얼마 전에 천차산으로부터 온 물건들이었다.

"직접 확인해 봐라."

남령주와 북령주는 호기심 어린 눈으로 궤짝에 다가갔다.

그리고 안에 있는 물건들을 하나하나 꺼내서 살폈다. 그들은 고개를 갸웃거리며 녹슨 무기들을 꼼꼼히 살피고는 이내 책자로 시선을 던졌다.

역시 혈룡귀갑대 하면 그들의 그 가공할 무공이 가장 먼저 떠올랐다. 그들이 한창 활동할 당시, 즉, 혈룡귀갑대가 천하와 싸울 때에는 십대고수를 정할 때에도 그들을 제외시켰다. 십대고수라 칭해지는 자들의 무위가 혈룡귀갑대원들과 비슷했기 때문이다.

그런 힘을 갖고 있으니 혈룡귀갑대가 천하를 상대로 그토록 오랫동안 싸울 수 있었을 것이다. 또한 천하를 완전히 뒤엎어 판도를 바꿔 놓았을 것이다.

그리고 사해방이 결정적으로 천하제일의 정보조직으로 거듭나게 된 데에는 그들의 역할이 컸다. 혈룡귀갑대가 천하를 뒤엎어 놓는 바람에 기존의 정보조직들이 흔들렸고, 그 빈틈을 노리고 사해방은 착실히 힘을 비축할 수 있었다.

아무튼 그런 혈룡귀갑대의 무공이니만큼 북령주와 남령주의 눈이 번득이는 것도 이상한 일은 아니었다. 두 사람은 천천히 책자를 하나씩 들어 살피기 시작했다.

대부분의 책자는 귀갑공이었다. 그리고 그 사이에 한때 혈룡귀갑대의 무공으로 유명했던 것들이 몇 개 섞여 있었다. 두 사람은 그 몇 안 되는 무공을 중점적으로 확인했다.

"귀갑공이 너무 많군요."

"혈룡귀갑대의 무덤이라면 당연하지."

혈룡귀갑대가 한때 귀갑공으로 얼마나 대단한 신위를 보였는지는 당시를 겪었던 사람이라면 누구나 알고 있다. 또한 그에 대한 전설적인 얘깃거리들이 무수히 존재한다.

"적운검법?"

북령주는 적운검법의 비급을 보고는 눈이 휘둥그레졌다. 적운검법에 대해서는 귀에 못이 박히도록 들었다. 검을 수련하는 사람이라면 누구나 탐내는 검법이기도 했다. 그는 정신없이 비급에 빠져들었다.

"북령주가 보기에는 어떤가? 진짜인 것 같은가?"

"일단 가짜 같지는 않습니다."

북령주의 말에 분위기가 급격히 달아올랐다. 검에 대한 조예가 남달랐기에 그의 의견이 그렇다면 진본일 확률이 상당히 높다. 즉, 누군가 어설프게 만든 가짜 비급은 아니란 뜻이다.

"그나마 고무적이군."

사해방주는 북령주의 눈에 떠오른 욕망을 보고는 고개를 끄덕여주었다.

"적운검법은 북령주가 가지도록. 그리고 남령주도 적당한 무공을 하나 가져가도록 해라. 그리고 나머지 중 두 개 정도를 선별해서 수하들이 익힐 수 있게 해줘라."

북령주과 남령주가 크게 대답했다.

"맡겨 주십시오!"

두 사람은 각각 고른 무공비급을 들고 다시 자리에 앉았다. 지금 당장이라도 돌아가 비급을 탐독하고 싶었지만 아직 회의가 끝나지 않았다.

사해방주는 심각한 표정으로 두 사람을 슥 둘러봤다.

"그 비급을 익히며 진위를 판단해라."

"진위…… 말입니까?"

무거운 침묵이 내려앉았다. 북령주와 남령주는 사해방주로부터 흘러나오는 기세에 가슴이 짓눌려 제대로 숨을 쉴 수가 없었다. 지금까지 함께해 왔지만 이런 적은 처음이었다.

"이번 일, 너무 공교롭다. 어쩌면 우리가 당했을 수도 있어."

"그럴 리가 없습니다. 이 물건들은……."

"그래. 이 물건들은 보통이 아니다. 특히 귀갑공은 진본이 틀림없다. 내가 확인했으니까."

직접 확인했다는 말에 북령주와 남령주가 놀란 눈으로 사해방주를 바라봤다. 사해방주는 담담한 표정으로 말을 이었다.

"우리의 눈과 귀가 미치지 못했던 곳에서 나타났으니, 그 무덤이 진짜일 가능성이 높다. 하지만 이번 일, 너무 공교로워서 계속 의심이 든다."

"하면 금룡장이 꾸민 수작일 수도 있단 말입니까?"

사해방주가 고개를 저었다.

"모른다. 하지만 이번 일로 인해 우리는 타격을 받았고, 그 사이 금룡장이 우리 손아귀를 보기 좋게 빠져나갔다. 더구나 금향각이 우리의 빈틈을 차지했다."

북령주와 남령주의 표정이 굳었다. 그들 역시 잘 아는 사실이다. 하지만 이렇게 사해방주가 또 상기시키니 사태의 심각성을 다시 한 번 되새길 수 있었다. 만일 이 모든 것을 금룡장이 꾸몄다면, 금룡장은 정말로 무서운 곳이다.

"하지만 아무리 금룡장이라도 우리의 눈을 피해 저 많은 무공을 구할 수는 없습니다. 원래부터 가지고 있었다면 모를까……."

"그래서 확신하지 못한 것이다."

사해방주는 무서운 눈으로 두 사람을 노려봤다. 북령주와 남령주는 흠칫 놀라 하마터면 뒤로 넘어질 뻔했다.

"일단 빼앗긴 곳은 어쩔 수 없다. 자금도 모자라니 다시 되찾는 건 쉽지 않을 테지. 하지만, 금룡장을 그냥 둘 수는 없다. 아직도 내가 과하다고 생각하나?"

"아닙니다."

북령주와 남령주의 표정이 침중해졌다.

"무림맹과 혈무련을 움직여라. 그리고 금룡장의 뒤를 샅샅이 조사해라. 천차산의 무덤이 음모인지 아닌지 낱낱이 파헤쳐라."

"알겠습니다."

북령주와 남령주가 심각한 표정으로 고개를 숙인 뒤 물러 갔다. 사해방주는 그런 두 사람을 보며 점점 표정이 일그러졌다.

"감히……!"

이 모든 걸 지금까지 어떻게 쌓아왔는데, 그것이 한순간에 이렇게 무너져 버린단 말인가. 사해방을 위해 그 어떤 굴욕도 참아 냈다. 그렇게 해서 천하를 장악했다. 한데 고작 무덤 하나 때문에 반으로 쪼개지다니, 화가 치밀어 견딜 수가 없었다.

"무슨 수를 써서라도 다시 찾고 말겠다. 그리고 나 진추방을 건드린 것이 얼마나 어리석은 짓인지 깨닫게 해주마."

사해방주, 진추방을 중심으로 강렬한 기파가 휘몰아쳤다. 방 안의 집기들이 사방으로 날아다녔다. 진추방의 눈에 진득한 살기가 어렸다.

*　　　*　　　*

금철휘가 추일객잔의 별채에 성큼 들어섰다. 아무나 들어 가지 못하는 곳이었지만 금철휘는 그런 걸 싹 무시했다. 그리고 누구도 잡지 않았다. 추일객잔의 주인이 금철휘니 아무도 잡지 못한 것이다.

사실 장사를 이런 식으로 하면 안 된다. 아무리 주인이라지만 객잔이 지키는 법도를 무시하면 곤란하다. 아니, 오히려 더 조심해야만 한다. 물론 금철휘도 그럴 생각은 없었다. 하지만 지금은 예외다. 이곳 별채에 머무는 사람이 바로 만혈괴의였으니까.

"마침 나와 있었네?"

금철휘가 만혈괴의를 발견하고 손을 흔들자, 만혈괴의의 표정이 일그러졌다.

"추일객잔 명성에 맞지 않는군."

만혈괴의가 당장이라도 따질 듯 중얼거리자, 금철휘가 씨익 웃으며 말했다.

"불만 사항이 있으면 나한테 말해. 내가 여기 주인이니까."

만혈괴의가 멍한 표정을 지었다. 아무리 금룡장이 대단하다지만 설마 추일객잔까지 금룡장의 것일 줄은 몰랐다.

"금룡장은 정말 대단하군. 추일객잔도 금룡장이 키운 거였나?"

"금룡장 게 아니라 내 거라고. 내가 샀어. 얼마 전에."

"얼마 전에 사?"

만혈괴의가 어이없는 눈으로 금철휘를 바라봤다. 추일객잔은 항주에서 첫손가락에 꼽히는 객잔이다. 그걸 마치 길거리에서 당과 사 먹었다는 듯 샀다고 말하니 현실감이 떨어졌다.

"사해방 놈이 여기 썼잖아. 무슨 말 하고 누구 만나는지 궁금해서 샀지."

만혈괴의의 표정이 그대로 굳었다. 그리고 무시무시한 눈으로 금철휘를 노려봤다.

"이놈, 뒤로 호박씨를 깠구나!"

금철휘가 귀를 후비적거렸다.

"호박씨를 깐 건 내가 아니라 너겠지. 동령주랑 만나서 좋은 얘기 하더라?"

만혈괴의는 입을 꾹 다물었다. 여기서 무슨 얘기를 하건 자신이 불리하다. 그는 일단 기감을 퍼트려 주변을 살폈다. 금철휘 외에 아무런 기척도 느껴지지 않았다.

'혼자 온 모양이군. 멍청한 놈.'

만혈괴의의 표정이 조금 풀어졌다. 여유를 찾기 시작하자 다른 생각도 할 수 있었다.

"그럼 사해방이 지금 혈룡귀갑대의 무덤을 파헤치고 있다는 것도 알겠군."

금철휘가 고개를 끄덕이며 빙긋 웃었다.

"물론이지. 네가 어젯밤에 그놈들한테 까인 것도 알지."

풀어지던 만혈괴의의 표정이 다시 굳어갔다. 어젯밤 사해방에서 찾아온 사람과의 대화가 잘 풀리지 않았는데, 그것조차 몽땅 들은 모양이었다.

"그게 아니야!"

"아니긴 뭐가 아냐? 설마 어제 그놈이 한 말을 믿는 거야? 조금만 더 기다려 달라는 말을? 무덤을 찾는 게 어렵다는 말을 믿었어? 거기서 나온 모든 것들이 지금 어디로 갔는지 알아?"

만혈괴의가 놀란 눈으로 금철휘를 바라봤다.

"거, 거기서 나온 것들?"

"비급을 비롯해서 다양한 무기를 발견했다고 하더라고."

"그, 그걸 네가 어찌 아느냐?"

"내가 어떻게 아느냐가 중요해? 그게 어디로 갔느냐가 중요하지."

만혈괴의는 말을 잇지 못했다. 그런 그를 보며 금철휘가 씨익 웃었다.

"몽땅 사해방주에게 갔어."

"웃기지 마라! 사해방주가 어디 있는지조차 모르는 놈이!"

"그게 중요해? 지금 천차산에서 캐낸 모든 것들이 하남으로 넘어갔고, 여기로는 다시 오지 않을 거라는 사실이 중요하지."

만혈괴의가 고개를 저었다.

"웃기지 마라. 네놈이 뭘 아느냐. 사해방은 절대 날 배신하지 않아. 나도 그들을 배신하지 않고."

금철휘가 이해한다는 듯 크게 고개를 끄덕였다.

"충분히 이해해. 넌 약점을 잡혔지만 사해방의 약점 따위는 모르니까."

만혈괴의가 이를 갈았다. 자신의 약점을 너무 아프게 찌르니 화도 나지 않았다.

"대체…… 대체 내게 뭘 원하는 거냐."

금철휘가 부드럽게 미소 지었다. 지금까지와는 전혀 다른 분위기라 보고 있던 만혈괴의가 어리둥절해질 지경이었다.

"너한테 뭘 원하는 게 아니라, 도와주려고 그래."

"도, 도와줘? 날? 네가 왜?"

금철휘가 자신의 가슴을 손가락으로 톡톡 두드렸다. 심장이 있는 곳이었다.

"여기 네가 심은 것들 있잖아. 그거 어떻게 다스리는지 궁금해서."

"지금 나와 거래를 하자는 것이냐? 흥, 어림도 없다."

"이거 왜 이러시나, 선수들끼리. 내가 뭘 줄지 궁금하지 않아?"

만혈괴의의 귀가 솔깃해졌다. 금철휘는 그 반응을 보며 씨익 웃었다. 그야말로 회심의 미소였다.

"혈룡귀갑대의 무덤이 일곱 개 있는 건 알아?"

만혈괴의가 고개를 끄덕였다.

"그 정도는 나도 들어서 알고 있다. 다섯 개까지는 쉬웠는데, 여섯 번째에서 막혀 있다고 하더군."

"그중에서 가장 중요한 게 몇 번째일까?"

"일곱 번째겠지?"

만혈괴의가 자신도 모르게 대답했다. 그러자 금철휘가 손가락을 딱 튀겼다.

"그 일곱 번째 무덤의 위치를 발견했어."

만혈괴의의 눈이 화등잔만 해졌다.

"어때? 거래 조건이 꽤 괜찮지?"

만혈괴의가 마른침을 꿀꺽 삼켰다. 입안이 바짝바짝 타들어갔다. 그리고 심장이 정신없이 쿵쾅거렸다. 혈룡귀갑대의 무덤이라는 말만 계속 머릿속에서 맴돌았다.

제2장
일곱 가문의 선택

"만혈괴의를 그냥 보내도 되나요?"

화예지가 걱정스런 표정으로 물었다. 그녀는 사실 만혈괴의를 절대로 그냥 보내고 싶지 않았다. 그는 금철휘의 몸에 고독을 심었다. 그걸 제대로 해결하지도 않은 상황에서 떠나보낸다는 사실이 계속 마음에 걸렸다.

"일곱 번째 무덤에 넣은 게 뭐였지?"

"공자님께서 시키신 대로 뇌정신공이랑 연뢰검법을 넣었어요."

금철휘가 만족스럽게 고개를 끄덕였다.

"잘했어. 그걸 얻고 나면 만혈괴의도 생각이란 걸 좀 하겠지."

화예지는 여전히 불안한 표정을 지우지 못했다.

"한데 과연 그들이 속을까요? 가짜란 게 밝혀지면 계획이 많이 틀어질 텐데……."

"응? 누가 가짜래?"

화예지의 눈이 화등잔만 해졌다.

"예? 그게 무슨 말이죠? 당연히 가짜 아닌가요? 가짜가 아니라면 그들을 속이는 게 아니잖아요!"

"이런 세상물정 모르는 사람이 있나. 가짜를 갖다 놓으면 그놈들이 눈곱만큼이라도 속을 거 같아? 입장을 바꿔서 너라면 속겠어?"

화예지는 입을 꾹 다물었다. 당연히 안 속는다. 아니, 처음에는 속을 수도 있다. 하지만 그런 속임수는 시간이 지나면 반드시 파탄이 드러나게 된다. 특히 화예지처럼 정보를 다루는 사람의 경우 허점을 파악하는 속도가 훨씬 빠르다.

"그거 싹 진짜야. 귀갑공이 진짜인 것처럼."

화예지가 멍한 눈으로 금철휘를 바라봤다. 대체 이건 바본지 천잰지 알 수가 없었다. 그 어마어마한 무공들을 그냥 갖다 버리다니. 내다 팔기만 해도 엄청난 거금을 만들 수 있을 것이고, 그걸 이용해서 음모를 꾸미면 천하를 뒤흔들 수도 있을 것이다.

"그, 그런 보물을 고작……."

고작 이런 치졸한 계획에 그런 보물을 쓰다니, 화예지는 이해할 수가 없어서 고개를 절레절레 저었다. 기막혀 하는 그녀의 모습에 금철휘가 피식 웃었다.

"혈룡귀갑대의 무공이 그렇게 대단한 보물이야?"

"당연하지요! 그들은 하나하나가 다시없을 강자였어요! 아마 지금의 무림이라면 그들 중 아무나 한 명이 등장해도 그대로 천하제일인이 될 걸요?"

혈룡귀갑대가 한창 활동할 당시 그들 하나하나의 능력은 당대 십대고수에 필적했다. 그리고 그 십대고수들은 모두 혈룡귀갑대와 싸우다 죽어 버렸다. 더구나 당시의 긴 싸움은 상당한 수의 고수들을 사라지게 만들었다. 즉, 강자의 공백이 생긴 것이다.

현 천하제일인은 무림맹주인 검성 만호유다. 하지만 만호유 역시 그때 당시 십대고수에조차 끼지 못했다. 혈룡귀갑대와의 싸움이 완전히 끝난 뒤에야 수련과 깨달음을 통해 훨씬 높은 경지에 다다랐지만 그래 봐야 당시의 십대고수 수준이었다.

그러니 혈룡귀갑대원 중 한 명만 살아 돌아와도 그는 천하제일인이 되는 것이다. 물론 만호유와 비교해 봐야 확실한 결과가 나오겠지만 말이다.

그런 혈룡귀갑대의 무공들이니 당연히 보물 중의 보물이다. 특히 무공을 익힌 무림인의 경우 그보다 더 대단한 보물이 어디 있겠는가.

"그 정도야?"

"설마 모르셨어요?"

화예지의 눈이 동그래졌다. 설마 아무것도 모르고 그 엄청난 비급들을 던진 거라면 정말로 큰 실수였다.

'최소한 한 번은 언급을 했어야 하는데……!'

왜 그렇게 하지 않았던가. 후회막급이었다. 하지만 그때는 금향각의 일로도 정신이 없었다. 아니, 거기까지 신경을 쓸 여력이 없었다. 금향각의 힘이나 능력 자체가 충분치 못했으니까.

"그…… 비급들 사본은 만들어 두셨죠?"

화예지의 얼굴이 살짝 창백해졌다. 최소 그건 했으리라 보지만, 만일 그조차 아니라면 이건 너무 아깝지 않은가. 물론 금철휘는 그녀의 기대를 완벽하게 배신했다.

"그런 사본 안 키운다."

"예? 아, 안 만드셨어요? 아니, 그 이전에 그게 정말 진본이었어요?"

금철휘는 대답하지 않았다. 그 비급들은 금철휘의 머릿속에 있던 것들이다. 그걸 그저 옮겨 쓴 거에 불과했다. 금철휘는 천령신공을 이용해 비급의 상태를 바꿔 마치 오래된 것처럼 만들었다. 천령신공의 힘은 대단해서 누구도 그것이 새로 만든 비급이라고 여기지 못했다.

'예전이랑은 정말 많이 다르군.'

전생의 금철휘가 비록 천하제일인이라 했지만, 사실 십대고수를 넘어서는 강자들인 우내사존과 비교하면 그 차이가 지극히 미미했다. 하지만 당시의 우내사존 역시 모두 죽었다. 혈룡귀갑대의 힘이었다.

한데 이제는 그런 강자들이 더 이상 없다고 하니 왠지 아쉬웠다. 고작 참룡단주가 천하제일인이라니. 금철휘 입장에서는 어이가 없는 일이었다.

"이번 계획, 정말 우리가 이긴 거 맞나요? 그런 보물을 다 날려 버렸으면 오히려 더 손해가 아닌지 따져 봐야 할지도 모르겠네요."

화예지는 그 일에서 헤어 나오지 못했다. 혈룡귀갑대의 비급을 그냥 날려 버렸다는 생각에 대체 뭘 어떻게 할지조차 떠올리지 못할 정도였다. 금철휘는 그것을 보며 나직이 혀를 찼다.

"쯧쯧. 어차피 완전하지도 않은 무공들이라서 좀 나눠줘도 돼."

"예?"

화예지의 표정이 살짝 풀렸다. 눈에 안도의 빛이 감돌았다. 완전치 않다는 건 비급에 뭔가 수를 썼다는 뜻이다. 제대로 익힐 수 없는 무공이라는 뜻이니 그나마 안심이 되었다. 하지만 여전히 그 무공들이 아까웠다.

"역시 그런 조치를 취하실 줄 알았어요."

"조치? 무슨 조치?"

"예? 비급을 고치지 않았나요?"

"그걸 왜 고쳐? 비급의 구결을 잘못 고치면 가짜 티가 확 날 테니까 엄청 신경 써야 하잖아. 그런 귀찮은 일을 왜 해?"

"그, 그럼 방금 그 말씀은……."

"그러니까 그 무공들이 원래 좀 모자란 거라고."

"그럴 리가요! 그 무공들은 혈룡귀갑대의 주력 무공이었는데요!"

그 무공에 얼마나 많은 고수들이 스러졌는가. 또 얼마나 많은 문파들이 무너졌는가. 그런 대단한 일을 해낸 무공이 모자라다니, 말도 안 된다.

"귀갑공은?"

"그건……!"

화예지는 말문이 막혔다. 귀갑공 역시 수많은 고수들을 죽음에 빠트렸다. 또한 혈룡귀갑대의 주력 무공이었다. 아니, 그냥 주력 무공이라고 말하기에도 모자랄 정도였다. 그때 당시 혈룡귀갑대 하면 귀갑공이었고, 귀갑공 하면 혈룡귀갑대였으니까.

하지만 결국 귀갑공은 사라졌다. 약점이 적나라하게 파헤쳐져서 말이다.

"하면 그 무공들에도 약점이 있단 말인가요?"

"그래. 아마 두어 개는 아는 사람이 있을 거야."

"정말인가요?"

"아마도. 그리고 나머지 약점은 잘 쥐고 있어. 아마 조만간 비싸게 쓸 일이 있을 테니까."

화예지의 입이 벌어졌다. 결과적으로 몇 겹의 함정을 깔아 놓은 셈이 되었다. 아마 사해방은 나중에 훨씬 더 큰 타격을 입게 될 것이다. 그들이 이번에 얻은 무공으로 인해서 말이다.

금철휘가 품에서 얇은 책자 하나를 꺼내 던졌다. 화예지는 그것을 받아 신중한 눈으로 세심히 살폈다. 그녀의 눈빛이 사정없이 흔들렸다. 무공들이 가진 약점들이 너무나 심각했다. 누구든 알고만 있으면 간단히 찌를 수 있는 치명적인 약점이었다.

'하지만 발견하기가 쉽지는 않았겠어.'

화예지가 새삼스러운 눈으로 금철휘를 바라봤다. 대체 이런 걸 어디서 구했단 말인가. 또 어떻게 알아냈단 말인가.

'정말 돈의 힘인가? 돈이라는 게 그렇게 대단한가?'

돈이 대단하긴 하다. 하지만 아무리 그래도 한계라는 것이 있는 법이다. 아무리 돈이 많아도 할 수 없는 일은 분명히 존재한다. 한데 금철휘를 보고 있으면 그런 상식이 어쩌면 잘못된 게 아닐까 하는 생각이 들곤 한다.

"왜 그런 뜨거운 눈으로 날 봐? 내가 그렇게 멋있어?"

화예지가 대번에 고개를 끄덕였다.

"멋있어요. 대체 이런 걸 어떻게 알아낸 거죠? 정보를 한 손에 휘어잡고 있는 저조차 모르는 것들을요."

"말했잖아."

"돈이라고요?"

금철휘가 씨익 웃었다. 화예지는 그것을 긍정으로 받아들였다. 그리고 금철휘는 더 이상 말해주지 않았다.

잠시 침묵이 감돌았다. 화예지는 방금 얻은 무공의 약점들을 어떻게 이용할지 차근차근 계획을 세워 봤다. 만일 사해방이 무덤에서 얻은 비급들을 익히거나 세상에 푼다면 지금 가진 약점으로 할 수 있는 일은 무궁무진했다. 아마 금향각에 막대한 힘과 부를 안겨주게 될 것이다.

대충 계산이 나온 화예지의 입가에 미소가 감돌았다. 그녀는 미소를 지으며 금철휘를 바라봤다. 그리고 갑자기 떠올랐다는 듯 물었다.

"그러고 보니 항상 같이 다니던 사람이 안 보이네요?"

"아칠이?"

금철휘가 피식 웃었다.

"그놈, 아주 재미난 놈이야."

그 말에 화예지가 뭔가 더 설명을 바라는 눈으로 금철휘를 바라봤다. 하지만 금철휘는 그저 미소만 지을 뿐 더 이상 아무런 말도 해주지 않았다.

　　　　　*　　　*　　　*

　아칠은 거만한 표정으로 의자에 앉아 다리를 꼬았다. 그런
아칠 앞에 설소영과 화영이 살짝 굳은 표정으로 앉아 있었다.

　"허어. 표정 봐라. 그런 표정으로 나한테 돈 받아가는 게
미안하지도 않아?"

　순간적으로 설소영이 이를 뿌득 갈았다. 하지만 자신의 실
태를 깨닫고 깜짝 놀라 아칠의 눈치를 살폈다. 아칠은 어이
가 없다는 듯 설소영을 바라보고 있었다.

　"아무래도 날 너무 우습게 보는 거 같은데? 돈 내일 줄
까?"

　"내, 내가 실수를 했어요. 그러니……"

　"그러니 뭐?"

　설소영은 입술을 깨물었다. 굴욕적이었다. 하지만 어쩔 수
가 없었다. 아칠이 주는 돈에는 자신뿐 아니라, 소주 유가장
의 안위까지 걸려 있었으니까.

　"미, 미안해요."

　아칠이 만족스러운 표정으로 크게 고개를 끄덕였다.

　"좋아. 이제야 제대로 대화를 나눌 자세가 갖춰졌군."

　아칠은 그렇게 말하며 화영을 쳐다봤다. 화영은 기다렸다
는 듯 배시시 웃었다. 곱게 눈웃음을 치는 모습에 아칠의 입
이 헤 벌어졌다.

"스릅."

흐르는 침을 한 번 닦아낸 아칠은 두 여인을 번갈아 바라보며 눈요기를 실컷 했다. 한 달 중 오늘이 가장 즐거운 날이었다. 이렇게 위세를 한껏 부릴 수 있고, 또 마음껏 눈요기까지 할 수 있으니 말이다. 설소영도 그렇고 화영도 그렇고 굉장한 미인이었다. 사실 엄밀히 따지면 그녀들이 모시는 유혜련이나 채명화보다 아름다운 얼굴이었다. 다만 그녀들에 비해 덜 꾸밀 뿐이었다.

"오늘은 얼마나 주실 건가요?"

화영이 애교까지 살짝 담긴 목소리로 물었다. 그녀는 이런 일에 능숙했다. 필요하다면 어떤 일이라도 할 각오가 되어 있었다.

"일단 깎을 일은 없을 것 같고……."

아칠은 그렇게 말하며 커다란 궤짝을 각각 하나씩 그녀들의 앞으로 밀어주었다. 그 안에는 정확히 이천이백 냥이 들어 있었다.

설소영과 화영의 눈이 아칠의 등 뒤로 향했다. 커다란 궤짝이 하나 더 있었다. 그 안에 얼마나 많은 돈이 들어 있는지 알기에 그녀들의 목젖이 크게 움직였다.

아칠이 이곳에 가져온 돈은 무려 황금 육천 냥이다. 그중 사천사백 냥을 나눠줬으니 아직도 천육백 냥이 남았다. 그 돈이 바로 아칠의 등 뒤에 놓인 궤짝 안에 들어 있었다.

아칠은 느긋하게 두 여인을 쳐다봤다. 결정권은 아칠에게 있었다. 금철휘의 셋째 부인이 될 예정인 백검화에게는 사실 오백 냥만 줘도 충분했다. 삼백 냥은 아칠이 가져가야 하니, 그래도 여유가 팔백 냥이나 남는다.

사실 그런 아칠의 속사정을 화영이나 설소영도 잘 알고 있었다. 자체적으로 운영하는 정보조직을 가지고 있고, 거기에 들어가는 돈이 매달 적지 않으니 아칠에 대한 정보야 빠삭했다.

설소영은 어쩔 줄 몰라 입술만 깨물었다. 하지만 화영은 그런 설소영을 힐끗 쳐다보고는 아칠을 향해 환하게 미소를 지었다. 그녀의 아름다운 미소가 아칠의 정신을 뒤흔들었다.

"이번 달에는 조금 더 주셔도 되지 않을까요?"

화영이 살짝 도발적인 자세를 취했다. 그녀의 눈빛이 강렬해졌다. 아칠은 자신도 모르게 침을 꿀꺽 삼켰다. 화영은 그것을 보며 의미심장한 표정으로 자리에서 일어났다. 그리고 아칠에게 다가가 그의 어깨를 슬쩍 쓸어내렸다.

"으헉! 자, 잠깐!"

화영이 그윽한 눈으로 아칠을 보며 물었다.

"왜 그러시나요?"

"저, 저리 가 있어."

"왜요?"

화영이 더욱 그윽한 눈으로 아칠의 어깨에 손을 올렸다.

그리고 노골적으로 어깨에서 가슴까지 천천히 쓸어내렸다. 앞에서 설소영이 보고 있는데도 아랑곳하지 않았다.

"오늘 어떤가요?"

무슨 의미인지 대번에 알 수 있는 말을 꺼낸 화영은 더욱 유혹적인 눈빛을 보냈다. 아칠은 연방 침을 꼴깍꼴깍 삼켰다.

그 모습을 앞에서 보던 설소영이 탁자를 가볍게 쳤다. 물론 내공을 실어서.

탕!

아칠이 화들짝 놀라 정신을 차렸다. 그리고 어색한 표정으로 설소영을 바라봤다. 잠깐이지만 설소영이 앞에 있다는 사실 자체를 잊어버렸다. 그만큼 화영의 유혹은 강렬했다.

"크흠."

아칠이 슬며시 일어나며 화영을 슬쩍 밀어냈다. 그리고 조용히 뒤로 물러났다. 아칠은 구석에 있는 궤짝을 어깨에 짊어지고 두 여인을 바라보며 말했다.

"크흠. 오늘은 여기까지만 하겠소. 그럼 이만."

아칠이 쏜살같이 밖으로 나가 버리자, 화영이 표독스런 눈으로 설소영을 노려봤다.

"이게 무슨 짓이지? 못 먹을 거면 너 혼자 집으로 가지, 왜 나까지 방해하는 거야?"

"흥. 몸까지 던질 기세던데, 그렇게까지 해서 돈을 받아야겠어?"

"남이야 뭘 어떻게 하든."

화영은 그렇게 쏘아주고는 자신의 몫으로 남은 궤짝을 들고 밖으로 휭 나가 버렸다.

설소영은 그런 화영의 뒷모습을 보며 입술을 깨물었다. 어쩌면 자신 역시 화영에게 함부로 말할 자격이 없을지도 모른다. 아니, 없을 것이다. 그럴 능력이 됐다면 자신도 화영과 마찬가지로 아칠을 유혹했을 테니까 말이다.

"하아."

설소영은 힘없이 궤짝을 들고 밖으로 나갔다. 금방이라도 비가 쏟아질 것처럼 날이 흐렸다. 새까만 구름이 잔뜩 낀 하늘이 마치 자신의 신세 같아서 마음이 더욱 어두워졌다.

그렇게 잠시 하늘을 바라보다가 막 걸음을 옮기려던 설소영은 흠칫 놀라 움직임을 멈췄다. 멀찍이 떨어진 곳에 서 있는 사내가 보였기 때문이다.

'너무 마음을 놓고 있었어. 저 사람이 근처에 있는데도 알아차리지 못했다니.'

설소영이 마치 버릇처럼 또 입술을 깨물었다. 앞에서 그녀를 기다리고 있던 사람은 다름 아닌 아칠이었다. 아칠은 멀리 가지 않고 길목에서 설소영이 나오기만을 기다린 것이다.

"무슨 일이죠? 또 절 놀리시려는 건가요?"

설소영의 날선 반응에 아칠은 말없이 커다란 주머니 하나를 휙 던졌다. 그리고 옆에 놓인 궤짝을 어깨에 짊어지고는 훌쩍 달려갔다. 설소영은 반사적으로 주머니를 받고는 멍하니 아칠의 뒷모습을 바라봤다. 주머니 안에는 누런 황금이 가득 들어 있었다. 이백 냥에 달하는 거금이었다.

설소영은 주머니 안에 든 황금과 아칠이 사라져버린 자리를 번갈아 쳐다보며 하염없이 그곳에 서 있었다.

아칠은 희희낙락한 얼굴로 힘차게 걸었다. 왠지 한 건 한 것 같아 기분이 날아갈 것처럼 가벼웠다. 아마 앞으로 자신을 보는 눈이 많이 달라질 게 분명했다.

"우히히힛!"

아칠은 경박하게 웃으며 모퉁이를 돌았다. 그리고 그 순간 누군가의 목소리가 들려왔다.

"웃는 거 봐라. 그게 그렇게 좋으냐?"

"으헉!"

아칠은 너무 놀라 어깨에 진 궤짝까지 놓쳐 버렸다.

"쯧쯧."

아칠을 놀라게 한 장본인인 금철휘는 한심한 눈으로 아칠을 보며 발을 툭툭 놀려 떨어지는 궤짝을 다시 공중으로 차 올렸다. 마치 공깃돌처럼 훌쩍 위로 올라간 궤짝이 다시 아칠의 어깨로 떨어졌다.

콰직!

"꺼으으!"

아칠은 어깨가 부서질 것 같은 통증에 입을 쩍 벌렸다. 너무 아파 오히려 비명이 나오지 않고 요상한 신음만 흘러나왔다.

"엄살떨지 말고 따라와라."

"으헉! 엄살이라뇨! 어깨가 부서지는 줄 알았단 말입니다!"

아칠이 외쳤지만 금철휘는 아랑곳하지 않고 휘적휘적 걸어 갔다. 결국 아칠은 툴툴대면서 그 뒤를 따라갈 수밖에 없었다. 어깨에 멘 궤짝 때문에 통증이 사라지지 않았다.

금철휘는 빠른 걸음으로 금룡장을 나섰다. 아칠이 그 뒤에 바짝 붙었다. 표정은 여전히 불만에 가득 차 있었지만 반항의 기미는 전혀 보이지 않았다.

"아칠아."

"예, 공자님."

"작업이 너무 서툴더구나."

"예? 작업이라니요? 전 그런 거 모르는뎁쇼."

아칠이 눈을 최대한 똘망똘망하게 뜨려 애쓰며 대답했다. 금철휘는 그 모습을 보고는 피식 웃었다.

"뭐, 잘 해봐라. 어차피 오늘 같은 방식의 작업은 더 이상 못 할 테니까."

그 말에 아칠이 민감하게 반응했다.

"예? 못 한다고요? 서, 설마…… 이제 더 이상 절 못 믿으시는 겁니까? 이제 와서 절 내치시려고요?"

"설레발은. 그게 아니라 이제 약을 먹일 만큼 먹였거든. 슬슬 금단현상에 몸부림을 쳐야 재미있지 않겠느냐?"

아칠의 표정이 대번에 굳었다. 지난 몇 달 동안 참으로 즐거웠다. 황금 육천 냥의 돈을 마음대로 쥐고 흔든다는 것이 어떤 막대한 권력을 낳는지 여실히 느꼈다. 그 대단해 보이던 금철휘의 부인들이 정말 아무것도 아닌 것처럼 보였다.

한데 이제 더 이상 그런 달콤한 권력을 누리지 못한다고 생각하니 마치 가슴 일부가 떨어져 나가는 것 같았다.

"그…… 꼭 해야 합니까?"

"그걸 말이라고 해? 원래 이천 냥으로 정해진 금액을 이천 이백 냥까지 늘려줬는데, 그냥 그대로 두라고? 뭐가 예뻐서?"

사실 원래 세 부인들에게 책정된 예산은 각각 한 달에 금 천팔백 냥이었다. 하지만 금철휘가 그 자금을 관리하게 되면서 이천 냥으로 늘렸다. 아들에 대한 금일청의 배려였다.

그로 인해 유혜련과 채명화는 원래보다 더 많은 돈을 받게 되었다. 더구나 그중 천삼백 냥은 각각 가문으로 보내는 돈이다. 즉, 원래의 예산은 오백 냥인데, 그것이 구백 냥으로 늘어난 것이니 그녀들이 느끼는 풍족함이 얼마나 대단하겠는가.

한데 이제 더 이상 그 풍족함을 누릴 수 없게 된다. 그것은 아마 심각한 상황을 만들어낼 것이다. 그리고 그렇게 되면 유혜련의 호위이자 수하인 설소영 역시 힘들어질 것이다. 아니,

그녀는 오히려 유혜련보다 훨씬 어려운 상황을 겪을 것이다. 그것이 주인과 수하의 차이니까.

"왜? 마음에 걸리는 일이라도 있어?"

"저, 그게……."

"작업 좀 더 하고 싶어서?"

"작업 아니라니까요!"

아칠은 자신도 모르게 발끈하고는 흠칫 놀라 두 손으로 스스로의 입을 막았다. 그리고 슬그머니 금철휘의 눈치를 살폈다. 역시 금철휘의 표정이 좋지 않았다. 이래서는 될 일도 안 될 판이다.

"이야, 세상 진짜 좋아졌다. 이젠 주인한테 막 대들기도 하네. 다른 곳도 아니고 금룡장에서 말이야."

"아니, 저, 그게……."

아칠은 뜨끔해서 변명을 하려 했지만 말이 잘 나오지도 않았다. 평소에 뭔가를 설명할 때는 그렇게 달변을 쏟아냈는데, 그런 능력이 지금은 어디 갔는지 전혀 도움이 되지도 않았다.

금철휘가 아칠의 어깨를 팡팡 두드렸다.

"다 안다. 그래도 어쩌겠냐. 배를 잘못 탔는데. 그렇게 안타까우면 네가 물에서 건져 주든가."

"예? 물에서 건져요?"

"배에 구멍이 뚫렸으니 가라앉을 거고, 그럼 물에 빠질 게 뻔하잖아. 안타까우면 건져야지."

아칠이 머뭇거리며 조심스럽게 물었다.

"저…… 건질 방법은 있습니까?"

금철휘가 걸음을 멈추고 의미심장한 눈으로 아칠을 쳐다 봤다. 아칠은 헛기침을 하며 고개를 슬며시 돌려 시선을 피했 다.

"아니라고 하더니 맞잖아."

"아니, 그러니까. 아직은 아니라 이거죠."

금철휘가 피식 웃으며 다시 걸음을 옮겼다.

"머리 잘 굴려봐. 방법이 분명히 있을 테니까. 다시 말하지 만 난 내 부인들 그냥 둘 생각 전혀 없다. 아니, 솔직히 부인 도 아니지, 뭐."

아칠은 자신도 모르게 고개를 끄덕였다. 금철휘의 말이 옳 다. 금철휘는 부인들과 첫날밤조차 치르지 못했다. 말로만 부인이지 실제로는 오히려 남보다 못한 사이였다.

'하긴, 지금 상태로는 금룡장의 돈을 빨아먹는 기생충이나 다름없긴 하지.'

그 생각을 하니 한숨이 절로 나왔다. 불현듯 설소영이 떠 올랐다. 아칠은 고개를 절레절레 저으며 걸음을 옮겼다. 대체 자신이 왜 이러는지 모르겠다고 자책하면서 말이다.

금철휘와 아칠이 향화루로 들어섰다. 이제 금철휘는 당연 하다는 듯 향화루를 모임 장소로 썼다. 금철휘를 중심으로 모인 사람은 화예지와 백검화, 그리고 한서연과 무영객이 전부였다. 화예지의 호위들은 현재 규모가 커진 금향각을 운영하느라 눈코 뜰 새 없이 바빴다.

"일찍들 왔네. 다 모였으니 바로 시작하지."

금철휘의 말에 화예지가 일어나서 간략하게 보고를 했다. 그녀의 보고는 현 항주에 대한 것들이 주였다. 항주에 영향력을 끼치는 가문들의 동태와 주요 상권의 흐름에 대한 보고를 요점만 짚어 간단히 했다.

보고를 마치자 금철휘가 가볍게 고개를 끄덕였다. 사실 이 자리는 금철휘가 아니라 다른 사람들을 위한 자리였다. 금철휘는 언제든 원할 때 정보를 들여다볼 수 있다. 그것도 완벽하게 정리된 정보를 말이다.

"좋아. 다들 머릿속에 잘 새겨 뒀지? 그럼 다음 안건으로 넘어가지."

금철휘의 말에 화예지가 조금 심각한 표정으로 주위를 둘러보곤 말을 꺼냈다.

"일곱 가문이 움직이기 시작했어요."

일곱 가문이라는 말에 다들 눈이 반짝였다. 사실 매달 하는 화예지의 보고는 별로 재미가 없었다. 아니, 지루했다. 그나마 관심 있는 부분이라면 좀 나았지만 그렇지 않은 부분을 보고할 때는 금방이라도 잠이 쏟아질 것만 같았다.

하지만 일곱 가문은 직접적으로 부딪칠 상대다. 당연히 관심이 많았고, 그들에 대해서라면 하나라도 더 아는 것이 좋았다. 향후 어떤 싸움을 하게 될지 모르니 말이다.

"역시 예상대로 무력에 치중하고 있어요."

그 말에 다들 고개를 끄덕였다. 일곱 가문은 무가(武家)다. 무공 하나만 놓고 따지면 금룡장에 전혀 꿀릴 것이 없었다. 어떤 부분은 오히려 금룡장보다 뛰어난 구석이 있을 정도였다.

하지만 금룡장이 가진 금력은 그런 무공의 차를 뛰어넘을 정도로 대단했다. 아무리 무공으로 앞선다지만, 금룡장이 마음먹고 돈을 풀어 낭인들을 고용하면 일곱 가문의 승산은 전혀 없었다.

"무슨 생각인 거 같아?"

"일단 금룡장에 타격을 줄 수 있다는 것을 드러내서 강조하는 모양새에요."

"드러내서 강조한다?"

"우리랑 싸우면 너희도 무사하지만은 않을 것이다. 뭐, 그런 거죠."

"허세를 부려서 당장 발등에 떨어진 불만 끄겠다는 건가?"

"일단은 그런 거 같아요."

화예지의 말에도 일리가 있기에 금철휘가 고개를 끄덕였다. 하지만 그들이 결정적으로 모르는 점이 있다. 금룡장은 드러난 부분보다 드러나지 않은 부분이 훨씬 많다. 일곱 가문이 힘으로 몰아붙여도 결코 금룡장에 큰 타격을 줄 수는 없을 것이다.

"일단이라……."

"예, 일단이요. 그들은 뭔가 다른 수작을 준비하고 있어요."

"그게 뭐지?"

화예지는 잠시 뜸을 들이며 자신을 주목하고 있는 사람들을 하나하나 둘러봤다. 그녀의 얼굴에 의미심장한 미소가 떠오름과 동시에 시선이 금철휘에게로 향했다.

"우리 공자님께 새어머니가 생길지도 모르겠어요."

"새어머니?"

금철휘의 인상이 와락 구겨졌다. 전혀 생각지도 못한 말이었기에 짜증이 왈칵 솟았다.

"그놈들이 지금 미인계라도 준비한다는 거야?"

"맞아요. 일곱 가문이 심혈을 기울여서 정보를 모으고 있어요. 금룡장주님의 취향에 대해서요."

다들 멍한 표정을 지었다. 그리고 천천히 고개를 돌려 금철휘를 바라봤다. 만일 정말로 그들의 작전이 성공해서 금일청이 새장가를 가게 된다면 금철휘의 입장이 상당히 애매해진다.

금철휘에 대한 소문은 사실 아직까지 과히 좋지 않았다. 그동안 쌓은 것들이 있는데다가 금철휘가 그런 소문에 대해 전혀 신경을 쓰지 않았기에 여전히 불미스러운 소문이 많이 따라다녔다.

한데 금일청이 새장가를 들어 덜컥 애라도 낳으면 어찌 되겠는가. 금룡장 내부에서도 금세 말이 나올 것이다. 지금까지는 금일청의 아들이 금철휘 하나였기에 다들 조용히 있었지만, 아들이 또 한 명 생기게 된다면 굳이 금철휘에게 목맬 이유가 없었다.

아니, 다들 금철휘를 밀어내는 데 한손을 거들 것이다. 금룡장에서 권력깨나 누리는 사람들은 다들 야심이 대단했으니까. 그들은 최소한 금일청 사후 금룡장의 핵심 권력을 손아귀에 넣고자 한다. 지금이야 금일청이 워낙 막강하게 버티고 있어서 어쩌지 못하지만 물밑으로는 별의별 짓을 다 하고 있었다.

한데 금일청의 아이가 태어나면 어찌 되겠는가. 그 아이 주변에 모여 향후 권력을 위한 작업을 시작할 것이다. 아이가 제대로 된 정신머리를 가지고 성장하지 못하게 부추기고, 또 자신의 입지를 단단히 다지는 일 말이다.

그리고 결과적으로 그 일은 금룡장을 동강동강 잘라내게 될 것이다. 더 이상 항주제일장이 아니라 그저 그런 수십 개의 장원으로 나뉠 가능성이 농후했다.

"별 이상한 놈들 다 보겠네. 내가 그렇게 만만해 보였나 보지? 어설픈 어린아이한테 밀려날 정도로? 그리고 새장가간다고 해도 새파랗게 젊은 여자일 텐데, 과연 내 상대가 될까?"

"공자님과 싸우는 건 새 부인이 아니에요. 새 부인을 중심으로 모여드는 날파리들이죠."

"하긴."

금철휘가 크게 고개를 끄덕였다. 충분히 가능성이 있고, 일리가 있는 판단이었다. 하지만 그걸 인정하면서도 금철휘의 표정에는 일말의 걱정도 없었다.

"지금이라도 약점을 잡는 게 낫지 않겠소?"

가만히 듣고만 있던 무영객이 눈을 빛내며 말했다. 그런 식으로 은밀히 누군가에게 접근해 약점을 캐는 건 그의 특기였다.

"왜?"

"미리 약점을 확보해 두면 나중에 다루기가 훨씬 나을 거요."

금철휘가 피식 웃었다. 그 웃음이 어딘가 섬뜩하고 냉소적이라 다들 움찔 몸을 떨었다.

"다 없애 버리는 편이 훨씬 간단하지 않나?"

"그, 그런 말이 어디 있어요. 다가오는 사람들을 함부로 죽이면 결과적으로 금룡장이 흔들릴 수밖에 없어요. 그들을 잘 이용하지 않으면 금룡장처럼 거대한 조직을 운영하는 건 불가능해요."

금철휘의 눈이 살짝 켜졌다. 그리고 고개를 스윽 돌려 방 안에 있는 사람들을 둘러봤다.

"여기 내 사람들이 있잖아?"

금철휘의 말은 묘한 울림이 되어 가슴을 살짝 흔들었다. 잠시 침묵이 감돌았다. 그냥 대수롭지 않게 한 말 같은데, 그 안에 진심이 담겨 있었다. 이렇게 정면으로 진심을 받으면 사람들은 보통 얼른 대처하기가 어렵다.

가장 먼저 입을 연 것은 화예지였다. 그녀는 나직이 한숨을 내쉬었다.

"하아. 공자님은 정말 이상한 분이세요."

금철휘가 그녀를 똑바로 쳐다봤다. 그의 눈빛에도 진심이 담겨 있었다. 수많은 사람들을 상대하고 관찰해 왔던 화예지는 그것을 대번에 읽을 수 있었다. 가슴이 또 한 번 흔들렸다. 이런 식으로 부딪쳐 오는 사람은 정말로 감당하기가 쉽지 않다.

'고작 스물한 살일 뿐인데⋯⋯.'

고작 그 나이에 이렇게 마음을 흔들 수 있는 사람은 흔치 않다. 이건 거의 타고났다고 봐야 한다. 만일 이런 능력을 스스로 만들어냈다면, 그건 정말로 무서운 재능이었다.

사람의 마음을 흔드는 건 결코 쉽지 않다. 때와 장소에 따라 사람은 마음가짐이 달라진다. 또 사람에 따라 다르다. 그 모든 걸 계산해서 할 수 있다면 그건 천재 중의 천재이리라.

"어쨌든 우리만으로는 불가능해요. 사람의 능력에는 한계라는 게 있다고요."

　화예지의 말에 다들 공감한다는 듯 크게 고개를 끄덕였다. 자신들을 믿어주는 건 좋지만 능력을 너무 과대평가하면 곤란하다. 금룡장은 고작 몇 명이서 이끌어갈 수 있을 정도로 녹록한 곳이 아니었다.

　모두의 반응에 금철휘가 피식 웃었다. 명백한 비웃음이었다. 그 모습에 다들 발끈했지만 화를 내거나 말을 꺼내지는 않았다. 금철휘의 눈빛이 너무나 차가웠기 때문이다. 금철휘는 그들을 슥 둘러봤다.

　"한계를 누가 정하는 건데?"

　다들 꿀 먹은 벙어리가 되었다. 그저 눈만 멀뚱멀뚱 뜬 채 금철휘의 시선을 받아 냈다. 할 말이 없었다. 한계를 누가 정하겠는가. 스스로 정한 것이다. 그리고 스스로 한계를 정하면 그 이상은 결코 나아가지 못한다.

　'하지만 그런 의미가 아니었는데……'

　조금 억울한 면도 있었지만 금철휘의 말은 충분히 새겨들을 만했다. 그랬기에 아무도 거기에 대해 이의를 제기하거나 다시 언급하지 않고 묵묵히 금철휘의 말을 들었다.

　"한계를 정하지 않고 계속 올라가다 보면 이런 것도 가능해지지 않겠어?"

　금철휘가 탁자 위에 손바닥을 슬쩍 올렸다. 그러자 탁자가 이리저리 뒤틀렸다. 마치 묵으로 만든 탁자를 이리저리 비트는 듯했다. 그 비현실적인 모습에 다들 입을 떡 벌렸다.

"어때? 재미있지?"

다들 멍하니 보고 있을 때, 한서연은 호기심을 이기지 못하고 얼른 탁자로 다가가 직접 그것을 만져 봤다. 금철휘도 딱히 제지하지 않았기에 그녀는 망설임 없이 탁자에 손을 댔다.

"꺅!"

한서연은 얕은 비명을 질렀다. 손바닥을 댔는데 그것이 탁자 속으로 쑥 들어간 것이다. 마치 진흙을 파고드는 듯했다. 한서연은 팔뚝까지 탁자를 파고든 상태에서 인상을 찡그리며 손을 뺐다. 탁자가 점액질처럼 쭉 늘어나 딸려 나왔다. 그리고 퐁 소리와 함께 그녀의 손이 빠졌다.

놀랍게도 탁자는 전혀 모양이 상하지 않았다. 마치 처음부터 한서연의 손이 들어간 적 없다는 듯 멀쩡한 모습으로 모양을 유지한 채 이리저리 뒤틀리고 있었다.

금철휘는 씨익 웃으며 탁자를 휙 던졌다.

쿵!

탁자는 어느새 원래의 재질로 돌아와 묵직한 소리를 내며 제자리에 놓였다. 마치 조금 전의 일이 거짓말이었던 것 같았다.

"이, 이게 대체 어찌 된 일이죠?"

"대체 뭘 어떻게 하신 건가요?"

다들 정신을 차리지 못했다. 뭐가 어떻게 된 건지 전혀 알 수 없었다. 대체 뭘 어떻게 하면 이렇게 딱딱한 탁자가 묵처럼 변해 흔들거린단 말인가. 아니, 대체 뭐가 어떻게 되었기에 진흙처럼 뚫렸다가 원래대로 돌아온단 말인가.

금철휘는 넋이 반쯤 나간 사람들을 슥 둘러보며 씨익 웃었다.

"왜들 이래? 사술 처음 본 사람처럼."

"사, 사술이요?"

"그게 사술이라고요?"

다들 혼란스러운 표정을 감추지 못했다. 그렇게 생생한 광경을 봤는데, 그게 사술이라니, 믿을 수가 없었다. 더구나 직접 탁자에 팔을 넣었다 뺀 한서연은 고개를 세차게 저었다. 그건 결코 사술 따위가 아니었다.

'한데 정말 세상에 사술이라는 것이 존재하긴 하는 걸까?'

사술이라는 말만 잔뜩 들어왔지 실제로 그걸 겪어본 사람은 거의 없었다. 그렇기에 더 혼란스러웠는지도 모른다.

금철휘는 그런 반응을 보며 씨익 웃었다. 그 미소를 본 사람들은 문득 생각했다. 자신들이 금철휘에게 너무 정신없이 휘둘리는 건 아닌가, 하고 말이다.

*   *   *

"드디어 구했소."

풍운보주의 말에 다들 반색을 했다.

"결국······!"

"몇이나 구했소?"

"셋이오. 그중 누가 걸리든 걸릴 거라 확신하오."

풍운보주의 자신만만한 말에 다들 기대에 찬 눈빛으로 그를 바라봤다. 풍운보주는 그들의 기대를 충족시켜 주려는 듯 말을 이었다.

"조만간 교육이 끝나니 그때 한번 보여 드리겠소."

"정말 기대되오. 그나저나 금룡장주도 어찌 보면 대단한 사람이오."

백월보주의 말에 다들 고개를 끄덕였다. 이건 동의하지 않을 수 없었다. 금일청은 아내와 사별한 이후로 거의 여자를 가까이 하지 않았다. 그가 잠깐이라도 관심을 가졌던 여자들은 모두 아내와 닮은 여인들이었다.

"젠장. 사해방 놈들."

다들 사해방이라는 말만 들어도 경기를 일으킬 지경이었다. 뒤에서 부추기고 일만 키워 놓고는 사라져 버렸다. 그나마 만혈괴의가 항주에 있을 때는 연결된 끈이라도 있었는데, 이제는 그조차 없어져 버렸다. 완전히 버림받은 것이다. 설마 사해방이 이따위로 나올 줄은 몰랐기에 다들 이를 갈고 있었다.

"그놈들의 힘을 조금 더 빌릴 수 있었으면 이번 일도 훨씬 손쉽게 처리할 수 있었을 텐데 정말 무책임한 놈들이오."

"그러게 말이오. 그랬으면 훨씬 빨리 금룡장주의 취향을 알아냈을 것이고, 또 적합한 여인도 쉽게 찾았을 거요."

"아무튼 늦게라도 찾았으니 다행이오. 일단 금룡장의 반응은 좀 어떻소?"

"슬슬 낭인들을 모으고 있소. 하지만 아직까지는 우리가 준비한 전력에 비해 크게 대단할 건 없소."

"뭐, 우리한테 경각심을 가지기만 하면 되니 그 정도면 충분하지 않겠소?"

그들이 세운 계획은 단순했다. 금룡장과 싸우는 척 준비를 해서 이목을 흐린 틈을 타 여인들을 금룡장주 근처에 풀어놓는 것이다. 금룡장주가 그녀들 중 하나를 선택해 받아들이면 그때부터 슬슬 작업을 시작해 금룡장을 이용해 가문의 배를 불리겠다는 계획이었다.

단순했지만 그만큼 효과적이기도 했다. 자고로 남자는 여자에게 빠지면 정신을 못 차리는 법이다. 또한 금룡장이 가진 힘을 생각하면 그녀들에게 조금씩만 신경을 써 줘도 굉장한 위력을 발휘하게 될 것이다.

그즈음 자연스럽게 금룡장과의 관계를 개선하면 된다. 사실 지금 상황에서 일곱 가문이 물러난다고 해도 금룡장이 가만둘 리 없었다. 하지만 금룡장주만 잘 구워삶으면 그 뒤의 일은 어떻게든 무마가 될 것이다.

"혹시 모르니 여자를 더 찾아보는 건 어떻겠소?"

"그렇지 않아도 계속 찾고 있소. 곁에 여자가 많으면 많을수록 우리에게는 더 유리하니 노력을 아껴선 안 되지 않겠소?"

가주들의 눈이 번득였다. 금룡장에 여자를 잔뜩 들이면 분란의 씨앗이 될 것이다. 그리고 그녀들 중 누군가 애라도 덜컥 가지면 그때부터는 더 굉장한 일이 벌어질 것이다.

현재 금철휘는 금룡장 내의 주요 인사들로부터 제대로 인정을 받지 못하고 있다. 그런 와중에 새로운 자식이 태어나면 자연스럽게 아이를 중심으로 사람들이 모이게 될 것이다.

가주들의 입가에 음흉한 미소가 어렸다. 어쨌든 이제부터는 더 이상 사해방의 힘이 필요 없었다. 아마 모든 것이 잘될 것이다. 일곱 가주들은 그렇게 생각했다.

제3장
미끼

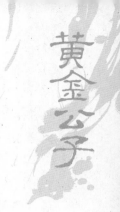

금철휘의 첫째 부인인 유혜련의 거처인 홍련각은 아침부터 소란스러웠다. 전각의 주인인 유혜련이 그 소란의 주인공이었다.

"이게 대체 뭐냐고!"

유혜련의 외침에 설소영은 그저 묵묵히 서 있었다. 그녀의 앞에는 작은 궤짝이 하나 놓여 있었다. 궤짝에는 번쩍이는 금이 가득했는데, 유혜련은 그것을 손가락으로 가리키며 악을 써댔다.

"그 멍청한 놈을 당장 잡아오란 말이야!"

유혜련이 잡아오라는 사람은 당연히 아칠이었다. 지금까지 아칠이 홍련각에 돈을 지급해 줬으니 이번 일 역시 아칠에게 따져야 한다고 생각한 것이다. 하지만 그 말을 들은 설소영의 반응은 유혜련의 기대와는 완전히 달랐다.

"그도 이번에는 어쩔 수 없었을 거예요."

"뭐? 지금 네가 내 앞에서 그놈 편을 드는 거야? 뭐야? 설마 둘이 무슨 일이라도 있었어? 눈이라도 맞은 거야?"

설소영이 눈을 동그랗게 떴다. 그녀와 유혜련과의 관계는 단순하지 않다. 겉으로 보기에 설소영은 그저 유혜련의 호위무사일 뿐이지만, 실제로 둘은 거의 자매나 다름없었다. 지금까지도 유혜련은 설소영을 그렇게 대했다.

"아가씨, 말씀이 심하십니다."

설소영의 표정이 굳고 말투가 딱딱해졌다. 유혜련도 말을 해놓고 이건 아니다 싶었는지 당황해서 입을 다물었다. 하지만 미안하다는 말은 하지 않았다. 사실 지금 설소영과 이렇게 감정을 소모할 기분도 아니었다. 그녀의 시선이 바닥에 놓인 궤짝으로 향했다.

궤짝의 크기는 평소의 절반 수준이었다. 금이 꽉 차 있긴 하지만 궤짝이 작아졌으니 당연히 안에 든 금의 양도 줄어들었다.

'고작 천삼백 냥……'

천삼백 냥이면 정확히 그녀의 가문인 유가장에 보내야 할 액수다. 즉, 홍련각을 유지할 돈이 단 한 푼도 없는 것이다.

'대체 이게 말이 돼?'

땡전 한 푼 없이 어떻게 한 달을 살란 말인가.

'차나 음식을 즐길 수도 없잖아. 내일 서역산 물건들을 잔뜩 들고 오기로 했는데, 그건 대체 어쩌지?'

유혜련은 최근 몇 달 동안 씀씀이가 엄청나게 커졌다. 막대한 돈이 매달 들어오니 처음에는 그걸 다 쓰지도 못했다. 하지만 이제는 그 돈조차 모자라다는 생각이 들 정도로 사치에 물들어 버렸다. 그녀는 문득 설소영이 방금 한 말이 떠올랐다.

"그도 어쩔 수 없었을 거라는 게 무슨 뜻이지?"

"이번에는 돈을 그거밖에 안 들고 나왔어요."

그 말의 의미를 깨달은 유혜련의 눈에 분노가 화르륵 타올랐다.

"그럼 그 멍청한 돼지새끼가 저지른 일이란 말이야?"

"아마 그럴 거예요."

설소영은 그렇게 말하면서 속으로 '돼지는 아니지만.'이라는 말을 덧붙였다. 확실히 금철휘는 더 이상 돼지가 아니다. 아니, 오히려 상당한 미남자가 됐다. 어쩌면 유혜련도 금철휘와 계속 마주치면 결국 마음이 끌릴 수밖에 없을지도 모른다.

"가자."

유혜련이 벌떡 일어나며 말하자 설소영이 깜짝 놀라 그녀를 바라봤다. 유혜련은 코웃음을 한 번 치며 말을 이었다.

"흥. 그 돼지새끼를 만나서 담판을 지어야지. 어디 감히 내 돈을 빼돌려?"

유혜련이 사뿐사뿐 걸어 밖으로 나가자, 설소영은 불안한 표정으로 그 뒷모습을 바라봤다. 최근 그녀가 직접 금철휘를 만난 적은 없지만 아칠을 만나다 보면 그를 통해 금철휘를 어렴풋이 그려볼 수 있었다. 그렇게 파악한 금철휘는 결코 만만치 않았다.

'예전의 그 사람을 생각하면 정말 곤란해질 텐데……'

지금 일이 이렇게 된 것도 사실 금철휘 때문 아닌가. 결과적으로 금철휘가 홍련각과 유화각의 자금을 쥐고 흔들기 때문에 벌어진 일이다.

'어쩌면……'

어쩌면 처음부터 이런 걸 노리고 벌인 계획일 수도 있었다. 만일 그렇다면 그는 정말로 무서운 사람이다. 설소영은 자신의 예감이 정확히 맞을 것 같아 몸을 한 차례 부르르 떨었다.

"뭐해? 안 갈 거야?"

유혜련의 앙칼진 외침에 설소영은 화급히 그녀의 뒤를 따랐다. 하지만 표정은 내내 편치 않았다.

금철휘의 거처인 금룡각은 현재 공사 중이다. 금철휘가 다 부숴버렸으니 새로 지어야 하는데, 막대한 돈을 들여 치밀한 설계를 했고, 수많은 장인들이 심혈을 기울여 새로 짓고 있었다. 그렇기에 현재 공식적인 금철휘의 거처는 향화루였다.

유혜련은 향화루 앞에서 채명화를 만났다. 채명화 역시 유혜련과 똑같은 표정이었다. 그녀 역시 같은 꼴을 당한 것이다. 그것이 한편으로는 고소하면서 또 씁쓸했다.

'이 인간이 결국 일부러 이랬다는 거지?'

어쨌든 여기까지 왔으니 결판을 지어야 한다. 한 푼도 주지 않고서 어떻게 한 달을 살아가란 말인가. 게다가 홍련각을 유지하려면 기본적으로 들어가는 비용이 있다. 또한 그녀가 나름대로 키운 정보조직을 유지하는 데도 막대한 돈이 들어간다.

'그걸 다 포기하라고? 절대 그럴 수 없지.'

유혜련은 도도한 표정으로 채명화의 시선을 외면하며 향화루 안으로 들어섰다. 채명화 역시 똑같은 표정과 자세로 유혜련과 나란히 안으로 들어갔다.

설소영과 화영은 서로를 마주 보며 한숨을 내쉬었다. 마치 모든 걸 다 이해한다는 듯한 표정이었다. 둘은 서로에게 살짝 고개를 숙여 주고는 각자의 주인을 뒤따랐다. 지금까지는 서로 앙숙에 가까웠지만 이제부터는 어쩌면 손을 잡아야 할지도 모르는 사이가 되었다.

유혜련과 채명화는 아무런 제지도 받지 않고 향화루의 최상층에 오를 수 있었다. 미리 연락이라도 받은 것처럼 향화루의 시비들이 알아서 그녀들을 안내한 것이다.

최상층에 오르자, 금철휘가 바로 보였다. 금철휘는 다리가 휘어질 정도로 한 상 거나하게 차려 놓고 술을 마시는 중이었다. 금 열 냥이 넘어가는 요리들이 가득했고, 한 병에 금 세 냥의 값어치를 가진다는 금향주도 십여 병이나 상 주위에 나뒹굴었다.

유혜련과 채명화는 한심하다는 듯 그 모습을 보며 혀를 찼다. 살이 빠져서 보기 좋아진 건 맞지만 속은 그대로였다. 그녀들이 보기에 금철휘는 여전히 쓰레기였다. 물론 이제 외모가 좀 봐줄 만하니 남편으로 삼아도 되겠다는 생각은 슬며시 들었다. 어쨌든 제대로 애만 낳으면 자신이 금룡장을 휘어잡을 수 있을 테니까 말이다.

"거기 서서 뭐해? 왔으면 앉아."

금철휘의 말에도 두 여인은 미동도 하지 않았다. 여기 더 있고 싶지 않았다. 빨리 일을 처리하고 돌아가 편안히 쉬고 싶었다. 그것을 보고 금철휘가 피식 웃었다.

"내 말은 귓등으로도 안 듣는군. 그래서 돈 받을 수 있겠어?"

금철휘의 말에 유혜련과 채명화가 이를 갈았다. 빠드득하는 소리가 방 안에 울렸다. 그녀들 뒤에 서 있던 설소영과 화영이 깜짝 놀라 바라볼 정도로 큰 소리였다.

금철휘가 재차 손을 까딱여 그녀들을 불렀다. 금철휘의 얼굴에 떠오른 은은한 미소가 눈부셨다. 그 모습에 순간적으로 잘생겼다는 생각이 든 두 여인이 흠칫 놀라 눈살을 찌푸렸다. 지금은 외모 따위에 마음이 흔들려선 안 되는 때다. 지금은 당차고 강하게 치고 나가야만 하는 시점이었다.

"지금 뭐 하자는 거지?"

채명화가 먼저 나섰다. 그녀는 금철휘를 죽일 듯 노려봤다. 하지만 금철휘는 여전히 손을 까딱여 앉으라는 신호를 보냈다. 결국 두 여인은 금철휘 앞에 자리를 잡고 앉았다. 그렇게 하지 않으면 끝까지 금철휘가 입을 열 것 같지 않았기 때문이다. 그리고 그걸로 주도권은 완전히 금철휘에게 넘어갔다.

"돈 때문에 왔지?"

"잘 아네. 정말 이런 식으로 나올 거야? 설마 네가 돈을 쥐고 있다고 해서 우리를 마음대로 할 수 있을 거라 생각했어? 계속 이런 식이면 정말 가만 안 있을 거야."

유혜련이 빠르게 쏘아붙였다. 하지만 금철휘는 씨익 웃으며 고개를 저었다.

"말투."

"뭐라고?"

유혜련이 눈을 치켜떴다. 하지만 금철휘는 더 이상 말하지 않고 입을 꾹 다물었다. 그리고 또 씨익 웃었다. 그 모습이 어찌나 얄미운지 속이 터지려고 했다.

잠시 침묵이 감돌았다. 하지만 유혜련과 채명화의 얼굴이 붉으락푸르락했기에 침묵이라기보다는 폭풍전야 같은 느낌이었다. 물론 결국 꼬리를 내린 것은 두 여인이었다. 그럴 수밖에 없었다. 그녀들은 이미 주도권을 잃었다.

금철휘가 입을 꾹 다물고 손짓을 했을 때가 바로 첫 번째 주도권 싸움이었다. 하지만 거기서 너무 손쉽게 물러났다. 한 번 물러나기가 어렵지 두 번째는 간단하다. 지금 그녀들은 계속 그런 식으로 물러나는 중이었다.

"알았어요. 말투를 바꾸죠. 그러니 우리 대화를 해요. 대체 왜 이러는 건가요? 우리에게 일언반구도 없이 그렇게 함부로 예산을 깎아도 되는 건가요?"

그제야 금철휘가 만족스러운 표정으로 크게 고개를 끄덕였다.

"이제야 좀 얘기할 맛이 나는군. 앞으로도 계속 그렇게 해. 그나마 천삼백 냥이라도 제대로 받고 싶으면."

두 여인의 입이 떡 벌어졌다. 아니, 그녀들 뒤에 서 있는 설소영과 화영의 입도 함께 벌어졌다. 대체 그 뚱뚱하고 겁 많던 금철휘를 누가 이렇게 바꿔 놓았단 말인가. 아니, 그 금철휘와 이 금철휘가 같은 사람이긴 한 건지조차 의문이었다.

금철휘의 변화에 놀라 입을 벌렸던 유혜련과 채명화는 이내 입술을 깨물었다. 너무나 굴욕적이었다. 대체 자신이 왜 이런 꼴을 당해야 한단 말인가. 다른 사람도 아닌 금철휘에게 말이다.

"돈 때문에 왔지?"

잠시 대답 없이 침묵하던 두 여인이 거의 동시에 말했다.

"맞아요."

"그게 왜 문제가 되는 거지? 난 제대로 줬다고 생각하는데."

금철휘가 너무나 아무렇지도 않게 말하자, 두 여인이 발끈했다.

"말도 안 돼! 아니, 말도 안 돼요! 지금까지 매달 이천이백 냥을 지급했는데, 갑자기 절반 수준으로 낮췄잖아요!"

금철휘가 고개를 갸웃거렸다.

"이천이백 냥? 난 그렇게 많이 지급하라는 지시를 내린 적이 없는데?"

금철휘는 그렇게 말하며 근처에 엉거주춤하게 서 있는 아칠을 쳐다봤다. 아칠은 화들짝 놀라 후다닥 밖으로 도망쳤다. 다들 어이없는 눈으로 그 광경을 지켜봤다. 물론 미리 금철휘와 짜고서 벌이는 일이었다.

"이런, 원래 그렇게 큰돈을 지급할 게 아니었는데 저놈이 독단적으로 지급한 모양이군. 그럼 어쩌지? 과지급 된 금액을 회수해야 하나?"

"이미 줬던 걸 빼앗는 게 어디 있어요!"

두 여인이 펄쩍 뛰자, 금철휘가 의미심장한 미소를 지었다.

"뭐, 수하 관리를 제대로 못 한 내게도 책임이 있으니 그 부분은 그냥 넘어가도록 하지."

두 여인은 안도하며 입을 다물었다. 하지만 가만히 생각해 보니 너무나 억울했다. 대체 자신들이 뭘 잘못했단 말인가. 그저 주는 대로 받아서 썼을 뿐인데, 왜 이제 와서 더 받아갔다고 돌려달라느니 말라느니 하는 말로 속을 태워야 하느냔 말이다.

"자, 그럼 불만 사항을 해결해 보자고."

금철휘의 말이 끝나기 무섭게 기다렸다는 듯 두 여인이 불만을 쏟아냈다. 말이 불만이지 거의 비난에 가까웠다. 무려 금 구백 냥을 덜 받았다. 눈에 불똥이 튀는 게 당연했다. 금철휘는 그렇게 두 여인이 떠드는 것을 가만히 들어주었다. 이윽고 할 말을 모두 마친 유혜련과 채명화가 씩씩거리며 숨을 몰아쉬었다. 그녀들의 얼굴은 붉게 상기되어 있었다.

"잘 들었어. 그럼 한번 차근차근 따져보지. 나한테 들어오는 돈은 금 육천 냥이야. 그럼 원칙적으로 전각 하나에 얼마가 들어가야 할까?"

두 여인은 꿀 먹은 벙어리처럼 대답하지 못했다. 답은 이천 냥이다. 한데 그녀들은 무려 이천이백 냥을 받았다. 그것도 몇 달 동안이나.

"그리고 과연 그 육천 냥이 모두 세 전각에 들어가는 예산이기만 할까?"

두 여인이 놀란 눈으로 금철휘를 바라봤다. 금철휘의 얼굴에 능글능글한 웃음이 피어났다. 그리고 손가락을 들어 자신을 가리켰다.

"그렇게 많은 돈을 관리하느라 피곤해진 내 마음도 생각해 줘야 하지 않겠어?"

또 입이 쩍 벌어졌다. 어떻게 그런 말을 이다지도 당당하게 말할 수 있단 말인가. 그녀들이 보기에 금철휘는 얼굴에 철판을 깐 게 분명했다.

"자, 내 몫으로 천 냥을 빼고……."

"처, 천 냥이요?"

백 냥도 아니고 천 냥이란다. 이건 거의 날강도 수준 아닌가.

"뭘 그렇게 놀라? 원래 정치하는 놈들은 다 이 정도는 뜯어서 먹고 그래. 난 아주 양호한 편이라니까?"

어안이 벙벙한 표정의 두 여인을 쳐다보며 슬쩍 한 번 웃어준 금철휘가 말을 이었다.

"그리고 날 대신해 돈을 관리한 아칠이 그래도 제 몫을 했으니 한 삼백 냥은 가져가야 하지 않겠어?"

갈수록 가관이다. 하지만 얘기를 듣는 두 여인은 정신을 차릴 수가 없어서 그저 멍하니 있었다.

"그럼 계산을 해보자고. 너희들이 각각 이천이백 냥, 거기에 내가 천 냥, 아칠이 삼백 냥. 다 더하면 얼마가 될까?"

"오, 오천칠백······냥······ 이요."

유혜련의 대답에 금철휘가 손가락 하나를 올리며 말했다.

"자, 그럼 여기서 문제 하나. 과연 남은 하나인 이설각에는 얼마가 돌아갈까?"

아무도 대답하지 못했다. 고작 삼백 냥이다. 이설각은 고 작 삼백 냥으로 운영되었던 것이다. 물론 못할 건 없다. 하지 만 이천이백 냥을 받아왔기에 삼백 냥과는 너무나 비교가 된 다.

눈만 끔뻑이고 있는 두 여인을 향해 금철휘는 마치 선언하 듯 말했다.

"이번 달은 천삼백 냥이지만, 다음 달부터는 아마 그것도 다 안 나갈 거야."

그제야 정신이 번쩍 들었다. 유혜련과 채명화가 발작하듯 이 외쳤다.

"말도 안 돼! 그건 우리 가문으로 가야 할 돈이란 말이에 요! 그걸 줄일 수는 없어요!"

금철휘가 고개를 갸웃거렸다.

"그걸 왜 내가 신경 써 줘야 하지?"

금철휘는 그렇게 말하며 옆을 쳐다봤다. 금철휘의 시선을 따라 유혜련과 채명화의 시선도 움직였다. 시선이 멈춘 곳에 는 언제 왔는지 백검화가 한서연과 함께 서 있었다.

"저기 백검화 보이지? 이번 달에 얼마 받았을 거 같아?"

아무도 대답하지 못했다. 자신들에게 올 돈을 백검화에게 줬을 것이 뻔해서 차마 대답하지 못했다. 그걸 직접 입으로 말하기에는 너무나 비참했다.

금철휘는 두 여인의 심정을 다 안다는 듯 차갑게 웃었다.

"삼백 냥이야. 그거면 충분하다더군. 그리고 다음 달부터는 더 이상 돈을 지급하지 않기로 했지."

유혜련과 채명화는 목이 부러질 듯 빠르게 고개를 돌려 백검화를 바라봤다. 믿을 수가 없었다. 대체 그 돈도 안 받으면 뭘 어쩌겠단 말인가. 그 답은 금철휘가 해주었다. 아주 간단하면서도 알기 쉽게.

"추일객잔이라고 혹시 알아?"

"추, 추일객잔이요?"

당연히 안다. 항주제일의 객잔 아닌가. 지금 그녀들이 있는 곳이 항주제일 주루라면 추일객잔은 향화루만큼이나 유명한 객잔이었다. 그조차 모른다면 금룡장 소장주의 부인 자격이 없으리라.

"추일객잔의 주인이 누군지 아는 사람?"

유혜련과 채명화의 시선이 반사적으로 뒤에 서 있던 설소영과 화영에게로 향했다. 하지만 둘 역시 고개를 저을 뿐이었다.

"얼마 전에 주인이 바뀌었다는 것밖에 모릅니다."

두 사람은 설마하는 표정으로 금철휘를 바라봤다. 금철휘는 그 설마가 맞다는 듯 크게 고개를 끄덕였다.

"예상했나 보네. 맞아. 백검화가 주인이야."

입이 떡 벌어졌다. 추일객잔의 주인이라니. 대체 그걸 어찌 샀단 말인가. 추일객잔은 한 달에 벌어들이는 수입이 상상을 초월할 정도로 많다. 고작 금 수백 냥으로 살 수 있는 객잔이 아니었다.

"고작 삼백 냥이지만 이렇게 이용할 수도 있지. 한데 너희는 어땠지?"

유혜련과 채명화는 충격을 받아 아무런 말도 할 수 없었다. 그동안 그저 늘어난 돈을 가지고 사치 부리기에 열중했지 이렇게 객잔을 인수한다거나 할 생각은 해본 적도 없었다.

'이익! 대체 내가 왜 객잔 따위에 관심을 둬야 해? 결국 금룡장이 내 차지가 될 텐데! 그럼 그따위 객잔 수백 개라도 살 수 있어!'

금철휘는 유혜련과 채명화가 무슨 생각을 하건 관심 없다는 듯 손을 휘휘 내저었다.

"됐고. 다음 달부터 삼백 냥을 줄일 테니까 그렇게 알고 있어."

"말도 안 돼요! 대체 그렇게 줄이고 남는 돈은 어디에 쓰시려는 거죠? 무려 사천 냥이나 되잖아요!"

금 사천 냥은 정말로 어마어마한 돈이다. 웬만한 작은 상단이 일 년 동안 만들어내는 매출이 그쯤 될 것이다. 그런 막대한 금액을 매달 가져다가 대체 어디에 쓴단 말인가.

금철휘는 대답 대신 술잔을 들어 올렸다. 그리고 나머지 한 손을 내밀며 펼쳤다. 마치 상 위를 보라는 듯.

"그, 그러니까 먹고 마시는 데 금 사천 냥을 쓰겠다는 건가 요?"

유혜련과 채명화는 너무나 어이가 없어 멍하니 금철휘를 바라봤다. 뭐라 반박하면서 쏴 주고 싶은데 그럴 기운도 없었다. 그런 두 여인에게 금철휘가 각각 주머니 하나씩을 던졌다.

주머니를 받은 두 여인은 어리둥절한 표정을 지었다. 하지만 이내 주머니를 열어 보고는 살짝 표정이 풀어졌다. 주머니 안에는 금전이 가득 들어 있었다.

"오십 냥씩 넣었어. 아마 충분할 거야."

금철휘는 그렇게 말하고는 나가보라는 듯 손을 내저었다. 유혜련과 채명화는 한동안 그 자리에 앉은 채 금철휘를 노려 보며 입술을 깨물었다. 하지만 더 이상 그녀들이 할 수 있는 일이 없음을 깨닫고 힘없이 자리에서 일어났다.

유혜련과 채명화가 나가자, 설소영과 화영도 그 뒤를 따랐다. 금철휘는 그녀들이 나가는 모습을 아예 쳐다보지도 않았다. 하지만 방에 함께 있던 사람들은 그녀들의 모습이 완전히 사라질 때까지 아무도 눈을 떼지 못했다.

"공자님, 너무 뻥이 심하신 거 아닙니까?"

아칠이 따지듯 말하자 금철휘가 아칠을 슬쩍 쳐다봤다. 눈 빛에는 한심한 기색이 역력했다.

"또 뭐가?"

"아니, 추일객잔을 산 건 공자님 아닙니까. 그런데 왜……."

"응? 누가 그래? 내가 샀다고?"

"공자님께서 저번에……."

"샀다고만 했지 내가 샀다고는 안 했는데?"

아칠의 눈이 화등잔만 해졌다. 그리고 바람 소리가 날 정도로 고개를 홱 돌려 백검화를 바라봤다.

"헉! 그럼……!"

백검화가 당치 않다는 듯 웃으며 손을 슬쩍 내저었다. 그 모습이 어찌나 고혹적인지 순간 나이를 잊게 만들었다.

"지분의 일부를 가지고 있을 뿐이에요."

"이, 일부요?"

"제가 가진 돈으로 추일객잔을 산다는 게 가당키나 한가요? 제가 가진 지분은 채 이 할도 안 된답니다."

금철휘는 당당한 표정으로 말했다.

"이 할이든 삼 할이든 추일객잔의 주인은 주인이지. 안 그래?"

아칠은 어이가 없었지만 따지고 보면 틀린 말은 아니기에 뭐라 대꾸할 수조차 없었다.

"그나저나 좀 이상하긴 해."

"예? 뭐가 말입니까?"

"쟤들 너무 멍청하지 않아?"

"예? 그럴 리가요. 가문에서 고르고 골라 보냈을 텐데……."

금철휘가 피식 웃었다. 정보를 한 손에 꼭 쥐고 있기에 대충 유가장과 패천보의 상황을 파악할 수 있었다. 둘 다 가문이 치밀하게 준비해서 보낸 게 아니라, 상황이 그렇게 흘러갔을 뿐이다.

"아칠아."

"예?"

"넌 내가 아직도 바보로 보여? 아니면 예전의 그 못생긴 뚱땡이로 보여?"

아칠이 헤헤 웃으며 고개를 저었다.

"그럴 리가요. 공자님께서 얼마나 똑똑한 분이신지 제가 제일 잘 알고 있습니다. 공자님은 어릴 때부터 영특하셨다니까요? 그리고 살 좀 찌면 어떻습니까? 공자님이 좀 통통할 때가 있었던 건 사실이지만, 그래도 얼굴은 괜찮았습니다. 나름 귀여운 맛이 있었다니까요?"

아칠의 아부에 금철휘가 씨익 웃었다. 아부라는 것이 결국은 독이 되겠지만 막상 들을 때는 참으로 달콤하다. 물론 그런 것에 신경을 쓸 금철휘가 아니었지만 말이다.

"내 말은 그게 아니야. 너조차 아는 걸 왜 쟤들은 모르느냐 이거지."

"예……에?"

아칠이 잠시 멍청한 표정을 지었다. 그리고 금철휘의 의중을 파악하느라 눈치를 살폈다. 그와 동시에 금철휘 근처에 있는 백검화와 한서연의 안색도 살폈다. 그녀들 역시 눈에 이채를 띠고 금철휘를 바라보고 있었다.

"나 대하는 거 보면 몰라? 걔들 눈에는 여전히 내가 예전의 뚱땡이로 보이는 거지."

"그, 그럴 리가요……."

"앞으로는 좀 변할지도 모르겠지만, 어쨌든 지금은 그래. 현재 처한 상황을 인정하기 싫거나, 아니면 날 인정하기 싫거나 둘 중 하나겠지."

거기까지 말한 금철휘는 눈을 빛내며 말을 이었다.

"저 중에 제일 눈여겨볼 사람은 화영이야."

"화영이요?"

"나가면서 나한테 눈웃음치는 거 못 봤어?"

"예? 모, 못 봤는데요?"

아칠은 물론이고 백검화와 한서연조차 고개를 저었다. 화영이 그랬다는 말에 솔직히 놀랐다.

"화영, 그거 뭔가 있어. 어쩌면 걔들 눈 가리고 이용해 먹는 걸 수도 있고 말이야. 한번 알아봐."

그 말에 천장에서 짧은 대답 소리가 들려왔다.

"존명."

금철휘는 천장에서 멀어져 가는 기척을 느끼며 씨익 웃었다. 확실히 정보조직을 제대로 꾸며 놓으니 제법 쓸 만했다.

'그때 이런 조직 하나만 가지고 있었어도……'

만일 혈룡귀갑대에 이런 정보조직이 있었다면 어쩌면 그때 천하를 휘어잡았을 수도 있다. 하지만 그건 부질없는 생각이다. 이미 지난 일 들추고 후회해서 뭐 하겠는가.

'지금부터 잘하면 되지.'

금철휘가 손뼉을 짝짝 쳤다.

"자, 이제 다 끝났으니 쓸데없는 얘기는 그만하고 술이나 마시자."

금철휘는 그렇게 말하고 아칠을 쳐다봤다.

"아예 기루로 갈까? 그동안 좀 근질근질했지?"

아칠은 식은땀을 삐질삐질 흘리며 백검화와 한서연의 눈치를 살폈다. 아니나 다를까 두 사람의 눈에서 한기가 흘러나왔다. 물론 금철휘는 전혀 신경 쓰지 않았다.

아칠이 대답하지 못하자, 금철휘가 좋은 생각이 났다는 듯 손뼉을 짝 치며 말했다.

"아예 이참에 기루도 하나 사 버릴까?"

"고, 공자님……"

아칠이 금철휘를 말렸다. 백검화와 한서연이 내뿜는 한기가 너무나 무서웠다. 방 안이 이렇게 추워졌는데 금철휘는 전혀 신경도 안 쓰고 자기 할 말만 하고 있으니 답답하기 그지없었다.

'이, 이러다 내가 죽겠다.'

아칠은 덜덜 떨면서 금철휘를 말렸다.

"공자님. 기루에 몇 번이나 가신다고 사십니까? 그건 낭비입니다. 아마 사 놓고 거의 안 가실 게 분명합니다. 돈이 아깝지 않습니까?"

금철휘가 피식 웃었다.

"내 앞에서 돈을 논하는 거냐?"

금철휘는 더 볼 것도 없다는 듯 자리에서 벌떡 일어났다. 수중에 가진 돈이 얼마인데 고작 기루 하나 못 사겠는가.

"가자. 오늘부로 채화루는 내 거다."

"예? 채, 채화루로 가시게요?"

아칠이 말을 더듬으며 백검화와 한서연의 눈치를 살폈다. 채화루는 항주에서 아름다운 기녀들이 많기로 유명하다. 당연히 신경이 쓰였다. 차라리 취월루로 갔다면 조금 나았을 텐데 하필이면 채화루라니, 이러다가 제명까지 못 살 것 같은 예감이 불쑥불쑥 들었다.

"고, 공자님. 다시 한 번 생각해 보심이…… 채화루는 나중에 운영하기도 쉽지가 않을 텐데……."

아칠의 말이 역효과를 낳았다.

"운영 잘하는 놈 사면 돼. 넌 따라오기나 해."

아칠은 앞이 캄캄해졌다. 자신이 금철휘의 신경을 두 번이나 건드리는 바람에 더는 돌이킬 수 없게 된 것이다. 아칠은 슬며시 백검화와 한서연을 쳐다봤다.

'히익!'

아칠은 황급히 금철휘 앞으로 달려갔다. 어떻게든 두 여인의 시선으로부터 도망가고 싶었다. 금철휘의 몸으로 시선을 막으니 그제야 좀 살 것 같았다. 그리고 그때부터 식은땀으로 목욕을 하며 채화루로 향했다.

그날 채화루는 금철휘의 것이 되었다.

*　　　*　　　*

금일청은 집무실에서 모든 서류를 처리한 후 천천히 일어났다. 가볍게 몸을 푼 뒤, 밖으로 나가자 기다렸다는 듯 호위 세 명이 달려와 뒤에 시립했다. 그리고 오 총관이 다가와 공손히 허리를 숙였다.

금룡장에는 모두 다섯 명의 총관이 있는데, 그중 오 총관이 항상 금일청의 곁에 머물며 보좌를 했다.

"남은 일정은 어떻게 되나?"

"오늘은 별다른 일정이 없습니다. 기루나 객잔을 순회하심이 어떻습니까?"

금룡장은 항주에 수많은 기루와 주루, 그리고 객잔을 보유하고 있었다. 위치나 규모 모두 알짜배기였다. 다만 향화루나 채화루처럼 항주제일을 목표로 하지 않고, 그 아래 단계를 목표로 세워진 것들이었다.

물론 그 정도만 해도 충분히 막대한 돈을 벌어들이지만, 금룡장의 힘은 그게 다가 아니었다. 금룡장은 항주 외에 다른 큰 도시 곳곳에서 같은 이름을 가진 기루와 주루, 객잔을 운영했다. 그 수를 모두 합하면 수백 군데가 넘어갈 정도였다.

세상의 눈은 금룡장의 재산을 상단 두 개와 항주를 비롯한 주요 도시 곳곳에 세워진 비슷한 이름의 객잔과 주루, 기루들, 그리고 항주를 중심으로 하는 광대한 토지에서 나오는 막대한 곡물이라 여기고 있었다.

사실 그것만으로도 충분히 천하에서 손꼽힐 정도의 부자인 것은 맞다. 대부분의 사람들이 금룡장주를 천하제일의 부자라고 생각하니 말이다.

하지만 사실 그것은 금룡장이 가진 부의 극히 일부일 뿐이었다. 금룡장 산하에서 움직이는 상단은 사실 알려진 것과 달리 십여 개에 달했고, 그중 세 개가 천하십대상단에 꼽힐 정도로 규모가 컸다. 게다가 천하에서 손꼽힐 정도로 거대한 전장 세 개가 금룡장의 것이었다.

또한 사람들이 알기에 금룡장의 것이 아닌데 실제로는 금룡장 소유인 것들이 천하 곳곳에 산재해 있었다.

사실 금룡장은 그런 것들을 이용해 폭넓은 정보망을 갖추고 있었다. 물론 사해방 같은 조직이 다루는 정보와는 많이 다르고 그 격도 떨어진다. 하지만 사해방으로부터 얻는 정보를 이용하면 그걸 바탕으로 막대한 이득을 뽑아낼 수 있었다.

그동안 금룡장이 사해방에 어마어마한 돈을 지불하면서 정보를 구입한 이유가 바로 그것이었다. 그 정보를 이용하면 지불한 돈의 수십 배를 뽑아낼 수 있었기에 그 정도 투자를 할 수 있었던 것이다.

금룡장은 그 광범위한 정보망을 이용해 갖고 있는 부를 감추려 애썼다. 상당히 오랜 기간 치밀한 작업을 통해 감춰왔기 때문에 지금에 와서는 설사 사해방이라 할지라도 금룡장의 모든 것을 파악하지 못할 정도였다.

기루와 객잔을 순회하는 일은 사실 정보 차단에 더 가까웠다. 금일청이 둘러보는 곳은 공식적으로 알려진 금룡장의 기루와 주루, 객잔, 그리고 농사를 짓는 땅이 전부였다.

주기적으로 그곳들을 둘러보며 금룡장주가 관심을 두는 것은 그것들뿐이라는 사실을 세상에 인식시켰다. 그것은 생각보다 효과적이었다.

최소한 항주의 사람들은 금룡장의 재산이 그것들뿐이라고 믿었고, 또 그 믿음은 소문으로 변해 천하 곳곳으로 퍼져 나갔다. 물론 약간 의도적으로 소문을 퍼트리기도 했지만 말이다.

"오늘은 객잔을 돌아보지."

"모시겠습니다."

오 총관이 공손히 대답하고는 앞장섰다. 금일청이 움직이자, 호위들이 자연스럽게 주변에 포진하며 금일청을 보호했다.

금일청은 당당히 거리를 활보했다. 그가 항주에 베푼 덕이 상당했기에 그가 지나갈 때마다 상당수의 사람들이 존경 어린 눈으로 바라봤다. 몇몇은 공손히 인사를 하기도 했다. 그들은 직접적으로 금일청에게 은혜를 받은 사람들이었다.

그렇게 금일청은 평소와 마찬가지의 경로를 따라 객잔을 하나하나 둘러봤다. 금룡장 소유의 객잔은 항주 내에 서른 개가 넘었다. 그것을 모두 둘러볼 수는 없었다. 각각의 거리가 상당했기에 마음먹고 돌아보려 해도 며칠은 꼬박 걸릴 만한 일이었다.

금일청이 어떤 객잔을 갈 건지는 오 총관만이 알고 있었다. 금일청의 일과를 관리하는 것이 오 총관의 임무였기에 객잔을 둘러보고자 할 때에도 미리 준비한 경로를 따라 금일청을 안내했다.

그렇게 한 시진쯤 걸어갔을 때, 금일청의 눈에 한 여인이 들어왔다. 금일청은 그 여인을 발견한 순간부터 눈을 떼지 못했다. 누군가와 너무나 닮았기 때문이다.

"예린……."

금일청은 자신도 모르게 중얼거렸다. 방금 그가 본 여인은 오래전 죽은 그의 부인과 너무나 닮았다. 마치 다시 살아서 돌아온 것 같은 착각이 들 정도였다.

항상 금일청을 지척에서 보좌하던 오 총관이니 대번에 상황을 파악했다. 오 총관은 금일청에게 넌지시 말했다.

"조만간 자리를 만들도록 해보겠습니다."

금일청은 그저 고개를 끄덕이기만 했다. 그의 시선은 오로지 여인에게 향해 있었다. 근처 좌판에서 뭔가를 고르던 여인은 생긋 웃으며 작은 머리빗 하나를 들고 금세 자리를 떴다. 금일청은 아쉬운 눈으로 멀어져 가는 그녀의 모습을 끝까지 지켜봤다.

"크흠. 장주님. 몸이 좋지 않아 보이시는데 오늘 일정은 취소하는 게 어떻습니까?"

오 총관이 조금 큰 목소리로 물었다. 금일청은 그제야 정신을 차렸다. 그의 시선에 조금 전까지는 전혀 들어오지도 않던 광경이 물밀 듯 밀려왔다. 그는 금룡장의 주인이다. 항주에 나서기만 해도 모든 사람의 주목을 받는. 금일청이 가볍게 고개를 끄덕였다.

"아무래도 그래야 할 것 같군. 이만 돌아가세."

금일청은 그렇게 말하고 금룡장으로 돌아갔다. 그가 여인을 봤던 시간은 극히 짧았기에 대부분의 사람들은 오 총관과 금일청의 대화를 믿었다. 하지만 몇몇 눈치가 빠른 사람들은 그 짧은 순간에 어떤 일이 벌어졌는지 확신했다.

그렇게 눈치를 챈 몇몇 사람들 중, 발 빠른 사람들이 황급히 움직였다. 아마 그 여인을 중심으로 금룡장이 움직일 공산이 컸다. 그런 곳에는 항상 금 부스러기가 떨어지는 법이다.

"드디어 미끼를 물었소!"

풍운보주가 기쁜 얼굴로 말하자, 분위기가 급격히 달아올랐다.

"정말 다행이오. 이 방법이 안 통하면 어쩌나 걱정이 이만저만 아니었는데!"

"나도 실패한 줄 알았소. 첫 번째와 두 번째 아이를 보고서도 아무 관심 없이 그냥 지나치기에 우리가 잘못 짚은 줄 알고 심장이 떨어질 뻔했는데, 다행히 마지막 아이가 그의 눈에 들었소."

"우리가 보기에는 다 비슷해 보이는데, 뭔가 다르긴 달랐나보오."

"그거야 알 수 없지 않겠소? 우리가 금룡장주도 아닌데 말이오. 어쨌든 중요한 건 그가 미끼를 물었다는 거요. 앞으로 어떻게 이끌어 가느냐에 따라 결과가 천차만별로 달라질 거요."

다들 고개를 크게 끄덕였다.

"미리 준비를 해둬야겠소. 한데 다들 요즘 괜찮소?"

"무슨 뜻이오?"

"사실 내가 요즘 약간의 어려움을 겪고 있어서 혹시나 하고 묻는 거요."

말을 꺼낸 사람은 백룡표국의 국주였다. 오룡 중 기천웅의 아버지이기도 한 그는 항주에서도 고수로 이름이 높았다. 또한 그가 이끄는 백룡표국 역시 최근 승승장구하고 있었다. 사해방이나 금룡장과 얽히지만 않았다면 아마 그는 이곳에 함께 참여할 필요도 없었을 것이다.

백룡표국주의 말에 모두의 안색이 살짝 변했다. 그리고 서로의 눈치를 살폈다.

"설마⋯⋯!"

그제야 다들 눈치를 챘다. 함께 벌이는 일은 잘 풀리고 있지만 그들 개개인의 가문은 그렇지 않다는 것을 말이다.

"보아하니 다들 마찬가지인 것 같으니 내가 먼저 말하겠소. 요즘 흑수방의 분위기가 심상치 않소."

성천방주의 말에 다들 고개를 갸웃거렸다.

"흑수방? 성천방과 사이가 안 좋긴 하지만, 성천방이 마음만 먹으면 언제든 밟아 버릴 수 있는 작은 방파 아니오?"

성천방주가 심각한 표정으로 고개를 끄덕였다.

"맞소. 아니, 불과 얼마 전까지는 그랬소. 하지만 지금은 그렇지 않소. 막상 뚜껑을 열어 보니 우리와 비교해도 거의 손색이 없는 전력을 갖추고 있었소."

"그럴 리가! 흑수방은 거의 뒷골목 왈패에 가까운 놈들 아니었소?"

"나도 그렇게 알고 있었소."

"흑수방이 뭘 어찌하기에 심상치 않다는 거요?"

"대놓고 시비를 걸고 있소."

다들 눈살을 찌푸렸다. 흑수방은 정파보다는 사파에 훨씬 가깝다. 사람에 따라 흑수방을 사파로 단정하는 경우도 비일비재했다. 그러니 시비를 걸 수는 있다. 하지만 시기가 너무나 공교롭지 않은가.

"하면 성천방주께서는……."

"아무래도 흑수방의 뒤에 금룡장이 있는 것 같소."

그 말에 다들 고개를 끄덕였다. 그들 역시 그런 생각을 하고 있었다. 또한 지금 그들이 겪는 일도 성천방과 너무나 흡사했다.

"허어. 이거 아무래도 가만히 기다리고 있을 상황은 아닌 듯하오. 힘을 모아야 할 것 같은데 다른 분들의 생각은 어떻소?"

추가장주의 제안에 모두 동의한다는 듯 크게 고개를 끄덕였다. 지금 그들은 이렇게 힘을 모을 수밖에 없는 상황이었다. 아니, 누군가에게 도움을 받지 않으면 곤란한 상황이었다.

"앞으로 어찌 될 거 같소?"

"그들의 도발이 갈수록 심해지지 않겠소? 결국 참는 데에도 한계가 올 것이고……."

그렇게 되면 충돌하는 수밖에 없다. 끝까지 참고 기다리면 우습게 여겨져 상황이 훨씬 악화될 것이다. 무림에서는 참는 것만이 능사는 아니다.

일단 충돌을 하게 되면 피해가 생길 수밖에 없다. 그리고 그렇게 피해가 생기면 금룡장은 결코 그 틈을 놓치지 않을 것이다. 그들은 금룡장이 얼마나 무서운 힘을 가지고 있는지 누구보다 잘 알고 있었다.

"끄응."

백월보주가 앓는 소리를 냈다. 그의 아들은 오룡 중 가장 성격이 급하고 과격한 장무룡이다. 하지만 백월보주는 아들과는 달리 차분하고 함부로 나서지 않는 사람이었다.

"일단 끝까지 참는 걸로 합시다. 서로 도와서 참고 또 참읍시다. 금룡장주가 우리 손에 넘어올 때까지만 참으면 이 싸움은 결국 우리가 이기게 될 거요."

그 말도 틀리지 않다. 하지만 그때까지 버티는 것도 그리 쉬운 일은 아니었다. 일곱 가문의 가주들은 앞으로의 일이 너무나 훤히 예상되기에 절로 한숨이 흘러나왔다.

* * *

"역시. 아버지가 눈 하나 깜짝 안 한 이유가 있었군."

금철휘의 말에 화예지가 감탄한 얼굴로 말했다.

"저도 조사하다가 깜짝 놀랐어요. 설마 금룡장의 손이 닿은 문파가 그렇게 많을 거라고는 생각도 못했거든요."

일곱 가문이 제대로 도발을 하는 데도 금룡장이 별다른 조치를 취하지 않았던 건, 그럴 필요가 없어서였다. 금룡장은 이미 그 일곱 가문과 대치 상태에 있는 다른 방파들의 뒤를 봐주고 있었던 것이다. 아니, 그저 뒤를 봐주는 것뿐 아니라 언제든 마음먹은 대로 움직일 수 있을 정도로 장악한 방파들이었다.

이러니 일곱 가문이 아무리 발악을 해도 금룡장의 문짝 하나 건드릴 수 없는 게 너무나 당연한 일이었다.

"괜히 신경 썼잖아."

금철휘는 툴툴대며 눈을 빛냈다. 그는 이번 일로 돈에 대한 더 큰 호기심이 생겼다. 문파들을 장악한 건 결국 돈이다. 금룡장이 돈으로 다른 문파들을 암중에서 움직이고 있었던 것이다.

"나도 그거 한번 해볼까?"

금철휘의 말에 화예지가 불안한 표정을 지었다. 또 무슨 일을 저지르려고 이러나 걱정이 될 지경이었다. 물론 뭘 해도 이제 놀라지 않을 자신은 있었다. 그동안 놀란 것만으로 충분했다.

"그냥 웬만한 문파를 키워 봐야 큰 놈들 뜨면 바람 앞에 등불이잖아?"

화예지의 얼굴에 떠오른 불안감이 점점 짙어졌다. 왠지 심상치 않았다. 금철휘는 그런 화예지의 얼굴을 보며 씨익 웃었다.

"일단 오대세가 정도로 시작해 볼까?"

앞으로 절대 놀라지 않겠다던 다짐을 그대로 무너뜨렸다. 화예지는 자신의 입이 얼마나 벌어졌는지도 알지 못하고 그저 멍하니 금철휘를 바라보기만 했다.

제4장
사예린

금일청은 오 총관의 보고를 차분히 들었다. 오 총관은 하루도 지나지 않아 그 여인에 대한 모든 것을 조사해왔다.

'사예린이라……'

공교로워도 너무 공교로웠다. 어찌 이름까지 같을 수가 있단 말인가. 물론 성은 달랐다. 하지만 처한 상황도 너무나 비슷했다. 금일청의 부인이자 금철휘의 어머니인 장예린은 금일청을 만나기 전까지는 상당히 어려운 삶을 살았다.

'그때도 좌판에서 봤지……'

어찌 상황까지 그때와 판박이처럼 닮았는지 참으로 묘했다. 당시 장예린은 좌판에서 빗을 고르고 있었다. 그 모습에 반해 쫓아다니다가 결국 혼례까지 올렸다.

한데 오늘 그때와 똑같은 상황을 겪은 것이다. 그것도 비슷한 얼굴과 분위기, 같은 이름의 여인을 말이다. 금일청은 묘한 위화감을 느꼈다. 마치 미리 짜 놓은 것 같지 않은가. 하지만 그러면서도 그저 우연이었으면 하는 바람이 생겼다.

"후우."

금일청은 한숨과 함께 자리에서 일어났다. 마음이 싱숭생숭해서 일이 손에 잡히지 않았다. 이런 일은 죽은 부인 장예린을 만났을 때 이후로 처음이었다.

'예린의 그림자 때문에 생긴 착각인지도 모르지.'

냉정하게 생각하면 지금 금일청은 사예린에게서 장예린의 모습을 보고 있었다. 만일 사예린의 외모나 분위기가 장예린과 닮지 않았다면 결코 이런 일은 벌어지지 않았을 테니까 말이다.

하지만 일단 관심이 생기고, 마음이 흐른 이상, 그때부터는 사람이 어쩌지 못하는 영역이었다. 아무리 마음을 다잡아도, 사예린이 좌판에서 빗을 고르던 모습이 계속 떠올랐다.

그렇게 금일청이 심란함에 서성이고 있을 때, 오 총관이 집무실로 다가왔다. 금일청은 눈을 빛내며 그를 맞이했다.

"어서 오게. 그래, 알아왔나?"

"예. 장주님. 역시 그들이 뒤에 있었습니다."

금일청은 실망감에 고개를 저었다. 예상은 했지만 막상 정말로 이렇게 되니 마음이 너무 안 좋았다.

"그런가? 역시 그랬군. 그들이었어."

"이번에 아주 작정을 하고 움직였더군요. 세 명이나 되는 여인을 찾아내 의도적으로 장주님께 접근시켰습니다."

"세 명?"

금일청이 고개를 갸웃거렸다.

"저도 그날 분명히 봤습니다만, 장주님께서는 거의 관심을 보이지 않으셨습니다. 아마 기억하기 어려우실 겁니다."

"그런가?"

오 총관이 그렇다면 그런 것이다. 오 총관은 항상 금일청 주변의 모든 것을 세심히 살피고 기억해둔다. 그리고 필요할 때 그 기억을 완벽하게 꺼내서 이용할 수 있다. 그가 비록 다섯 번째지만 금룡장의 총관이 될 수 있었던 것은 바로 그 비상한 기억력 때문이기도 했다.

"그 여자 이름이 정말로 예린이던가?"

"예. 본명은 사예린이 맞습니다."

"그렇군."

금일청은 어쩐지 또 묘한 느낌이 들었다. 그리고 스스로의 마음속에서 자기 합리화를 시작했다.

'어차피 뒤에 그들이 있다는 사실을 알고 있으니 곁에 둬도 상관없지 않을까?'

무슨 일을 시도하든 적당히 대처하면 그만이다. 모르고서 어쩔 수 없이 당하는 게 아니라, 알고서 곁에 두기만 하면 역으로 이용할 수도 있지 않겠는가.

거기까지 생각한 금일청의 입가에 미소가 떠올랐다. 그녀를 곁에 둘 수 있다는 사실 하나만으로도 기분이 좋아진 것이다.

'이거 어쩌면 심각할 수도 있겠군.'

이미 이렇게 되어 버렸으니 자칫 나락으로 떨어질 수도 있었다. 금일청은 잠시 고민을 시작했다. 그 시간은 길지 않았다. 사실 고민할 필요도 없었다. 어차피 조만간 그렇게 하려고 계획하지 않았던가.

"좋아. 재미있을 수도 있겠군. 자네가 한번 접근해 보게. 사예린이라고 했던가? 일단 금룡장 안으로 들이는 방법을 생각해 내게."

오 총관이 즉시 고개를 숙였다.

"적당한 구실을 만들어 보겠습니다."

금일청이 손을 내젓자, 오 총관이 조용히 물러났다. 금일청은 잠시 생각에 잠겼다. 사예린을 떠올리니 또 미소가 피어났다. 그리고 걱정도 함께 생겨났다.

'그놈들 정말 사람 하난 잘 골랐군. 이미 반쯤은 성공한 거나 다름없지 않은가.'

금일청은 인정할 수밖에 없었다. 하지만 항주의 일곱 가문은 이번 일로 인해서 그 운명이 결정되었다. 금일청은 자신이 휘둘리기 전에 그렇게 할 수 있는 근원을 제거해 버리기로 결정했다.

*   *   *

금철휘는 방금 들은 말에 눈이 커졌다. 처음에는 잘못 들은 줄 알았다.

"아버지가 정말로 오셨어? 여기에?"

현재 금철휘의 거처는 금룡각이 아니라 향화루다. 금룡각은 완전히 무너진 후, 다시 짓는 중이었다. 한데 금일청이 이곳 향화루까지 왔다고 하니 놀랄 수밖에 없었다.

"정말 대놓고 여기까지 오셨다고?"

"조용히 오셨어요. 아마 아는 사람이 거의 없을 거예요. 저도 최대한 움직여서 정보를 차단했고요. 금향각에 직접 의뢰까지 주셨어요."

화예지의 차분한 설명에 금철휘가 눈을 빛냈다. 그렇게까지 해서 은밀히 자신을 찾았다면 분명 뭔가 중요한 일이 있다는 뜻이다.

"모시러 가자. 여기 앉아서 올라오시라 하기에는 모양새가 좀 그렇잖아?"

금철휘가 자리에서 일어났다. 하지만 굳이 나갈 필요는 없었다. 어느새 금일청이 그곳까지 올라온 것이다. 무공을 익혔다는 사실을 과시라도 하듯 경공을 이용해 단숨에 올라와 버렸다.

"지낼 만한가 보구나."

금일청의 말에 금철휘가 빙긋 웃으며 자리를 권했다.

"일단 이쪽으로 앉으시죠. 이렇게 갑자기 찾아오시니 당황스럽네요. 새장가 때문에 오셨습니까?"

금일청이 눈을 빛냈다. 그리고 다시 한 번 마음을 굳혔다. 눈과 귀를 활짝 열어 놓지 않았다면 그 일을 알 리 없었다. 오 총관은 물론이고 일곱 가문 역시 상당히 은밀하게 움직였기에 그 흔적이 거의 드러나지 않았다.

"그래도 여기 앉아서 술이나 마시고 있었던 건 아니구나."

"아니긴요. 매일 술판 벌이고 있습니다."

"애비 앞에서 못하는 소리가 없구나."

금일청의 말투에 어린 장난기를 모를 리 없는 금철휘가 눈에 이채를 띠었다. 금일청은 평소 이런 식으로 농담을 하는 사람이 아니었다. 오늘은 왠지 분위기가 상당히 여유로웠다. 마치 무거운 뭔가를 내려놓은 사람처럼 말이다.

'무거운 걸 내려놔?'

금철휘의 표정이 대번에 굳었다.

"싫습니다."

금일청은 금철휘의 밑도 끝도 없는 말에 오히려 만족스럽게 웃으며 크게 고개를 끄덕였다.

"늦었다."

금철휘의 표정이 일그러졌다.

"새장가가는 거랑 지금 아버지가 하려는 일이랑은 별 관계 없을 것 같은데, 아닙니까?"

금철휘는 그렇게 말하며 금일청을 똑바로 바라봤다. 의지를 꽉꽉 실어 보냈다. 귀찮은 일을 떠넘기지 말라는 뜻이 가득 담겨 있었다. 금일청은 그런 아들의 모습을 보며 부드럽게 미소 지었다.

"대견하구나."

금철휘의 얼굴이 더욱 굳었다.

"네 엄마도 아마 나와 같은 마음일 게다."

금철휘는 입을 꾹 다물었다. 어머니에 대한 기억은 거의 남아 있지 않았다. 그렇기에 별달리 그에 대해 할 말이 없었다. 하지만 가슴 깊은 곳이 욱신거렸다. 기억조차 없는 데도 그러했다. 그저 어머니라는 단어 하나에 마음이 흔들리고 있었다.

'어머니라······.'

혈룡귀갑대주인 금철휘 역시 어머니에 대한 기억이 거의 없다. 고아였으니 당연하다. 하지만 어머니는 그 역시 항상 그리워했다. 없으니 더 갈망하게 되었다. 그리고 그 갈망이 현생의 금철휘에게도 비슷하게 남아 있었다.

"가주 자리를 네게 넘기겠다는 뜻이 아니다."

"그럼 뭡니까?"

"금룡장의 재산이 얼마나 되는지 아느냐?"

금일청의 물음에 금철휘는 옆에 공손히 서 있는 화예지를 쳐다보는 것으로 대신 답했다. 화예지는 금철휘와 시선이 마주치자마자 즉시 머릿속에 떠오른 사항들을 읊었다.

"일단 항주를 중심으로 하는 거대한 땅과……."

표면적으로 알려진 재산을 먼저 읊었다. 항주를 중심으로 펼쳐진 거대한 땅과 항주를 비롯한 주요 도시에 자리한 수많은 기루, 주루, 객잔. 그리고 두 개의 상단을 먼저 거론했다. 거기까지 파악한 것만 해도 사실 대단했다. 하지만 화예지는 거기에 몇 가지를 더 추가했다.

"그리고 천하십대상단 중 하나와 전장 두 개가 있습니다."

금일청의 눈이 살짝 빛났다.

"호오. 거기까지 파악하고 있었나? 역시 대단하군. 과연 금향각이야."

"과찬이십니다."

금일청은 빙긋 웃고는 잠시 고민했다. 지금부터 하려는 말을 과연 화예지 앞에서 해도 되는가 하는 점 때문이었다.

화예지는 현명한 여인이었다. 금일청이 무슨 고민을 하는지 대번에 알아차리고는 공손히 고개를 숙였다.

"중요한 말씀을 하시려는 모양이군요. 전 이만 물러가도록 하겠습니다. 주변을 정리할 테니 편히 말씀하셔도 됩니다."

화예지는 생긋 웃고는 사뿐사뿐 물러갔다. 그리고 향화루에 있던 모든 사람들이 썰물처럼 빠져나갔다. 이내 향화루 내에는 금일청과 금철휘만 남게 되었다.

금철휘 역시 직감적으로 금일청이 중요한 얘기를 한다 싶었기에 천령신공을 발휘해 소리를 차단해 버렸다. 이제부터 여기서 하는 얘기는 아무도 들을 수 없다.

"한데, 아직 안 나가고 천장에서 기다리는 두 사람은 아버지가 데려온 사람들 맞죠?"

금철휘의 말에 금일청은 깜짝 놀랐다. 사실 그들이 어디 숨었는지는 금일청도 몰랐다. 그저 오늘 이곳으로 오라고 지시를 내렸을 뿐이다. 한데 금철휘가 대체 그걸 어찌 알아차렸단 말인가.

"그렇게 놀라실 거 없습니다. 뭐, 뻔하잖아요?"

금일청은 아들의 태도에 고개를 절레절레 저었다. 다 안다고 생각했는데, 이제 보니 전혀 모르고 있었다. 그저 다 자란 줄로만 알았는데, 알고 보니 다 자란 것도 모자라 하늘로 날아오르고 있었다.

'이런 녀석에게 날아보라고 했으니……'

이미 날고 있는 녀석에게 또 날아오르라 했으니 얼마나 명청한 소리인가. 금일청은 쓴웃음을 지으며 천장을 쳐다봤다.

"둘 다 내려오시게."

말이 떨어지기 무섭게 두 사람이 마치 유령처럼 금일청 뒤에 솟아났다. 백의를 입은 사내와 흑의를 입은 사내였다. 둘 다 나이는 마흔쯤으로 보였는데, 인상이 참으로 단단했다.

"인사해라. 우리 가문의 재산을 관리하고 있는 총관들이
다."

금철휘보다 두 총관이 먼저 고개를 숙였다. 그들은 철저히
금룡장에 충성을 바치는 자들이었다.

"흑입니다."

"백입니다."

"흑총관, 백총관이라 부르면 된다."

금일청의 부연 설명에 금철휘가 묘한 표정을 지었다. 참으
로 어울리는 이름이긴 한데, 뭔가 느낌이 특이했다. 금철휘는
천령신공을 펼쳤다. 좀 더 제대로 알아봐야 할 듯했다.

금철휘가 그러는 와중에 금일청이 입을 열었다.

"세상에 드러나지 않은 금룡장의 재산을 관리하는 분들이
다."

"드러나지 않은 재산이요?"

"일단 상단만 해도 알려진 것과 달리, 또 금향각에서 조사
한 것과 달리 열두 개나 된다."

금철휘의 눈이 살짝 커졌다. 감춰진 재산이 좀 있을 거라고
예상은 했지만 설마 그 정도라고는 생각도 못했다.

"생각보다 좀 많군요."

금일청은 담담하게 말을 이었다. 금룡장이 가진 재산 목록
을 하나하나 꺼낼 때마다 금철휘의 눈이 조금씩 커졌다. 하나
하나가 대단했다. 한데 그게 끝없이 이어졌다.

'잘하면 천하도 사겠네.'

금일청의 말이 끝나자 금철휘는 질린 눈으로 고개를 저었다. 지금까지 이렇게 질려 보는 건 처음이었다. 혈룡귀갑대주 시절에도 해보지 못한 경험이었다.

수천 명의 적을 앞에 두고도 눈 하나 깜짝하지 않았는데, 지금은 돈에 질려 버렸다.

"많긴 많군요."

금일청이 금철휘를 물끄러미 쳐다봤다. 그렇게 한동안 쳐다보다가 한마디를 툭 던졌다.

"앞으로 네 거다."

"예?"

"금룡장을 비롯해 눈에 보이는 건 다 내가 갖고 있으마. 그거야 어차피 껍데기에 불과하니까. 넌 알맹이를 가져가라."

금철휘의 표정이 굳었다.

"왜 그런 표정을 짓고 있느냐? 어차피 처음부터 예상했으면서."

"예상하는 거랑, 현실로 닥친 거랑은 다르지 않습니까."

"아무튼 그렇게 알고 슬슬 시작하자."

금일청의 말에 금철휘가 눈을 빛냈다. 무엇을 시작하자고 하는 건지 알아들었기 때문이다.

"그 팔찌입니까?"

금철휘의 말에 금일청의 눈이 찢어질 듯 커졌다.

"이, 이걸 네가 어찌 아느냐?"

금철휘가 씨익 웃으며 가볍게 대답했다.

"그냥 척 보니까 알겠더군요."

"허어. 정말 보면 볼수록 더 모르겠구나. 네가 정녕 내 아들 철휘가 맞는 게냐?"

금철휘가 손가락으로 자신의 얼굴을 가리켰다.

"얼굴만 보면 아신다면서요."

금일청이 부드럽게 웃었다. 금철휘는 정말로 장예린을 많이 닮았다. 아마 여자로 태어났다면 완벽히 똑같았을 것이다.

"이 팔찌는 금룡장주의 증표다. 실질적으로 금룡장의 주인이 되는 것이지."

금일청이 팔찌를 빼서 금철휘에게 넘겼다. 흑백총관은 그 광경을 가만히 쳐다보기만 했다. 이내 금철휘가 손목에 팔찌를 찼다. 신기하게도 팔찌의 크기가 미묘하게 변하더니 금철휘의 손목에 딱 맞게 조절되었다.

"호오. 정말로 특이한 팔찌로군요."

팔찌에서 은은한 금빛이 흘러나왔다. 그러자 흑백총관이 즉시 금철휘를 향해 엎드리며 말했다.

"주인님께 인사드립니다."

금철휘가 그런 두 사람을 보며 눈을 빛냈다.

'이것들 아무리 봐도 그냥 사람이 아닌데……'

천령신공으로 계속 살펴보고 있었지만 알아낼 수 있는 게 거의 없었다. 기운의 흐름조차 알아내지 못했다. 이건 천령신공의 단계가 하나 더 올라가서 칠단공을 이뤄야 손을 댈 수 있을 듯했다. 천령신공 칠단공은 타인을 관조할 수 있는 단계였으니 말이다.

"보기보다 나이가 많은 분들이다."

"그래 보입니다."

금철휘는 금일청의 말에 설렁설렁 대답하며 팔찌에 집중했다. 천령신공을 이용해 팔찌를 살피는 중이었다. 스스로 크기를 조절하는 팔찌라니 너무나 신기하지 않은가. 대체 안에 어떤 기관이 장치되어 있는지 궁금했다.

'아무것도 없는데?'

금철휘는 고개를 갸웃거리며 눈을 빛냈다. 팔찌는 그저 금팔찌였다. 순금은 아니었고 뭔가 특이한 금속이 섞여 있었는데, 그건 금철휘도 처음 보는 거라 알 수 없었다. 다만 팔찌에 특별한 기관 같은 건 장치되어 있지 않았다. 그저 통짜 금팔찌였다.

"팔찌가 좀 신기하지?"

금일청이 금철휘의 마음을 안다는 듯 말했다. 금철휘는 그제야 정신을 차리고 아버지와 흑백총관을 쳐다봤다. 흑백총관은 여전히 바닥에 엎드려 있었다.

"그만 일어나지."

금철휘의 말에 흑백총관이 조용히 일어났다. 그리고 금철휘가 가볍게 고개를 한 번 끄덕이자 꺼지듯 사라져 버렸다. 주변에 은신을 한 것도 아니고 그냥 사라져 버렸다. 원래의 자리로 돌아간 것이다.

"그들을 부르고 싶으면 팔찌에 진기를 불어 넣으면 된다. 한번 해 보아라."

"무공을 못 익힌 사람은 쓰지도 못하겠군요?"

"맞다. 하지만 넌 익히지 않았느냐."

금철휘가 쓰게 웃으며 팔찌에 기운을 살짝 불어 넣었다. 그러자 팔찌의 색이 변했다. 절반은 하얗게 또 나머지 절반은 까맣게. 금철휘는 생각지도 못한 기사에 깜짝 놀랐다.

"흰 부분에 손을 대면 백총관이, 검은 부분에 손을 대면 흑총관이 올 것이다. 각각 맡은 분야가 다르니 잘 알아보거라."

금일청은 거기까지 말한 후 자리에서 일어났다. 금철휘가 따라 일어나자 손을 내저었다.

"됐다. 나오지 말거라."

그렇게 말한 금일청은 다시 한 번 금철휘를 바라보며 말했다.

"너무 걱정하지 마라. 새장가들 생각 없으니까. 그저 곁에 두고 싶을 뿐이다. 그냥…… 이 애비의 추억이라고 생각해라. 별것 아니니 그리 신경 쓸 것도 없다."

금일청은 그렇게 말하고는 훌쩍 밖으로 나가 버렸다. 금철휘는 그 자리에 못 박힌 듯 가만히 서서 금일청이 한 말을 곱

씹어 보았다.

"사예린이라고 했던가? 한번…… 직접 눈으로 확인을 해봐야겠어."

금철휘는 그렇게 중얼거리며 팔을 들어 올렸다. 손목에 찬 금팔찌가 은은히 빛나고 있었다. 금철휘는 그것을 쓰다듬으며 끊임없이 생각을 거듭했다.

＊　　　＊　　　＊

사예린은 낡은 문을 열고 밖으로 나왔다. 다 쓰러져가는 집에 살고 있기에 마당 역시 볼품없었다. 나뭇가지로 대충 엮은 담은 있으나 마나 했고, 문짝 역시 언제 떨어져 나가도 이상하지 않을 정도였다.

그녀는 밖으로 나와 집을 돌아봤다. 열린 문 사이로 술에 취해 고래고래 소리 지르는 아버지의 모습이 보였다. 갑자기 짜증이 왈칵 솟아났다. 하지만 어쩔 수 없는 일, 입에서 한숨이 절로 새 나왔다.

"이 밤에 어디 가서 술을 구해 오라는 거야, 정말."

눈물이라도 날 것 같았다. 하지만 입술을 꽉 깨물어 참아냈다. 어떻게든 이 지긋지긋한 현실을 벗어나고 말 것이다. 하지만 이내 다시 몸이 축 늘어졌다. 그 희망도 사실 더 이상 없었다. 이미 그녀의 몸은 그녀의 것이 아니었다.

"술이 필요한가?"

사예린은 갑자기 들려온 목소리에 화들짝 놀라 몸을 움츠렸다. 고개를 돌려 확인해 보니 음침하게 생긴 사내가 술병 하나를 들고 있었다.

"이걸 가지고 가도록."

사예린은 그가 누군지 알기에 차가운 표정으로 술병을 낚아챘다. 그는 자신을 산 사람의 수하다.

"항상 내 말을 잊지 마라. 네가 딴생각을 품는 순간, 넌 물론이고 네 가족 모두가 죽는다는 사실을."

사예린이 입술을 깨물었다. 이 지긋지긋한 현실에도 도망가지 않은 유일한 이유가 바로 어머니였다. 죽이고 싶은 아버지에게 항상 짓눌려 사는 불쌍한 어머니 말이다. 그녀는 고개를 홱 돌려 자신의 감정을 한번 내보이고는 다시 집으로 들어갔다.

음침한 사내가 그녀의 뒷모습을 보며 입술을 혀로 핥았다.

"아깝구나. 건드리지도 못하고 보고만 있어야 하니 더 미치겠어. 흐흐흐흐."

사예린은 귀한 집으로 갈 여자다. 결코 함부로 손을 대선 안 되는 사람이었다. 그리고 누구의 손도 타지 않게 지키는 것 역시 그가 해야 할 일이었다.

사내는 손을 비비며 침을 꿀꺽 삼켰다. 실제로 손은 못 대지만, 머릿속으로 하는 거야 누가 뭐라 할 것인가. 사내의 눈빛이 더욱 음침해졌다.

그리고 밤이 점점 깊어갔다.

사예린은 소란에 잠을 깼다. 아직 날이 채 밝지도 않은 것 같은데, 밖이 시끌시끌했다.

'무슨 일이지?'

황급히 일어나 옷을 입고 슬그머니 문을 열었다. 밖을 살펴보니 수많은 사내들이 보였다. 사내들은 하나같이 허리춤에 칼을 차고 있었는데, 분위기가 심상치 않았다. 사예린은 다시 문을 닫고 놀란 심장을 진정시켰다.

그렇게 간신히 가슴을 진정시킨 순간, 옆방 문이 벌컥 열렸다. 그녀의 심장이 다시 세차게 뛰었다.

"누구야!"

사예린은 눈을 질끈 감았다. 목소리의 주인공은 그녀의 아버지였다. 술에 취해 천지 분간 못 하고 나선 모양이었다. 그녀는 어쩔 수 없이 자리에서 일어났다. 아버지야 어떻게 되든 어머니가 잘못되면 그녀 역시 견딜 수 없을 터였다.

심호흡을 하고 문을 활짝 열었다. 그리고 밖으로 나갔다. 사예린은 문밖에 펼쳐진 광경에 의아한 표정을 지었다. 왠지 자신이 생각했던 것과는 분위기가 많이 달랐다. 그녀의 눈에 한 사람이 들어왔다. 바닥에 쓰러진 채 벌레처럼 꿈틀거리는 사내였다.

'저 사람은?'

그녀를 감시하던 바로 그 사내였다. 항상 음침하고 욕정 가득한 눈으로 자신을 쳐다보던 바로 그 사람이었다. 그가 피투성이가 된 채 쓰러져 있었다.

칼을 찬 사내들 중 하나가 앞으로 나섰다. 그는 복장부터 다른 사람들과 달랐기에 무리의 수장이라는 것을 금세 알 수 있었다.

"수상한 눈으로 집 주위를 배회하는 자가 있기에 잡았습니다. 혹 아는 분이십니까?"

사내의 정중한 말에 사예린이 흠칫 놀랐다. 대체 이게 무슨 상황인지, 또 어떻게 돌아가는 건지 알 수가 없었다. 그녀는 고개를 돌려 아버지를 찾았다. 문을 연 채로 그대로 얼어붙어 있었다. 사예린의 입가에 차가운 조소가 지나갔다.

그녀는 사뿐사뿐 걸어 옆방으로 갔다. 일단 어머니가 잘 있는지 확인하고자 함이었다. 어머니는 놀란 눈으로 구석에 앉아 있었다. 감히 밖을 내다볼 엄두도 못 내는 모습을 보니 속에서 뭔가가 울컥 치밀었다.

"지금 뭐 하는 거죠? 여긴 우리 집이에요! 당장 나가세요!"

사예린은 자신이 소리쳐 놓고 속으로 화들짝 놀랐다. 아무리 울컥했다지만 이건 아니었다. 상대는 칼을 찬 무림인들이었다. 지금이야 정중하지만 수틀리면 무슨 짓이든 할 수 있는 자들이었다.

하지만 그들은 사예린의 외침에 모두 크게 당황해 분분히 포권을 취했다.

"죄송합니다. 심기를 어지럽혀 드릴 생각은 없었습니다. 제 생각이 너무 짧았습니다."

사내는 절도 있게 포권을 취하며 사과했다. 그리고 뒤로 물러나며 수하들에게 눈짓을 보냈다. 그들이 썰물처럼 사라졌다. 바닥에 쓰러졌던 사내 역시 함께 사라졌다. 그들이 데리고 간 것이다.

사예린은 그 자리에 털썩 주저앉았다. 갑자기 긴장이 풀리니 다리에 힘이 쭉 빠졌다. 옆을 보니 아버지가 그제야 정신을 차리고 헛기침을 했다. 머쓱한 표정으로 쏙 들어간 아버지의 모습 뒤로 안정을 되찾은 어머니의 모습이 보였다.

'다행이야.'

사예린은 마음이 편해지는 걸 느끼며 눈을 지그시 감았다. 왠지 좋은 일이 생길 것 같은 예감이 들었다.

사예린이 그 모든 일을 겪고 있을 때, 멀리 떨어진 곳에서 그 광경을 지켜보던 사람이 있었다. 바로 금일청이었다. 금일청의 눈빛이 사정없이 흔들렸다.

"예린······!"

장예린을 만났을 때 느꼈던 감정들이 하나하나 되살아났다. 조금 전 사예린의 외침을 금일청은 수십 년 전에 똑같이 들었다.

"장주님. 돌아가셔야 할 시간입니다."

금일청이 고개를 끄덕였다.

"가세."

오 총관이 뒤로 따라붙으며 물었다.

"첩으로 들이실 생각이십니까?"

"아닐세."

"하면……?"

"그저 금룡장 안에 들이기만 하면 되네. 어떤 일을 시키든 상관없네. 그저……, 그저 내가 근처에서 볼 수만 있으면, 그거면 족하네."

오 총관이 공손히 허리를 숙였다.

"그리 조치하겠습니다."

금일청은 잠시 걸음을 멈춘 채 하늘을 올려봤다. 그리고 이내 편안한 표정으로 다시 움직였다. 그의 발걸음이 점점 경쾌해졌다.

*   *   *

"어쩔까요?"

화예지가 조심스럽게 물었다. 사예린의 집을 지켜보고 있었던 건 금일청만이 아니었다. 금철휘도 멀리서 그 광경을 고스란히 보고 있었다. 더구나 금철휘는 금일청까지 한꺼번에 보고 있었기에 앞으로 어떤 식으로 일이 진행될지 확실히 파악할 수 있었다.

"대찬 여자네. 나름 괜찮아."

금철휘가 고개를 끄덕이자, 화예지가 더욱 조심스럽게 입을 열었다.

"하면······."

"일곱 가문과 어떻게 얽혔는지 정확히 확인해. 그거만 싹 잘라버리지 뭐. 보아하니 그냥 지켜보면서 추억만 곱씹으실 모양이네."

금철휘는 왠지 금일청의 마음을 이해할 수 있었다. 금철휘의 육체적인 나이는 고작 스물한 살이지만, 실제 나이는 그보다 훨씬 많다. 금일청보다는 못하지만 거의 근접한다. 사람에 따라 다르겠지만, 그저 추억을 떠올리는 것만으로도 충분할 수도 있다.

'내가 지금 그렇거든.'

혈룡귀갑대의 무덤을 가지고 사해방을 흔들어 놓을 때부터 계속 그런 마음이 들었다. 그저 그들에 대한 추억을 곱씹을 수 있을 만한 매개체만 있다면 그것만으로도 충분하다는 생각이 들었다. 물론 혈룡귀갑대원들과 여자와는 좀 다르겠지만 말이다.

"만혈괴의 쪽은 어떻게 됐어?"

"개판이에요."

"개판?"

화예지가 싱긋 웃으며 대답했다.

"만혈괴의가 일곱 번째 무덤을 찾아 파헤쳤는데, 그걸 사해방 놈들에게 들켰어요. 지금 만혈괴의는 품에 비급 열 권을 안고 도망가는 중이에요. 보아하니 무림맹이나 혈무련에 의탁할 것 같더군요."

금철휘가 고개를 끄덕였다.

"재밌군."

"그런데 소문이 도는 바람에 오대세가가 나섰어요. 여기저기 뭐 뜯어먹을 거 없나 하고 끼어드는 중소문파도 부지기수고요."

"개판 맞네."

"혼란이 점점 가중되고 있어요."

화예지의 표정에 살짝 걱정이 어렸다. 이렇게 혼란을 방관하고 있어도 되는 건지 두려움이 일었다. 그런 화예지를 보며 금철휘가 혀를 찼다.

"쯧쯧. 독심이 부족해. 벌써 만족한 거야? 고작 사해방의 동령을 차지한 걸로 끝이야?"

"아니에요!"

화예지가 발끈해서 외쳤다. 그러자 금철휘가 고개를 저었다.

"과연 우리가 잘해서 동령을 차지할 수 있었을까? 사해방이 그냥 맥없이 동령을 손에서 놓은 게 금향각 때문인 거 같아?"

"그, 그게 무슨 말이죠?"

"생각을 해보란 말이야. 아무리 사해방이 흔들리는 와중이었어도 금향각만의 힘으로 그 빈틈을 파고드는 게 가능한지 말이야. 아무리 내가 돈을 지원해 줬어도 그게 그렇게 간단한 일인가?"

화예지가 입술을 깨물었다. 그건 그녀 역시 약간 의아해하는 부분이다. 금향각에 대해서는 너무나 정확히 파악하고 있기에 이번 일은 금향각의 역량을 훨씬 넘어갔다는 것쯤 충분히 알고 있었다.

"그럼……."

금철휘가 종이 한 장을 던졌다. 화예지는 그것을 받아 읽으며 눈이 휘둥그레졌다. 거기 정리된 건 상단과 전장의 이름이었다. 정보를 다루는 사람답게 화예지는 이름만 보고도 그 상단과 전장이 얼마나 대단한지 대번에 알아차렸다. 종이 말미에는 표국도 몇 개 있었는데, 하나같이 손가락에 꼽히는 대단한 표국이었다.

"이, 이게 뭐죠?"

"내 개인 재산."

"예에에?"

화예지는 기절할 듯이 놀랐다. 이 종이에 있는 게 정말로 금철휘의 개인 재산이라면 금철휘가 가진 돈이 금룡장을 몇 배나 넘어선다는 뜻이다. 하지만 그녀의 놀람은 거기서 끝나지 않았다.

"설마 그게 전부라고 생각한 건 아니지? 그냥 절반 정도만 보여준 거야."

이제는 탄성도 나오지 않았다. 그저 입만 쩍 벌린 채 종이와 금철휘만 번갈아 바라봤다. 이게 고작 절반이라니. 그럼 대체 재산이 얼마나 된단 말인가. 설마 천하가 전부 자기 거라고 뻥이라도 치고 있는 건 아닌지 궁금할 지경이었다.

"자, 이제 대체 어떻게 금향각이 그렇게 쉽게 자리를 잡았는지 이해했어?"

화예지는 순식간에 정신을 차렸다. 마치 찬물을 뒤집어쓴 것처럼 정신이 번쩍 들었다. 아니, 소름이 끼쳤다.

"그, 그럼……."

얼굴이 새빨개졌다. 너무나 부끄러웠다. 금향각은 정말 아무것도 아니었다. 그저 사람 몇 명 움직이고서 큰일을 해냈다고 스스로 자화자찬하고 있었다는 사실이 몸서리쳐질 정도로 부끄러웠다. 그러면서 한편으로 금철휘에 대한 원망이 들었다.

"대체 왜……, 왜 그 말씀을 미리 안 해주신 거죠? 절 놀리시는 게 그렇게 재미있었나요?"

금철휘가 피식 웃었다.

"놀림당한 건 나야. 나 그거 어제 물려받았다."

"예에?"

화예지의 머릿속에 수많은 그림과 이야기가 펼쳐졌다. 그것들이 제멋대로 뛰놀다가 이내 하나의 흐름으로 이어졌다. 그녀는 금룡장의 힘과 저력에 전율했다. 그리고 그런 힘을 이어받은 사내를 두려운 눈으로 바라봤다.

"이, 이제…… 이제 어쩌실 거죠?"

화예지는 진심으로 두려웠다. 눈앞에 선 사내가 마음만 먹으면 천하를 한바탕 뒤집는 것도 가능했다. 아니, 제대로 독심을 품으면 천하를 무너뜨릴 수도 있는 사람이었다. 그가 그런 마음을 먹을까봐 두려웠고, 또 한편으로는 과연 어떤 일이 펼쳐질까 기대되기도 했다.

두 가지 상반된 마음을 품고 금철휘를 바라보는 화예지의 눈빛은 점점 밝게 빛났다.

금철휘는 그런 화예지를 힐끗 쳐다보고는 돌아서서 걸음을 옮겼다. 화예지는 퍼뜩 놀라 그 뒤를 따랐다. 두 사람은 지금 높은 언덕에 올라와 있다. 이제 슬슬 내려가야 할 시간이 된 것이다. 화예지는 자신이 그런 시간조차 잊었다는 사실에 한숨을 내쉬었다. 하지만 어쩔 수 없는 일이다. 그런 엄청난 얘기를 들었으니 말이다. 아마 누구라도 자신과 비슷한 반응을 보였을 것이다.

"천하의 기루를 싹 사버릴까?"

순간 화예지는 발을 헛디뎌 휘청거렸다. 뜬금없이 이 무슨 잠꼬대 같은 소리란 말인가. 그녀가 멍하니 금철휘를 바라보자 금철휘가 씨익 웃었다.

"앞으로 뭐할 거냐고 물었잖아?"

화예지가 멍청한 표정을 지었다.

"고작 기루를 사겠다고요?"

금철휘가 고개를 휘휘 저었다. 그리고 손가락 하나를 들어 올리며 진지하게 말했다.

"천하의 모든 기루."

화예지는 고개를 푹 숙였다. 이런 순간에도 장난을 치고 있다니 속에서 뭔가가 울컥 치밀었다. 하지만 원래 이런 사람인 것을 어쩌란 말인가. 그녀는 결국 포기하고 한숨을 푹 내쉬었다.

'내 팔자야.'

하지만 그 팔자가 꼭 나쁜 것만은 아니다. 어쨌든 천하제일 거부가 자신의 주인이 되지 않았는가. 주인이 부자면 종도 부자인 법이다. 화예지는 자신도 모르게 미소를 지었다. 앞으로 어떤 일이 펼쳐질지 상상만 해도 즐거웠다.

얼마 전에 금철휘가 얘기했던 오대세가를 견제할 만한 방파를 만드는 것. 그때는 말도 안 되는 헛소리라고 치부했지만 지금은 그렇지 않았다. 충분히 가능성이 있었다. 세상에 그렇게 많은 돈이 있는데 뭐가 불가능하겠는가.

'게다가 시기가 너무 좋아.'

지금 무림은 혼란기에 들어서고 있었다. 금철휘와 자신이 던진 혈룡귀갑대의 무덤으로 인해서 말이다. 화예지의 머릿속이 정신없이 굴러가기 시작했다.

*　　　*　　　*

　"미끼가 드디어 금룡장 안으로 들어갔소!"
　풍운보주가 흥분한 어조로 말했다. 현재 풍운보는 정말로 다급한 상황이었다. 시비를 거는 문파가 하나 더 늘어난 것이다. 그나마 풍운보는 나았다. 백룡표국은 상황이 더 심각했다. 백룡표국 바로 근처에 상천표국의 분타가 생긴 것이다.
　상천표국은 천하십대표국 중 하나로, 수많은 분타로 유명한 곳이었다. 각 분타간의 연계가 좋아 표물 운송이 빠르고 안전했다. 그걸 바탕으로 발전하는 곳이기에 백룡표국으로서는 날벼락이나 다름없었다.
　지속적으로 항의를 하고 있었지만 씨알도 안 먹혔다. 그들은 마치 백룡표국을 목표로 들어온 것처럼 공격적인 운영을 통해 주변의 고객을 끊임없이 확보해 나갔다.
　다들 말은 안 하지만 사실 백룡표국과 상황이 크게 다르지 않았다. 각자의 가문이 보유한 돈줄이 점점 말라가고 있었다.
　그런 상황에서 이번 소식은 그들의 얼굴에 잠시나마 웃음을 찾아 주었다.

"이제 좀 마음이 놓이오. 하면 앞으로 얼마나 더 참아야 할 것 같소?"

희망만 있다면 얼마든지 참아낼 수 있었다. 비록 지금은 힘들고 어렵지만 조만간 그 모든 것을 단번에 되갚아줄 수 있을 테니 말이다.

"글쎄올시다. 보아하니 금룡장주가 상당히 신경을 쓰는 모양이오. 어쩌면 그리 오래 걸리지 않을지도 모르오."

"듣던 중 반가운 소리구려."

"한데 감시자가 당했소."

"뭐요? 대체 언제 당했단 말이오?"

"어젯밤에 당했소."

"하면 문제가 되지 않겠소? 감시뿐 아니라 우리의 요구를 전달하는 역할도 그가 하고 있었던 걸로 아는데……."

풍운보주는 차갑게 웃으며 말했다.

"걱정할 것 없소. 이미 그들은 돌이킬 수 없는 지경에 있으니까."

"돌이킬 수 없는 지경?"

"금제를 가했소. 그것의 부모에게 말이오. 보아하니 어미 쪽에 상당한 미련을 갖고 있더군."

백룡표국주가 걱정스런 표정을 지었다.

"만일 무시하면 어쩔 셈이오? 그 많은 돈을 두고 과연 극단적인 선택을 하겠소?"

"그러니 잘 조절해야지 않겠소? 극단적이지 않을 정도로만 할 생각이오. 우리의 목표는 금룡장을 무너뜨리는 게 아니오. 우리가 살아나는 것이지."

다들 침중한 표정을 감추지 못했다. 처음 사해방과 손을 잡았을 때는 금방이라도 금룡장을 무너뜨릴 수 있을 줄 알았다. 한데 결국 생존을 걱정하는 신세가 되고 말았다. 살기 위해 아등바등 발버둥치지 않으면 금세 나락으로 떨어지는 신세가 된 것이다.

"후우. 비참하군."

누군가의 입에서 흘러나온 말에 다들 자신도 모르게 고개를 끄덕였다. 정말로 비참했다. 하지만 일단은 살고 봐야 했다. 살아야 나중을 기약할 수 있을 테니까. 다음은 결코 이렇게 허무하게 끝내지 않을 것이다. 더 철저히 준비해서 반드시 금룡장이라는 거산을 무너뜨리고 말 것이다.

그들은 그렇게 다짐하고 또 다짐했다.

사예린은 차분히 눈앞에서 벌어지는 상황을 지켜봤다. 이미 자신이 무엇을 어떻게 해야 하는지 지시를 받았기에 지금 어떤 상황인지 충분히 알 수 있었다.

'금룡장이라 이거지?'

금룡장은 항주에서 제일 유명한 곳이다. 항주제일장이 바로 그곳이니 모르는 사람이 없었다. 더구나 항주를 중심으로

펼쳐진 거대한 땅이 몽땅 금룡장 소유라는 건 알 만한 사람
은 다 알았다. 그런 대단한 곳의 주인이 자신에게 마음을 두
고 있다니 한편으로는 가슴이 두근거릴 만한 일이었다.

'그게 늙은이라는 문제가 있지만.'

사예린은 남몰래 한숨지었다. 그녀의 나이 이제 고작 스물
다섯이다. 한데 쉰을 훌쩍 넘은 금룡장주와 살을 맞댈 생각
을 하니 소름이 끼쳤다. 그래도 어쩔 수 없는 일이다. 이미 자
신은 팔린 몸이었으니까.

사예린이 가만히 서 있자, 며칠 전 밤에 소란을 피웠던 무
사들의 수장이 다가왔다. 그는 자신을 심원후라 소개하며 심
조장이라 불러 달라 했다.

심원후는 사예린에게 정중히 물었다.

"장주님께서는 소저가 원하는 대로 해 드리라 하셨습니다.
어떻게 하시겠습니까?"

"원하는 대로? 제가 선택할 수 있는 게 뭐가 있는 거죠?"

"뭐든 가능합니다."

사예린이 차갑게 웃었다. 뭐든 가능하다니. 정말로 웃기는
소리였다. 이 세상에는 되는 것보다 안 되는 것이 훨씬 많다.
돈이 많으면 그런 것도 안 보이는 모양이다.

"이 집을 허물고 새로 장원을 지어 줘요. 할 수 있죠?"

당연히 안 된다는 대답을 기대했다. 하지만 심원후는 당연
하다는 듯 대답했다.

"즉시 시행하겠습니다."

이쯤 되니 오히려 사예린이 당황했다.

"그, 그게 가능하다고요?"

심원후가 빙긋 웃었다.

"어렵지 않습니다. 허무는 건 지금 당장이라도 할 수 있고, 나머지는 금방 사람을 불러 해결할 수 있습니다. 하지만 장원을 짓는 동안 소저께서 지내실 거처를 먼저 정하셔야 합니다. 금룡장에 마련해 드릴 수도 있고, 주변의 객잔을 수배해 드릴 수도 있습니다."

사예린은 자신이 뭐라 말하든 순식간에 처리될 것 같은 분위기에 질려 버렸다. 정말 뭐든 가능할 것 같은 느낌이 들었다.

"돼, 됐어요. 그냥 금룡장으로 들어갈게요. 제가 지낼 곳 정도는 있죠?"

"물론입니다."

이미 전각을 준비해 두었다. 그녀가 금룡장으로 들어가겠다면 가장 쉽고 간단하게 일이 끝난다.

사예린은 잠시 머뭇거리다가 용기를 내서 물었다.

"그런데 전 무슨 일을 하게 되나요?"

심원후는 사예린의 눈에 어린 두려움을 읽었다. 금룡장의 무사조장으로 십 년의 세월을 보낸 그에게 그 정도 기색을 읽는 건 지극히 간단한 일이었다.

"소저께서 원하시는 일을 하시게 됩니다. 제가 도와드릴 테니 천천히 고민해 보십시오."

"제가…… 원하는 거라고요?"

"그렇습니다."

"첩으로 들어가는 거 아니었나요?"

사예린이 눈을 동그랗게 뜨고 물었다. 얘기가 생각과는 전혀 다르게 흘러가는 것 같아 느낌이 이상했다. 자신을 산 사람들이 원하는 건 분명 이런 게 아니었으리라.

"장주님께서 그건 안 된다고 하셨습니다."

"아, 안 된다고요? 하면 대체 왜 제게……."

심원후가 빙긋 웃었다.

"장주님의 생각을 제가 어찌 짐작하겠습니까. 전 그저 시키는 대로 일하는 일개 조장일 뿐입니다."

사예린의 혼란은 사라지지 않았다. 그리고 그런 결정을 내린 금룡장주에 대한 호기심이 더욱 짙어졌다.

그날 사예린은 금룡장으로 들어갔다. 그리고 추린각이라는 현판을 단 전각에 들어갔다. 그리고 그와 동시에 금룡장 곳곳에 그녀에 대한 소문이 파고들어 갔다. 또한 그 소문은 정보가 되어 그녀를 이곳으로 보내기 위해 크게 애썼던 일곱 가문에도 흘러들어 갔다.

제5장
곽한과 곽소미

아칠은 힘없이 앉아서 멍하니 앞을 바라봤다. 수많은 사람들이 길을 오갔다. 하나같이 바빠 보였다. 항주에서 가장 사람이 많이 다니는 곳이니 당연했다.

'이 많은 사람들 중에서 나 혼자 한가하구나.'

지난 십 년을 돌아봤을 때, 요즘처럼 한가하면서 무기력한 적은 단연 처음이리라. 그동안은 정말 좋았다. 금철휘를 끌고 다니면서 좋은 곳이란 좋은 곳은 다 다녔고, 돈도 잔뜩 벌었다. 물론 그렇게 번 돈은 몽땅 자혜원으로 보냈지만 말이다.

아무튼 그렇게 하면서 삶의 보람도 찾고, 또 즐거움도 찾으면서 시간을 보냈다. 남은 인생도 그렇게 되리라 거의 확신했다. 금철휘를 건드리려는 주변의 무도한 놈들 때문에 조금 불안하긴 했지만 그래도 충분히 견뎌낼 자신이 있었다.

한데 어느 순간부터 금철휘가 변하더니 결국 이렇게 되었다. 처음에는 그것도 좋았다. 자신이 모시는 주인이 허구한 날 얻어터지고 당하기만 하면 그걸 지켜보는 자신의 마음은 어떠했겠는가.

그렇게 주변에 휘둘리기만 하던 금철휘가 갑자기 입장이 바뀌어 주변을 뒤흔들기 시작하니 얼마나 통쾌했겠는가 말이다.

"에휴. 통쾌한 것도 내가 같이 있어야 통쾌한 거지."

언젠가부터 금철휘 옆을 지키는 사람은 아칠이 아니라 화예지가 되어 버렸다. 금향각의 정보를 한 손에 쥐고 있는 사람이니 어찌 보면 당연한 일이었다. 하지만 당하는 아칠 입장에서는 서운하기 그지없었다.

"쳇. 내가 그동안 모신 세월이 얼만데."

이렇게 투덜대지만 사실 아칠은 속으로 금철휘를 지금도 걱정하고 있었다. 사람이 너무 빨리 변하면 탈이 나는 법이다. 한데 지금 딱 금철휘가 그랬다.

"에효. 내가 지금 여기서 뭘 하는 거냐."

이럴 때 무공 비급이라도 하나 턱 던져주면 얼마나 좋은가. 아무도 찾지 못한 혈룡귀갑대의 비급을 그렇게 많이 가지고 있으면서 어찌 자신에게는 일언반구도 하지 않고 감출 수가 있단 말인가.

"하나만 주지. 쳇."

약점이 있는 무공이란 얘긴 들었다. 하지만 그러면 어떠한가. 천하를 질타했던 혈룡귀갑대의 무공인데.

그렇게 무공에 대한 생각을 떠올린 아칠은 지극히 자연스럽게 곽한을 생각해 냈다. 곽한은 자신이 버린 칠성검법의 비급을 대신 받아 익히는 중이었다.

"그러고 보니 안 본 지 꽤 됐네."

금룡각이 무너진 다음부터 아예 보지 못했으니 벌써 몇 달이나 지났다. 아칠은 문득 곽한이 어찌 되었을지 궁금해졌다. 칠성검법을 곽한에게 양보한 이후 몇 번이나 금철휘가 무공 얘기를 꺼냈기 때문에 생긴 호기심이 분명했다. 하지만 그래도 궁금한 건 어쩔 수 없었다.

아칠은 어느새 자리에서 일어나 금룡장으로 향하고 있었다. 그 자신이 생각했던 것보다 호기심이 훨씬 깊었던 것이다. 또한 호기심 못지않게 불안감도 컸고 말이다.

곽한은 현재 그의 여동생과 함께 이설각에 머물고 있었다. 원래는 금룡각에 머물렀으나, 금철휘 때문에 전각이 폭삭 무너지는 바람에 이설각으로 옮긴 것이다. 물론 곽한이나 그의 여동생인 곽소미의 생활에는 아무런 변화가 없었다. 그저 거처가 바뀌었을 뿐이다.

곽한은 언제나 연무장에서 살았고, 곽소미는 그것을 구경하거나 전각 내를 돌아다니며 즐겁게 놀았다. 어리고 깜찍한 곽소미는 전각에서 일하는 모든 사람들의 귀여움을 독차지했다. 또한 금철휘가 직접 데려온 아이라는 것을 알기에 함부로 대하는 사람도 없었다.

이설각의 연무장, 곽한이 한창 수련 중이었다. 곽한은 금철휘에게 받은 칠성검법을 수련하고 또 수련했다. 같은 동작을 반복하는 것뿐인데 매번 펼칠 때마다 조금씩 뭔가가 다르다는 걸 깨달아 갔다.

수련을 시작한 지도 벌써 몇 달이 지났다. 곽한은 자신이 익히고 있는 칠성검법이 결코 단순한 검법이 아니라는 걸 몸으로 느끼고 있었다. 그저 검을 휘둘렀을 뿐인데 더 정확히 검을 휘두르고 호흡을 맞췄으며, 발걸음을 따라갔을 뿐인데 서서히 단전이 요동치고 있었다.

"후욱!"

열일곱 번째 수련을 마친 곽한은 숨을 몰아쉬며 잠시 땀을 닦았다. 사실 스무 번을 채우고 잠깐 쉬는데, 오늘은 수련에 집중하기가 어려웠다. 조금 전부터 연무장에 들어와 구경하는 사람 때문이었다.

"계속 거기 계실 겁니까?"

곽한이 나이답지 않게 의젓한 말투로 묻자, 아칠은 실실 웃으며 손을 내저었다.

"난 신경 쓰지 말고 수련이나 해라. 그깟 칠성검법 구경한다고 뭐가 어떻게 되겠냐?"

자신이 익힌 검법을 무시하는 말에 곽한이 발끈했다. 만일 자신의 실력을 욕했거나 무시했다면 가볍게 넘어갈 수 있었을 것이다. 그런 걸 참는 데에는 이골이 나 있었으니까.

하지만 검법을 모독하는 건 참기 어려웠다. 이 검법은 금철휘가 자신에게 준 것이다. 검법을 모독하는 건 금철휘를 모독하는 거나 다름없었다. 적어도 곽한은 그렇게 생각했다. 물론 금철휘의 생각은 그것과 많이 다르겠지만 말이다.

"후우. 좋습니다. 어디 한번 구경해 보시지요. 칠성검법이 어떤 건지."

곽한은 독기가 자르르 흐르는 눈으로 아칠을 노려봤다. 아칠은 그 눈빛을 받으며 피식 웃었다. 하지만 속으로는 적지 않게 놀랐다. 곽한이 보여준 독기는 보통이 아니었다.

'이놈 나중에 뭐가 되더라도 되겠구나.'

아칠은 속으로 감탄하며 곽한의 일거수일투족을 관심 있게 지켜봤다. 일단 금철휘가 준 칠성검법이 뭐가 다른지 알고 싶었다. 지금 와서 생각해 보니, 시중에 떠도는 것과 같은 칠성검법이라면 굳이 금철휘가 자신에게 그렇게 권할 리가 없었다.

아칠이 잠깐 생각에 잠긴 사이 곽한이 검무를 시작했다. 수련이 아니라 그저 검무였다. 칠성검법을 기반으로 자신의 모든 것을 내보이려는 것이다.

사실 고작 몇 달 검을 수련했다고 할 수 있는 것이 아니었다. 하지만 곽한은 분명히 할 수 있다고 믿었다. 얼마 전에도 곽소미 앞에서 한 번 해봤다. 그때는 좀 어설펐지만 지금은 그때보다 훨씬 잘할 자신이 있었다.

곽한의 검이 날카로운 기세를 담고 움직였다.

사악.

바람을 갈랐다. 그리고 유려한 곡선을 그리며 위로 치솟아 올랐다. 기세는 여전히 날카로웠다. 칠성검법을 근간에 둔 검무였다.

쉬익! 쉬익!

바람 소리가 점점 거칠어졌다. 그리고 어느 순간 소리가 사라져버렸다.

아칠은 곽한의 검무를 보며 입을 떡 벌렸다. 설마 이 정도이리라고는 생각도 못했다. 고작 몇 달 만에 어찌 이런 수준이 된단 말인가.

'뭐야! 이건 이미 날 넘어섰잖아!'

아니, 넘어서고 말고를 따질 수준이 아니었다. 곽한은 이미 아칠과는 비교도 할 수 없는 곳에 서 있었다.

아칠의 눈이 점점 커졌다. 그리고 다시 닫히지 않았다. 아칠은 눈 한 번 깜빡이지 않고 곽한의 검무를 지켜봤다. 그 순간, 곽한의 검에서 뭔가가 번득였다.

"어라?"

아칠은 자신이 뭔가를 잘못 본 줄 알고 눈을 몇 번 깜빡였다. 그리고 다시 집중해 곽한의 검무를 살폈다. 그때 또 검에서 뭔가가 번득였다.

"뭐, 뭐야? 설마 검기?"

아칠이 놀라 벌떡 일어났다. 그리고 그 순간 곽한의 검에서 번쩍이는 빛이 쫙 뻗어 나왔다.

쩌저정!

한 자나 되는 검기가 솟아나 연무장 바닥을 후려쳤다. 돌과 흙이 비산했다. 곽한은 그것을 마지막으로 검무를 멈췄다. 그의 표정은 얼떨떨했다. 곽한 역시 설마 정말로 검기가 튀어나올 줄은 몰랐다.

청석을 깔아 만든 연무장 바닥에 거미줄처럼 잔뜩 금이 갔다. 더구나 곽한이 선 자리는 완전히 엉망으로 변해 있었다. 그게 바로 검기의 위력이었다.

"이게 뭐야! 너, 그거 정말 칠성검법이야?"

아칠이 곽한을 향해 소리쳤다. 곽한은 상기된 얼굴로 고개를 끄덕였다. 설마 정말로 검기를 발현할 줄은 몰랐다. 검기라니. 평생 꿈만 꾸어야 할 줄 알았는데, 벌써 검기라니 가슴이 터질 것 같았다.

"이게 칠성검법이 아니면 대체 뭐겠습니까?"

곽한의 말에는 살짝 가시가 돋쳐 있었다. 그걸 못 알아차릴 아칠이 아니다. 하지만 아칠은 그런 거에는 신경도 쓰지 않았다.

"정말…… 정말 다른 거 아무것도 익힌 거 없어? 정말로 칠성검법 하나만 익힌 거야?"

곽한이 아칠을 힐끗 쳐다보고는 시선을 자신의 검으로 향했다. 평범한 철검이었지만 지금 이 순간은 그 어떤 보검보다 더 값져 보였다. 자그마치 검기를 만들어낸 검 아닌가.

"제게 다른 걸 익힐 여유가 있었을 것 같습니까?"

아칠은 꿀 먹은 벙어리가 되었다. 그런 여유가 있었을 리 없다. 또 주변에 슬쩍 물어서 알고 있었다. 곽한은 일어나서 잠들기 전까지 거의 대부분의 시간을 수련에 쏟는다. 그리고 그가 수련하는 것은 오로지 칠성검법뿐이었다.

"검법만 수련했는데 검기라니, 너 내공도 있었어? 내공을 익혔다는 건 다른 무공도 익혔다는 뜻이잖아. 내 말이 틀려?"

아칠은 거짓말 말라는 듯 추궁했다. 곽한은 아칠의 집요함에 짜증이 났지만 성심껏 대답해 주었다. 아칠은 금철휘와 가장 가까운 사람이다. 나중에 세월이 지나면 그 자리를 자신이 차지하겠다는 포부를 품고 있지만 아직까지는 그렇지 않다. 굳이 척을 질 필요는 없었다.

"검법을 수련하다 보니까 쌓였습니다."

"뭐? 검법을 수련하니까 내공이 쌓였다고? 그게 말이 돼?"

"동공도 모르십니까?"

"도, 동공?"

아칠의 표정이 구겨졌다. 동공이란 움직이며 수련하는 기공법을 말한다. 즉, 가만히 앉아서 내공을 쌓지 않고 움직이면서 내공을 쌓는다는 뜻이다. 하지만 칠성검법에 동공의 공능이 있다는 얘기는 그야말로 금시초문이었다.

"그게 말이 된다고 생각해? 칠성검법이 동공이라고?"

"그럼 고작 몇 달 만에 검기를 뽑아내는 건 말이 된다고 생각하십니까?"

아칠이 입을 다물었다. 그것도 말이 안 되기는 마찬가지다. 아니, 오히려 칠성검법이 사실은 동공이었다는 게 더 말이 된다. 검을 잡은 지 여섯 달도 안 돼서 검기를 만들어냈다고 하면 다들 미친놈이라고 손가락질을 할 것이다.

"으아아!"

아칠은 결국 자신의 머리를 마구 헝클어뜨리며 괴성을 질렀다. 머리가 어지러웠다. 그리고 너무나 억울했다. 이런 대단한 검법을 발로 차버렸다니! 대체 무슨 짓을 했단 말인가!

"내가 미쳤지! 미쳤어!"

한동안 발광하던 아칠이 결국 축 늘어졌다.

그리고 곽한은 아칠이 무슨 짓을 하건 전혀 신경 쓰지 않고 다시 수련을 시작했다. 검기를 봤으니 의욕이 훨씬 넘쳤다. 고작 몇 달 만에 검기를 이뤘는데, 검강이라도 이루지 못할 것은 없지 않은가.

연무장에 다시 검이 바람을 끊는 소리가 울렸다. 그리고 그 소리를 들으며 아칠이 힘없이 고개를 푹 숙였다.

* * *

금철휘는 오랜만에 금룡장으로 들어갔다. 한동안 향화루에만 머물렀는데, 슬슬 금룡각이 잘 지어지고 있는지도 확인할 겸, 또 사예린도 다시 살펴볼 겸, 움직인 것이다.

"호오. 썩 그럴듯한데?"

금룡각의 공사현장을 본 금철휘는 상당히 감탄했다. 금룡각은 예전보다 훨씬 더 규모도 커졌고, 설계도 잘 되어 있었다. 도면을 확인한 금철휘는 더욱 감탄했다.

"돈 좀 들었겠군."

"장주님께서 각별히 신경 쓰라고 지시를 내리셨습니다. 아마 다시 무너지는 일은 없을 것입니다."

금철휘가 고개를 끄덕였다. 확실히 앞으로 그럴 일은 없을 것이다. 이제는 금철휘도 주의할 테니까 말이다. 지난번에는 백토신공의 성취에 빠져들던 나머지 주변 생각을 하지 않았다.

"최고의 자재를 이용해 최고의 설계를 했습니다. 내구성도 튼튼하고 구조도 단단합니다."

"좋아. 마음에 드는군."

금철휘는 그렇게 말하며 지어지고 있는 금룡각을 자세히 살폈다. 그의 천령신공이 빛을 발했다. 최근 천령신공의 성취가 점점 깊어지고 있었다. 단계를 올릴 단서를 아직 잡지 못해서 기존의 단계만 수련하는 바람에 깊이가 한정 없이 깊어지는 중이었다.

금룡각의 자재를 건드려 훨씬 단단하게 만들 수 있는 방법 몇 가지가 떠올랐다. 하지만 굳이 지금 그걸 할 필요는 없었다. 나중에 완공된 뒤에 해도 충분하다. 아마 그때는 훨씬 더 다양한 방법이 생겨날 것이다.

'성취도 더 깊을 거고.'

금철휘는 씨익 웃으며 자리를 떴다. 그런 금철휘의 뒤를 화예지가 그림자처럼 따라다녔다.

다음 금철휘가 향한 곳은 이설각이었다. 원래는 백검화와 한서연의 거처인데, 그녀들 역시 요즘은 외부에서만 생활하는지라 방치되어 있었다. 물론 전각을 관리하는 사람들이야 항상 상주하기에 전각이 비어 있지는 않았다.

이설각에 도착하니, 곽소미가 금철휘를 발견하고 쪼르르 달려왔다.

"오라버니!"

곽소미는 언젠가부터 금철휘를 오라버니라 부르며 따랐다. 곽소미가 가장 좋아하는 사람은 곽한이고 두 번째가 바로 금철휘였다.

금철휘는 곽소미의 머리를 쓰다듬어준 뒤 뒤춤에 감췄던 손을 쑥 내밀었다. 어김없이 당과 하나가 곽소미의 손으로 전해졌다. 곽소미는 행복한 미소를 지으며 당과를 입에 넣었다.
곽소미가 금철휘를 좋아하는 이유 중 하나였다.

"헤헤헤. 소미랑 놀아주러 오셨어요?"

그 말에 금철휘가 곽소미를 번쩍 들어 목에 태웠다. 한 손
에 당과를 들고 다른 한 손으로 금철휘의 머리를 잡은 곽소
미가 배시시 웃으며 주위를 두리번거렸다. 곽소미는 금철휘의
목에 타고 사방을 둘러보는 걸 좋아했다.

"내가 제일 크다!"

곽소미의 외침에 금철휘와 화예지가 빙긋 웃었다. 역시 천
진한 아이와 함께 있으면 즐겁다. 두 사람은 천천히 걸어 연
무장으로 향했다.

"어라? 저놈은 대체 여기서 뭐 하는 거야?"

금철휘의 말에 대답한 것은 목에 탄 곽소미였다.

"몇 밤 전부터 와서 저렇게 따라 해요. 헤헤헤."

연무장에는 곽한이 칠성검법을 수련하고 있었다. 곽한은
잠자는 시간까지 아껴가며 수련했다. 금철휘에게 도움이 되려
면 자신이 빨리 강해져야 한다는 사실을 알기 때문이다.

한데 그런 곽한 옆에서 곽한의 동작을 똑같이 따라 하려
애쓰는 사람이 한 명 있었다. 바로 아칠이었다. 그것을 본 금
철휘의 입가에 짓궂은 미소가 떠올랐다.

"드디어 결실을 맺었군."

"겨, 결실이요?"

화예지가 멍하니 금철휘를 바라봤다. 그녀는 대번에 이 상황을 파악했다. 금철휘가 어떤 결실을 맺었는지도 알아냈다. 그녀의 마음을 아는지 모르는지 금철휘는 더욱 짙은 미소를 지으며 말을 이었다.

"역시 오랫동안 참으면 즐거움이 배가 되는 법이야. 이제야 속이 후련하네."

화예지는 어이없는 눈으로 금철휘를 바라봤다. 가끔 이렇게 너무나 엉뚱한 면을 보일 때마다 같은 사람을 대하고 있는 건지 혼란스러울 때가 종종 있었다.

"한 열흘 저렇게 둬 볼까?"

"여, 열흘이요?"

화예지는 질린 눈으로 금철휘와 아칠을 번갈아 바라봤다. 칠성검법을 따라 하려 용을 쓰는 아칠의 모습이 참으로 애처로웠다. 사실 옆에서 함께 수련하는 곽한에게 배우면 그만이다. 하지만 곽한은 결코 가르쳐주지 않았다.

처음에는 아칠의 애원에 조금 흔들렸던 것이 사실이다. 하지만 결국 고개를 저었다. 곽한도 기본적인 눈치라는 것이 있다. 금철휘가 정확히 어떤 생각을 가졌는지는 모르지만, 자신이 아칠에게 검법을 가르치는 건 그 목적에 결코 부합되지 않는다는 사실쯤 어렵지 않게 눈치챌 수 있었다.

"허어. 저 녀석 꼬맹이한테 이를 박박 갈고 있네."

금철휘의 말에 화예지가 아칠을 쳐다봤다. 조금 지켜보니 정말로 곽한을 노려보는 모습이 심상치 않다는 것을 알 수 있었다. 아마 지금은 무공으로 안 되니 어쩔 수 없이 보고 있지만 나중에 힘이 생기면 곽한에게 상당한 고생문이 열린다는 건 불을 보듯 훤하게 알 수 있었다.

금철휘가 품에서 비급 하나를 꺼내 화예지에게 건넸다. 화예지는 호기심 어린 표정으로 그것을 받아서 펼쳤다.

"이게 뭐죠?"

"묵혈호천공."

"예?"

화예지는 너무 놀라 비급에 뒀던 시선을 올려 금철휘를 바라봤다. 머릿속이 잠시 새하얘졌다.

"무, 묵혈호천공이요?"

"왜? 한 번도 안 들어봤어? 그거 꽤 유명한 건데?"

"아, 알아요!"

왜 모르겠는가. 묵혈호천공은 혈룡귀갑대의 무공 중 가장 대표적인 것 중 하나다. 게다가 혈룡귀갑대뿐 아니라 당시 혈룡귀갑대와 첫 번째로 맞서 싸웠던 천혈문의 무공이기도 했다. 천혈문은 묵혈호천공으로 당시 천하에서 열 손가락 안에 들어갈 정도의 위세를 구가했다. 물론 혈룡귀갑대와 맞서 싸우며 완전히 몰살당하기는 했지만 말이다.

그런 무공이니 정보를 다루는 입장으로 모른다는 건 말이 안 된다. 다른 누구보다 그 무공에 대해 잘 알고 있어야만 하고, 또 실제로 화예지는 그 무공에 대해 잘 알고 있었다. 예를 들자면, 천혈문과 혈룡귀갑대가 어째서 모두 그 무공을 익혔는지에 대한 이유 같은 것들도 잘 알고 있었다. 그런 건 세상에는 많이 알려지지 않은 사실이었다. 또한 그것에 대해 제대로 파악한 정보조직도 그리 많지 않을 것이다.

"대, 대체 혈룡귀갑대의 무공을 어디서 그렇게 구하신 거죠? 돈으로 구했다는 말도 안 되는 말은 하지 마세요. 이건 돈이 많다고 구할 수 있는 게 아니니까요."

금철휘가 피식 웃었다.

"뭐라고 대답해야 만족할 건데? 내가 만든 거다. 이제 됐어?"

"그게 아니잖아요!"

"아니긴 뭐가 아냐. 다 내 머릿속에서 나온 거야. 내가 사실은 혈룡귀갑대주거든."

"아이, 진짜! 계속 그렇게 장난만 하실 거예요?"

"허어. 진실을 얘기해 줘도 믿지를 않네."

금철휘는 그렇게 말하며 장난스럽게 웃었다. 그러니 화예지가 그 말을 믿을 리 있겠는가. 그녀는 잠시 깊게 호흡하며 흥분을 가라앉혔다.

"역시 쓸 만해."

"놀리지 마세요."

"아니, 진담이야. 어쨌든 그 비급, 저 녀석한테 전해 줘."

"누구요? 아칠이요?"

"아니, 곽한."

"예? 그럼 아칠은요?"

"전부 외운 다음 전해 주라고 해."

화예지는 그제야 금철휘가 무슨 생각을 하는지 알아차렸다. 아칠과 곽한 둘 모두를 위하는 일이었다. 화예지는 순간 두 사람이 부러워졌다. 금철휘의 관심을 그렇게 많이 받고 있으니 말이다.

"너도 받았으면서 뭘 부러워해?"

화예지는 금철휘의 말에 얼굴이 새빨개졌다. 자신의 마음이 들켜 부끄러워졌기 때문이다. 하지만 이내 금철휘가 한 말의 의미를 깨닫고 표정이 그대로 굳었다.

"저도 받았다니…… 하면 그때 그 무공이……!"

"그래. 그것도 혈룡귀갑대의 무공이야. 잘 알려지지는 않았지만."

"그건 은신에 특화된 보법이었어요. 혈룡귀갑대와는 왠지 안 어울리는 것 같은데요?"

"그런 편견은 버려. 혈룡귀갑대가 얼마나 오랫동안 천하와 싸우고도 살아남았는데. 그 정도 보법이 없었다면 가능했을 거 같아?"

화예지는 그 설득력에 자신도 모르게 고개를 끄덕였다. 당시의 무림은 지금보다 훨씬 강한 힘을 가지고 있었다. 혈룡귀갑대와의 싸움에 너무 많은 힘을 소진해 결국 이렇게 되고 말았지만 그때만 해도 사실 혈룡귀갑대가 천하를 상대로 싸우는 것이 그리 쉬웠을 리 없었다. 한데도 그렇게 오랜 시간을 살아남았고, 결국 천하를 한바탕 뒤집어엎었다.

"그 보법 이름이 뭔가요?"

"없어."

"예?"

"이름은 없다고."

화예지가 멍하니 금철휘를 바라봤다. 그의 표정은 어딘가 쓸쓸해 보였다. 화예지는 갑자기 가슴이 먹먹해져서 시선을 돌렸다. 더 보고 있기가 힘들었다.

"아무튼. 다들 잘 익히고 있는 거지?"

"예. 정말로 큰 도움이 되고 있어요. 일단 간부급 정보원까지만 가르쳤는데, 올라오는 정보의 양과 질이 완전히 달라져서 놀라고 있는 중이에요."

"그냥 싹 가르쳐. 뭐 중요한 거라고."

"예? 하지만……."

그 이름 없는 보법의 공능은 이루 말로 표현할 수 없을 정도다. 만일 그걸 익힌 채로 배신이라도 하게 되면 정말 손쓰기 어려운 사태가 발생할 수도 있었다.

화예지의 걱정을 다 안다는 듯 금철휘가 씨익 웃었다. 짓궂음이 가득한 표정에 반짝이는 눈이 꼭 악동 같았다. 화예지는 그 표정을 보고 침을 꿀꺽 삼켰다. 그리고 그녀의 눈앞에 작은 비급 하나가 나타났다. 금철휘가 품에서 꺼낸 것이다.

'대체 저 품에는 얼마나 많은 비급이 들어 있는 걸까?'

그런 실없는 생각을 하며 화예지가 비급을 받았다.

"그건 너만 익혀. 네가 생각한 모든 문제를 일거에 해결해 주는 거니까."

화예지는 얼떨떨한 표정으로 비급을 펼쳤다. 그리고 고개를 갸웃거렸다. 비급에 쓰여 있는 것은 하나의 심법이었다.

"그것도 이름 없는 거야."

이름 없는 보법에 이름 없는 심법, 뭔가 연결되는 듯하면서 묘한 느낌을 자아냈다. 화예지는 비급을 모두 읽고 금철휘를 바라봤다. 심법 자체는 어렵지 않아서 금세 익힐 수 있을 것 같았다.

"이건 뭐죠? 익히기 어려울 것 같지는 않지만…… 그렇다고 꼭 필요할 것 같지도 않은데……."

지금 그녀가 익히고 있는 기공이나 심법에 비해 단계가 훨씬 떨어지는 것 같았다. 만일 그걸 금철휘가 주지 않았다면 그냥 무시했을 것이다. 하지만 금철휘가 줬다는 이유 하나만으로 묘한 기대감이 생겼다.

"보법을 익히면서 무슨 생각이 들었어?"

"꽤 뛰어난 동공이구나…… 하고 생각했어요."

"잘 아네. 동공의 묘리가 들어가서 익히면 익힐수록, 또 쓰면 쓸수록 특별한 기운이 쌓이게 되어 있지. 그것도 단전에 쌓이는 게 아니라 몸 구석구석에 쌓여서 점점 더 은밀한 몸으로 만들어 줄 거야."

화예지가 크게 고개를 끄덕였다. 그래서 더 감탄하지 않았던가. 그건 정말이지 정보 계통에서 일하는 사람들에게는 최상의 무공이었다.

"넌 그걸 최선을 다해서 익혀야 돼. 그 심법 익히면 익힐수록 영향력이 미치는 범위가 늘어나거든. 넌 그 영향력으로 천하를 뒤덮어 봐."

"예에?"

금철휘가 씨익 웃었다.

"한…… 이백 년 정도 그것만 수련하면 될 거야."

화예지가 어이없다는 듯 바라보자 금철휘가 크게 웃었다.

"하하하. 농담이야, 농담. 그렇게 정색하고 쳐다보면 쑥스럽잖아. 어쨌든 최대한 열심히 익혀서 범위를 넓혀. 아마 익히다 보면 자연스럽게 그게 뭔지 알게 될 거야."

화예지는 알쏭달쏭한 표정을 지었다. 하지만 금철휘가 지금까지 이런 걸로 허튼소리를 한 적이 없으니 일단은 믿기로 했다. 그녀는 비급을 소중히 품에 안았다.

연무장에서 수련하는 곽한의 검에서 검기가 번득였다. 연달아 뿜어져 나오는 검기가 연무장을 그물처럼 감쌌다. 화예지는 비급을 안고 감상에 젖어 있다 그걸 보고는 경악했다.

'대체…… 무공이 뛰어난 건지, 아니면 재능이 뛰어난 건지……'

물론 둘 다 이유가 될 것이다. 곽한은 이미 범인의 생각으로는 그 한계를 규정지을 수 없는 사람이 되었다. 흔히 그런 사람을 천재라 한다. 화예지는 그런 천재를 단번에 알아본 금철휘의 안목에 새삼 놀랐다.

금철휘는 목에 탄 소미를 가볍게 내려놓았다. 그러자 소미가 쪼르르 달려가 자신의 오빠 근처에 앉아 턱을 괴고 수련 모습을 지켜봤다.

"좋아. 소미도 넋을 놓고 구경하고 있으니 우리는 이쯤에서 빠져주자고."

금철휘가 슬쩍 물러나자, 화예지가 고개를 끄덕이고 금철휘의 뒤를 따랐다. 두 사람은 그렇게 이설각을 빠져나왔다. 그리고 처음부터 가려고 했던 목적지, 사예린이 머무는 전각으로 향했다.

"이거 분위기가 묘한데?"

금철휘의 말에 화예지가 쓴웃음을 지었다.

"예상했던바 아닌가요?"

사예린의 전각에는 유혜련과 채명화가 보낸 정보원들이 득실거렸다. 모습을 은밀하게 감춘 사람도 몇 있었지만 대부분이 일꾼으로 위장한 정보원들이었다.

"예상이야 했지…… 한데 저들한테 아직도 저런 정보원을 유지할 돈이 남아 있나?"

"그게……"

화예지가 말을 끌자 금철휘가 그녀를 쳐다봤다. 화예지는 어색한 표정으로 말했다.

"사실 일이 좀 묘하게 돌아가고 있어요."

"묘해?"

"부인들이 사업을 시작할 모양이에요."

"사업? 추일객잔 얘기에 자극을 좀 받았나 보지?"

금철휘가 피식 웃었다. 하지만 화예지는 웃을 일이 아니라는 듯 정색한 채 말을 이었다.

"돈을 변통했어요."

"변통? 누구한테?"

금철휘는 그렇게 말을 하다가 고개를 돌려 전각 앞에서 서성이며 사람들에게 지시를 내리고 있는 사예린을 쳐다봤다. 금철휘는 그런 사예린을 손가락으로 슬쩍 가리키며 다시 화예지에게로 시선을 돌렸다.

"설마……"

"네. 그 설마가 맞아요."

"아버지가 꽤 넉넉하게 몬을 줬나 보네?"

금철휘는 충분히 그럴 수도 있다고 생각했다. 금일청이 생각하는 돈은 보통 사람과 많이 다르니, 어쩌면 몇만 냥 정도

집어 줬을지도 모른다. 어쨌든 가슴에 불을 지른 여인 아닌가. 하지만 화예지는 그 말에 고개를 저었다.

"아뇨. 장주님께서는 한 푼도 주지 않으셨어요. 그저 하고 싶은 일을 찾으라고 지시를 내리셨고, 생활에 불편함이 없도록 신경 쓰라고만 하셨어요."

"그래? 그런데 무슨 돈으로? 보아하니 재산이 있던 사람은 아닌 것 같은데?"

"뻔하잖아요."

화예지의 말에 금철휘의 뇌리에 번뜩 떠오르는 것이 있었다. 일목요연하게 상황이 정리되었다.

"아하, 그러니까 그 일곱 가문이 새로운 수작을 부리고 있다, 이거로군?"

"혹시라도 일이 실패할 때를 대비해 올가미 몇 개를 더 준비하는 것 같아요."

금철휘가 턱을 쓰다듬으며 씨익 웃었다.

"이거 재미있는데? 그러니까 일곱 가문에서 빌린 돈으로 저 멍청한 두 여자한테 또 돈을 빌려주고 있단 말이지? 분명히 이자 부담이 만만치 않을 텐데?"

"그런 거 생각이나 하겠어요? 당장 일이 성공하면 떼돈을 벌 수 있다고 생각하는데."

금철휘는 가만히 생각에 잠겼다. 이런 재미난 상황을 그냥 보고 넘길 수는 없지 않은가.

"그 채무 관계에 대해서 자세히 알아와. 원금과 이자부터 해서 모든 조건을 낱낱이 파악해서 가져오도록."

"예."

화예지는 공손히 대답했다. 그러면서 한편으로 대체 금철휘가 또 무슨 일을 벌이려고 하는지 불안했다.

'휴우. 지금은 일을 벌일 때가 아니라 안정을 시켜야 할 때인데……'

얼마 전에도 일을 벌였기 때문에 사실 아무리 자잘한 일이라도 또 벌이는 게 불안했다. 금철휘가 금룡장의 비밀재산을 물려받으면서 상계의 정보망과 연동해 금향각의 규모를 조금 더 키울 수 있었다.

그걸 안정시키는 것만으로도 사실 화예지는 허리가 휘어질 지경이었다. 한데 금철휘는 계속 거기에 일을 얹기만 하니 점점 힘에 부쳤다.

'아직 사해방과의 일도 남았는데……'

사실 가장 큰 문제가 바로 사해방이었다. 최근 화예지는 사해방을 조사하다가 뭔가 이상한 느낌이 들어 조사를 확대해가는 중이었다. 그것과 다른 일들이 맞물리니 너무나 버거웠다. 하지만 그렇다고 사해방 쪽 일에서 손을 뗄 수는 없었다. 뭔가 느낌이 좋지 않았다. 다른 걸 포기하는 한이 있어도 그쪽은 끝까지 파고들어야 한다는 예감이 강하게 들었다.

*   *   *

쨍그랑!

더 이상 방 안에 남은 도자기가 없었다. 게다가 제대로 남아난 물건도 없었다. 방 안은 참상 그 자체였다. 방 안을 그 꼴로 만든 장본인인 유혜련은 숨을 씩씩 몰아쉬었다. 그리고 그런 유혜련을 설소영이 옆에 가만히 서서 지켜보고 있었다.

"무너져도 벌써 무너졌을 가문이 누구 때문에 지금까지 버티고 있는데!"

유혜련이 이렇게 화를 내는 이유는 가문으로부터 압박이 들어왔기 때문이다. 당연히 원인은 사예린이다.

사예린에 대한 소문이 벌써 소주 유가장과 안휘 패천보에 들어간 것이다. 두 가문은 각각 유혜련과 채명화에게 금철휘의 자식을 낳으라는 압력을 넣기 시작했다.

금일청이 사예린에게 홀딱 빠졌다는 말을 들으니 다들 마음이 다급해진 것이다. 가문의 여식을 금룡장으로 시집보낸 것은 당장의 돈도 탐나긴 했지만 나중에 금룡장의 재산을 차지할 수 있기 때문이었다.

한데 금일청에게 또 다른 자식이 태어나면 당장 문제가 커질 소지가 있었다. 그러니 차라리 금철휘의 자식을 낳아서 금룡장 내의 분란을 키워버리는 게 낫다고 판단한 것이다.

그리고 가문의 여식이 금룡장의 핏줄을 낳으면 나중에 금룡장주가 될 가능성도 충분히 있다. 사실 진작 낳았어야 하는데, 너무 늦었다. 그동안은 금룡장이 매달 보내오는 돈 때문에 신경을 안 썼는데, 사예린이 등장하면서 그들의 욕심이 폭발해 버렸다.

"하아. 아이라……."

유혜련은 한숨을 푹 내쉬었다. 일단 흥분을 가라앉히고 나니, 현실적인 문제들이 떠올랐다. 아이를 하나만 낳으면 좋겠지만, 그렇게 될지는 알 수 없다. 일단 무조건 아들이 필요했다.

'아이는 많으면 많을수록 좋지. 그래야 가능성이 올라갈 테니까.'

유혜련은 이를 악물었다. 피할 수 없다면 야심을 가지는 게 낫다. 차라리 적극적으로 달려들어서 아이를 잔뜩 낳으면 시간이 지날수록 그녀의 입지가 탄탄해질 것이다.

'어쨌든 핏줄인데 한자리 주지 않겠어?'

어떤 자리든 상관없다. 금룡장 내에서 보잘것없는 자리는 없다. 수많은 자식들이 그런 자리를 차지하고 있으면 결국 자신의 권력이 강해지는 것이다.

생각을 바꾸니 기분도 달라졌다. 유혜련은 문득 자신이 만들어 놓은 참상을 보며 머쓱해졌다.

"미안해. 내가 못난 꼴을 보였네. 많이 놀랐지?"

유혜련은 먼저 부드럽게 웃어 주며 설소영을 달랬다. 그리고 살짝 과장된 표정으로 주위를 둘러봤다.

"어머, 방이 지저분하네. 가서 시비를 좀 불러주겠어? 일단 여기를 치워야지."

"예."

설소영이 밖으로 나가자, 유혜련의 눈빛이 차가워졌다. 그녀의 뇌리는 이내 금철휘와 아이에 대한 생각으로 꽉 찼다.

"그래도 다행이지. 예전의 그 돼지새끼였으면 어쩔 뻔했어? 그 못생기고 재수 없는 돼지와 애를 만들 생각을 하니 끔찍하잖아."

그나마 다행이었다. 살을 뺀 금철휘는 상당히 멋졌다. 아마 선입견이 없었다면, 또 사이가 그리 나쁘지 않았다면 벌써 못 이기는 척 안겼을지도 모른다.

"이제는 내가 유혹해야 하는 입장이 되었구나."

갑자기 짜증이 났다. 예전 같으면 앞에 엎드려 발바닥을 핥아도 걷어차 줬을 텐데, 이젠 자신이 유혹을 해야 한다니 말이다. 하지만 유혜련은 일단 나서기만 하면 금철휘를 유혹하는 것쯤 아무것도 아니라고 여겼다. 그녀는 아름다웠고, 남자란 열 여자 마다하지 않다는 것쯤 상식이었으니까.

유혜련이 그렇게 마음속으로 다짐하고 있을 때, 이설각에서도 비슷한 일이 있었다. 채명화 역시 유혜련과 비슷한 과정을 거쳐 금철휘를 제대로 유혹해 보겠노라고 다짐했다.

금룡장에 다시 한 번 도화폭풍이 몰아치려 하고 있었다.

사해방주 진추방은 심각한 표정으로 보고서를 몇 번이나 반복해서 읽었다. 일이 꼬여도 너무 꼬였다.

"이래서야 음모인지 아닌지조차 알아낼 수 없지 않은가."

갑자기 만혈괴의가 툭 튀어나와 마지막 무덤을 차지하는 바람에 일이 고약해졌다. 그로 인해 무림맹과 혈무련이 끼어들고, 또 수많은 방파들이 호시탐탐 노리는 상황이 되어 버렸다.

그런 상황이니 천차산의 무덤에 대해 더 이상 조사가 불가능해졌다. 물론 단편적이나마 조사를 해서 의문점들을 찾아내긴 했다. 하지만 그것만으로 확신을 갖기에는 크게 부족했다.

북령주와 남령주는 최선을 다했다. 그렇기에 조사가 부족했지만 질책하지 않았다. 하지만 동령주와 서령주는 결코 그냥 둘 수 없었다. 어차피 천차산의 일이 손을 떠나 버렸으니 그들이 거기 머물러 있을 이유도 없었다.

"목을 치는 게 낫겠어."

진추방은 그렇게 결심했다. 결과적으로 그들 때문에 사해방이 이 지경에 몰렸다. 지금 사해방은 반 토막 난 게 문제가 아니라 지속적으로 영향력이 줄어든다는 것이 가장 치명적이었다. 이대로라면 사해방은 그야말로 그저 그런 정보조직으로 전락해 버릴 위험이 있었다.

"그건 절대 안 돼!"

진추방은 이를 갈았다. 그러면서 한편으로 몸을 부르르 떨었다. 갑자기 두려움이 밀려왔다. 만일 사해방이 무너진다면,

그저 자신의 꿈만 무너지는 게 아니다. 그 뒤에 더욱 두려운 일이 펼쳐지게 될 것이다.

"뭐가 안 된다는 건가?"

진추방은 갑자기 들려온 목소리에 화들짝 놀랐다. 너무나 잘 알고 있는 목소리였다. 진추방을 공포라는 감정에 푹 절일 수 있는 유일한 목소리이기도 했다. 만일 그 목소리가 아니었다면 반사적으로 손이 나갔을 것이다.

"주군을 뵙습니다!"

진추방은 납작 엎드렸다. 그가 여기까지 찾아왔다는 것은 이미 사해방의 일이 도를 넘어섰다는 뜻이다. 지금은 그저 엎드려 처분을 기다리는 수밖에 없었다. 또한 무조건 잘못했다고 비는 것이 최선이었다. 그것이 조금이나마 살아날 가능성을 남기는 길이었다.

"뭐가 안 되는 거냐고 물었다."

"그, 그게…… 잘못했습니다."

진추방은 이마를 바닥에 쿵 쩧었다. 이마가 탁 깨지며 피가 흘렀다. 하지만 그는 미동도 않고 그 자세 그대로 있었다.

"훗. 재롱을 떠는구나. 그만 일어나라."

진추방은 즉시 몸을 일으켰다. 그리고 공손히 앞으로 두 손을 모으고 섰다. 슬쩍 눈치를 살피니 어느새 의자에 편히 앉아 자신을 지그시 쳐다보고 있었다. 고작 서른 정도의 외모였지만, 실제 나이는 그보다 훨씬 많다는 걸 진추방은 잘 알고 있었다.

"사해방을 절단 냈다면서?"

"죄송합니다! 한 번만 더 기회를 주십시오!"

사실 절단 낸 게 아니라 반 토막으로 영향력이 줄어든 것이지만 그런 걸 따지면 죽여 달라는 뜻이나 다름없었다. 진추방은 무조건 고개를 조아렸다.

사내는 그런 진추방을 보며 빙긋 웃었다. 스스로는 부드럽게 웃어준다고 한 것인데, 그것을 본 진추방의 안색이 시커멓게 죽었다.

"애써 웃었는데 그런 얼굴하면 내 기분이 어떨 것 같은가?"

"죄, 죄송합니다!"

사내는 다시 한 번 웃으며 손을 내밀었다. 진추방은 사내가 원하는 것이 무엇인지 대번에 눈치채고 품에서 비급 뭉치를 꺼내 공손히 바쳤다.

"혈룡귀갑대의 비급 치고는 너무 양이 적은데?"

"그것밖에 구하지 못했습니다. 나머지는 만혈괴의가 들고 도망치는 중입니다."

그 얘기는 사내도 잘 안다. 그는 사해방의 모든 정보를 원하기만 하면 언제든 꺼내볼 수 있었다. 물론 진추방은 그가 언제 어떤 정보를 확인했는지 알 수 없고 말이다. 사실상 사해방은 사내의 것이나 다름없었다. 하지만 진추방은 그렇게 생각하지 않았다. 사내는 사해방의 일에 거의 관여하지 않는다.

'내 마음대로 움직이면 내 거지.'

진추방이 속으로 그런 생각을 하고 있을 때, 사내는 비급을 훌훌 넘기며 읽었다. 몇 권이나 되는 비급을 몽땅 읽는데 고작 반 각도 걸리지 않을 정도로 빠르게 읽은 뒤, 그것을 휙 던졌다.

"쓸 만한 건 없군. 잘 팔아 봐라."

진추방은 속으로 안도하며 고개를 조아렸다. 혹시라도 비급을 그냥 가져가 버리면 어쩌나 걱정했는데, 이렇게 다시 주니 고맙기 이를 데 없었다.

"혹시 그것들 익히려고 하면 관둬. 뭔가 냄새가 좋지 않다. 그중 절반은 확실히 약점이 심각한 것들이고."

사내의 말에 진추방의 눈이 휘둥그레졌다.

"예? 야, 약점 말입니까?"

"꽤 유명한 것들이라 아마 아는 놈들이 분명히 있을 거야. 그러니까 괜한 데 헛 땀 흘리지 말고 깔끔하게 포기해라. 차라리 팔아먹는 게 백배는 이득이야."

진추방은 혼란스러웠다. 혈룡귀갑대의 무공에 약점이 있다니 금시초문이었다. 아니, 귀갑공은 분명히 약점이 있다. 하지만 다른 무공에도 그런 것이 있다는 건 처음 듣는 말이었다.

"그, 그게 정말입니까?"

진추방은 그 말을 하고서 자신도 모르게 두 손으로 입을 막았다. 아니나 다를까 사내의 눈빛이 섬뜩하게 빛났다.

"내 말을 못 믿겠다는 뜻이로구나?"

"아, 아닙니다! 제가 실언을 했습니다! 요, 용서를……!"

사내가 무심한 눈으로 진추방을 쳐다봤다. 한동안 무거운 침묵이 감돌았다. 진추방은 덜덜 떨며 또다시 납작 엎드렸다.

"혈룡귀갑대의 일에서 완전히 손을 떼라. 거긴 다른 놈을 보내겠다. 넌 그보다 금향각이나 제대로 처리해."

"아, 알겠습니다."

"금향각이 그렇게 순식간에 사해방을 집어삼킬 수 있다는 게 말이 된다고 생각하느냐?"

진추방은 대답하지 않았다. 사실 그도 이상하게 여기고 있었다.

"상계가 움직였다. 네놈이 너무 상계를 착취했어."

사내가 자리에서 일어나 훌쩍 몸을 날렸다. 그의 모습이 순식간에 사라져 버렸다. 하지만 그의 목소리가 남아 진추방의 귓가를 울렸다.

"금향각을 정리하지 못하면 네놈이 정리될 게다."

진추방은 침을 꿀꺽 삼켰다. 사내가 남긴 목소리가 계속해서 사라지지 않고 방 안을 맴돌았다.

제6장
무공비급

금철휘는 자신을 찾아온 두 여인을 보고서 빙긋 웃었다. 지금 둘 사이는 신경전이 대단했다. 가문으로부터 오는 압박이 상당했으니 애가 탈만도 했다.

"여기서 이러지 말고, 일단 둘 사이의 문제부터 해결하고 와. 나 바쁘니까."

야멸찬 축객령에 유혜련과 채명화는 입술을 깨물며 물러갔다. 일단 지금은 금철휘의 기분을 거슬려선 안 된다. 목적을 이루기 전까지는 금철휘가 하는 말을 최대한 순종적으로 받아들여야 한다고 판단했다.

유혜련과 채명화는 향화루를 나서자마자 서로를 노려봤

다.

"일단 양보를 하는 게 어때요? 그래도 내가 명색이 첫 번째 부인이잖아요?"

유혜련이 당당하게 말했다. 하지만 채명화는 그 말에 즉시 콧방귀를 뀌었다.

"흥. 아직 첫날밤도 치르지 않은 건 피차일반 아닌가요? 솔직히 누가 첫 번째 부인이 될지는 더 두고 봐야죠. 내 말이 틀렸나요?"

"고작 잠자리를 누가 먼저 했느냐로 서열을 정하자는 건가요? 금룡장의 안주인이 되기엔 너무 천박하다고 생각하지 않나요?"

"원래 금룡장쯤 되는 가문의 안주인은 그런 면도 갖고 있어야 한답니다. 남편을 밤마다 녹여 놓지 않으면 식솔 관리가 안 되거든요."

채명화는 그렇게 말하며 손으로 입을 가리고 호호 웃었다. 유혜련은 그 모습을 차가운 눈으로 노려보며 고개를 홱 돌렸다. 더 말싸움을 해봐야 자신의 가치만 떨어진다. 이럴 때는 그저 행동으로 보여주는 것이 가장 빠르다.

'아이는 내가 먼저 가질 거야.'

오늘 금철휘를 다시 보고 결심을 굳혔다. 마음을 조금 열고 얼굴을 요모조모 뜯어보니 상당히 멋졌다. 그런 남자와 하룻밤을 함께해 보는 것도 나쁘지 않은 경험이 될 듯했다.

'그게 첫 경험이라는 것이 좀 마음에 걸리지만, 금룡장의 안주인이 되는 일인데 충분히 투자할 가치가 있지.'

유혜련은 속으로 그렇게 중얼거리며 채명화를 노려봤다. 사실 생각해 보면 채명화와는 좋은 관계를 유지할 수 없는 사이다. 서로 금룡장을 노리고 있으니 처음 금룡장에 시집을 왔을 때부터 결정된 관계라 할 수 있다.

"계속 여기 서 있을 건가요?"

유혜련이 살짝 쏘는 듯한 말투로 물었다. 채명화는 화사하게 웃으며 고개를 끄덕였다.

"지루하면 먼저 돌아가시죠. 전 여기서 조금 산책이라도 할 생각이니까."

말이야 산책을 한다고 하지만 실제로는 유혜련이 돌아간 뒤 금철휘에게 수작을 부릴 거라는 사실쯤이야 어렵지 않게 짐작이 가능했다. 결국 유혜련도 자리를 뜨지 못했다.

두 사람은 향화루 근처를 서성이며 금철휘가 나올 때까지 기다리고 또 기다렸다.

"쟤들 너무 웃기지 않아?"

금철휘가 창밖으로 두 여인을 보며 혀를 찼다. 정작 당사자인 자신의 생각은 모른 채 자신들끼리 싸우고 있으니 얼마나 기가 막힌 일인가.

"공자님의 예전 행실이 아직 뇌리에서 다 빠지지 않았기 때문이에요."

화예지의 명쾌한 해석에 금철휘가 고개를 끄덕였다.

"그 말이 맞다. 하지만 그래서 웃긴다고 하는 거야. 내가 살을 뺀 지가 얼마나 됐지? 한 네 달 됐나?"

"그쯤 되셨죠."

"금룡장을 삼키겠다는 사람들이 네 달 동안 나를 만난 횟수가 손에 꼽혀. 그게 말이 된다고 생각해? 최대한 자주 접점을 만들어야 공략할 방법을 찾을 거 아냐."

화예지가 입을 살짝 가리고 웃었다. 금철휘의 말투가 왠지 재미있었다.

"그리고 아까 눈빛 봤어? 아마 상황이 이 지경으로 왔어도, 만일 내가 예전 그대로였으면 둘 다 코웃음도 안 쳤을걸?"

"설마요. 지금 가문으로부터 들어오는 압박이 얼마나 엄청난데요."

금철휘가 슬며시 몸을 돌려 화예지를 쳐다봤다. 금철휘의 표정에는 장난기가 가득했다.

"내기할까?"

"예? 내, 내기요?"

화예지는 내기라는 말만 들어도 경기가 들 지경이었다. 내기 때문에 향화루와 금향각을 고스란히 갖다 바치지 않았는가. 물론 결과적으로 그것이 훨씬 나은 선택이 되었지만 말이다.

"아니지, 어차피 할 거면 단계를 나눠서 내기를 하는 편이 낫지."

화예지는 금철휘가 하는 말에 담긴 의미를 해석하려 애썼다. 하지만 내기를 몇 번 하겠다는 것 외에는 아무것도 알아낼 수 없었다. 또한 그 내기 중 하나는 분명히 자신과 하려고 할 것이다. 그녀는 즉시 고개를 저었다.

"그게 무슨 내기든 전 안 해요. 이제 공자님께 더 드릴 것도 없잖아요."

금철휘가 고개를 끄덕였다.

"하긴, 이제 내 시비가 되었으니……. 하지만 시비랑 노예랑은 많이 다르잖아? 어때? 지위 한 단계 걸고 안 할래? 네가 이기면 더 이상 시비라고 안 불러주지. 대신 네가 지면 시비 아래로 떨어지는 거야."

화예지의 뇌리에 노예라는 말이 맴돌았다. 절대 그건 있을 수 없는 일이었다. 그녀의 고개가 거세게 좌우로 흔들렸다.

"아뇨! 절대 안 해요. 그냥 시비 할래요."

어차피 말만 시비지 실제로는 시중을 드는 일도 없다. 화예지가 하는 일은 금철휘를 따라다니며 금향각의 정보망을 편하게 이용할 수 있도록 돕는 것뿐이었다. 물론 그 외에 금향각의 전체적인 운영을 조율하는 아주 복잡하고 골치 아픈 일을 함께하고 있지만 그래도 그것이 노예보다는 나았다.

'저분이 마음먹고 괴롭히면 아마 죽고 싶어질지도 몰라.'

화예지는 몸을 한차례 부르르 떨었다. 상상만으로도 끔찍했다. 오한이 가시지 않을 정도로 말이다.

"쩝. 안타깝네. 신분상승의 기회가 방금 날아갔어."

화예지가 배시시 웃었다.

"신분하락의 함정을 피해갔다고 말씀해주세요."

금철휘가 씨익 웃었다.

"짧은 시간 동안 날 너무 많이 파악했는데?"

화예지는 금철휘의 그 부드러운 미소와 말을 들은 순간 가슴이 철렁 내려앉았다. 온몸에 소름이 돋았고, 식은땀이 흘렀다.

'정말로 나락으로 떨어질 뻔했구나. 앞으로도 조심해야지.'

화예지는 속으로 다짐하고 또 다짐했다. 그렇게 결심을 다지는 동안 금철휘는 그녀를 빤히 쳐다보며 말했다.

"적당한 상대 한번 물색해 봐. 앞으로 우리가 할 일과 관계되면 더 좋겠지."

"어떤……."

"내기를 할 거야. 예전에 너랑 했던 내기와 정확히 반대되는 걸로."

화예지의 안색이 핼쑥해졌다. 예전 자신과 했던 내기의 반대라면 다시 살을 찌우겠다는 뜻이다. 그 순간 그녀의 뇌리에 백검화가 조용히 검을 뽑는 모습이 떠올랐다. 조금 전과 비슷한 양의 식은땀이 또다시 흘렀다.

"재고하시는 편이……."

"왜? 내가 살찌는 게 싫어? 예전엔 그렇게 찌우고 싶어서 안달을 했으면서."

"그때야 내기 때문에 어쩔 수가 없었죠. 하지만 공자님은 살을 찐 모습보다는 조금 빠진 모습이 훨씬 멋지세요."

화예지가 은근히 유도했지만 씨알도 먹히지 않았다.

"오대세가 쪽으로 한번 돌아봐. 그중에 내기 좋아하는 사람 하나도 없어?"

화예지의 얼굴에 어색한 미소가 떠올랐다. 오대세가는 예전의 자신과는 하늘과 땅 차이다. 자칫 내기 잘못했다가 집안을 완전히 말아먹을 수도 있었다. 하지만 화예지는 금철휘의 반짝이는 눈빛을 보며 결국 고개를 끄덕일 수밖에 없었다.

"차, 찾아볼게요."

"수고해."

금철휘가 만족스런 표정으로 화예지의 어깨를 툭툭 두드려 주었다. 화예지의 표정이 더욱 심각하게 굳었다.

$$* \qquad * \qquad *$$

단출하게 꾸며진 작은 밀실, 일곱 명의 중년인들이 심각한 표정으로 앉아 있었다. 그들은 금룡장과 싸우느라 위태로운 일곱 가문의 수장들이었다.

"정말 다들 반대하시는 겁니까?"

"그들은 이미 우리를 한 번 버렸소. 그런 일이 또 벌어지지 말라는 법이 없지 않소. 다시 그들과 손잡는 건 그야말로 멍청한 짓이오."

추가장주의 말에 풍운보주가 고개를 절레절레 저었다. 추가장주는 사실 사해방과 가장 껄끄러운 사이였다. 주화입마에 빠진 아들을 고치던 만혈괴의가 사라진 것이 바로 사해방 때문이라 여겼기 때문이다.

완전히 틀린 말도 아니었다. 사해방이 아니었다면 만혈괴의가 혈룡귀갑대의 무덤을 찾겠다고 천차산으로 달려갈 이유가 없었다. 아마 충동질을 했거나, 아니면 뭔가 수작을 꾸미고 있었으리라. 그들 역시 사해방을 겪어봤기에 만혈괴의의 상황을 대충이나마 이해하고 있었다.

"하지만 혈룡귀갑대의 무덤입니다. 사해방으로서도 아마 어쩔 수가……."

콰앙!

"웃기지 마시오! 이게 어쩔 수 없다고 그냥 넘어갈 일이오?"

추가장주의 발을 중심으로 거미줄 같은 실금이 퍼져 나갔다. 그는 분노한 얼굴로 풍운보주를 노려봤다. 하지만 풍운보주 역시 지지 않고 기세를 끌어올렸다.

"그럼 어쩌잔 말이오. 그냥 이대로 다 죽잔 말이오? 빚더미에 앉아서?"

"크윽!"

추가장주가 비틀거리며 자리에 주저앉았다. 이 상황 자체가 짜증이 날 정도로 싫었다. 대체 자신들이 왜 이런 꼴을 겪어야 한단 말인가.

"금룡장은 지금 어쩌고 있소?"

"평소와 달라진 것이 전혀 없소. 사예린 역시 전각에서 나올 생각을 않고 있소. 보아하니 짧은 시간 안에 해결될 것 같지 않소. 시간이 최소 몇 년은 필요할 걸로 보이오. 소장주의 부인들도 움직이고 있다 하니 상황이 더 나빠질 가능성도 있소."

추가장주는 어금니를 꽉 물었다. 이가 조금씩 부서져 나갔지만 전혀 개의치 않았다. 현재 그의 아들인 추영우는 주화입마가 점점 심해지고 있었다. 만혈괴의가 치료하다가 손을 떼는 바람에 상태가 다시 악화되는 중이었다. 이대로 내버려두면 아마 몇 달 안에 완전히 폐인이 되고 말 것이다.

"그들이 다시 만혈괴의를 잡아서 보내주기로 했소. 그 정도로 참아줄 수는 없겠소?"

"후우."

추가장주가 한숨을 내쉬며 마음을 가라앉혔다. 냉정하게 판단하면 일단 다시 사해방과 손을 잡는 게 맞다. 하지만 아른거리는 아들의 모습이 계속 그것을 망설이게 했다.

'그래도…… 하는 게 답이겠지.'

만일 더 거부한다면 다른 가문들이 추가장을 배제해 버릴 수도 있었다. 아니, 분위기를 보니 그쪽으로 조금씩 흘러가는 듯했다. 그건 최악이었다. 아무것도 얻는 것 없이 가문이 무너지고 끝이다. 그렇게 내버려둘 수는 없었다.

"좋소. 손을 잡읍시다."

추가장주의 말에 다들 반색했다. 일단 드리워진 끈을 잡았으니 당겨야 한다. 그것이 썩었는지 아닌지를 판단할 여유조차 없었다. 이대로 두 달 정도만 지나도 그들 가문은 완전히 몰락하고 말 테니까 말이다.

그나마 사해방이 손을 내밀어 준 것은 아직까지 그들이 보유하고 있는 무력 때문이었다. 항주에서 방귀깨나 뀌던 무가들이니 제대로 힘을 쓰면 금룡장과의 싸움에서 큰 역할을 할 것이다. 또한 사해방의 정보력을 등에 업으면 그 힘이 배가될 것이다.

'그럼 금룡장과 해볼 만할까?'

풍운보주는 속으로 의문이 들었지만 그것을 내색하지는 않았다. 지금 그런 말을 해봐야 좋을 게 하나도 없었으니까. 지금은 사기를 끌어올릴 때였다. 그래야 일곱 가문이 하나로 뭉쳐 더 큰 힘을 발휘할 테니까.

풍운보주의 뇌리에 며칠 전 만났던 사해방주의 모습이 스쳐 지나갔다. 그는 최소한 풍운보의 앞날은 보장해 주었다. 다른 가문들 역시 함께 갈 수 있도록 노력을 해보긴 하겠지만 장담할 수 없다고 했다.

만일 모두를 데려가겠다고 장담했으면 오히려 의심했을 것이다. 하지만 그는 그렇게 말하지 않았다. 역설적으로 그래서 더 믿음이 갔다. 최소한 뒤통수를 맞기 전에 대비를 충분히 할 수 있을 거라 여겼기 때문이다.

'절대 당하지 않아. 십 년 후, 항주를 지배하는 것은 금룡장이 아니라 우리 풍운보가 될 것이다.'

풍운보주의 눈에 기광이 번득였다. 하지만 그는 생각을 하느라 다른 몇몇 가주들의 눈에 깃든 야심을 읽지 못했다. 또한 다른 가문에도 사해방이 똑같은 제안을 할 수 있었다는 점을 간과했다.

다급한 상황이 만들어낸 허점이었다. 만일 상황이 이렇게 힘들지 않았다면 그런 일까지 고려했을 테고, 지금과는 조금 다른 선택을 하고 나아갔을 것이다. 하지만 선택은 끝났고, 그들은 이미 달리는 호랑이의 등에 올라타 버렸다.

아칠은 울 듯한 표정으로 손에 들린 비급을 바라봤다. 곽한이 이걸 건네줄 때는 대체 뭔가 싶었는데, 막상 안을 들여다보고 설명을 듣고 나니, 정말로 울고 싶었다.

"열흘만 일찍 주지……."

아칠의 억울한 중얼거림에 조금 어이가 없어진 곽한이 한숨과 함께 고개를 저었다. 아칠의 나이는 적지 않다. 서른이 훌쩍 넘었으니까. 곽한이 지금 열이니 곽한과 비교하면 세 배가 넘었다. 그런 곽한이 보기에도 아칠은 너무 나잇값을 못했다.

'항상 그러는 건 아니지만……'

가끔, 정말 아주 가끔 어른다울 때가 있긴 하다. 하지만 그건 진짜 드물었고, 대부분은 이렇게 얼토당토않은 말을 꺼내곤 한다.

"그나저나 묵혈호천공이라……. 이름 한번 끝내주네. 역시 무공비급이라면 이쯤은 돼야지. 칠성검법이 뭐야, 칠성검법이."

아칠은 히죽히죽 웃으며 비급을 품에 안았다. 이런 절세무공의 비급을 얻고 나니, 세상을 다 얻은 기분이었다. 하지만 그 기분도 이어지는 곽한의 말에 다시 나락으로 떨어져야만 했다.

"그거 오늘 중으로 외워야 합니다. 이따 밤에 태워야 해요."

"뭐? 태워? 이 아까운 걸 태운다고?"

"주군께서 내리신 지시입니다."

곽한이 눈을 부릅뜨며 또박또박 말했다. 아칠은 극심한 위기감을 느꼈다. 하늘을 보니 해가 벌써 중천을 지난 지 오래였다. 즉, 오늘이 얼마 남지 않았다는 뜻이다.

"공자님이 그런 말도 안 되는 지시를 내리셨을 리 없어! 너 나 물 먹이려고 일부러 이러는 거지? 맞지?"

"제가 그럴 사람으로 보이십니까?"

아칠은 입맛을 쩝 다셨다. 곽한에 대해서 너무 잘 알기에

할 말이 없었다. 곽한은 없는 말을 지어내지 않는다. 그리고 금철휘의 말이라면 끓는 기름 속에 들어가라고 해도 웃으며 들어갈 수 있을 정도로 충성과 헌신을 다하고 있다. 물론 아직까지는 주로 받는 입장이었지만 말이다.

"헉!"

다 이해하고 고개를 끄덕이던 아칠은 순간 헛바람을 들이켰다. 곽한의 성격을 생각하면 오늘 밤에 태운다고 했으니 진짜로 할 것이다. 지금으로선 곽한이 아칠보다 훨씬 강하니 힘으로 해결하지도 못하고, 또 도망가지도 못한다.

아칠은 덜덜 떨었다. 시간이 없었다.

"이런 젠장!"

아칠은 다급히 비급의 첫 장을 펼쳤다. 그리고 마구 머리에 우겨넣기 시작했다. 묵혈호천공의 구결은 참으로 복잡해서 외우기가 쉽지 않았다. 그래도 억지로 읽고 또 읽어서 외워 나갔다.

시간이 속절없이 흘러갔다. 어느새 해가 떨어졌다. 어둠이 스멀스멀 세상을 잡아먹기 시작했다.

"으악! 안 보여!"

비급을 읽기 어려울 정도로 어두워지자 아칠이 비명을 질렀다. 아직 채 반도 외우지 못했다. 그 순간 갑자기 비급 위가 밝아졌다. 놀란 아칠이 고개를 들어 보니, 어느새 곽한이 횃불 하나를 가져와 들고 있었다.

"시간이 없습니다. 그 비급, 제가 태우지 않아도 저절로 타 버릴 거예요."

"뭐?"

"주군께서 그렇게 말씀하셨습니다."

아칠의 표정이 뭐라 말할 수 없을 정도로 기괴해졌다. 시간이 되면 저절로 타버릴 거라니, 그런 말을 한 금철휘도 금철휘지만 그 말을 믿는 곽한이 정말 너무나 답답했다.

"아무리 우리 공자님이 대단하다고 하지만 그게 말이 될 것 같냐? 너도 무작정 공자님 말씀이라고 다 믿지만 말고 생각이라는 걸 좀 해."

아칠의 말에 곽한은 대답하지 않았다. 하지만 그 눈빛은 전혀 흔들림이 없었다. 여전히 금철휘를 믿고 있다는 뜻이었다. 그걸 본 아칠은 혀를 차며 고개를 저었다. 똥인지 된장인지 찍어 먹어 봐야 아는 건 아니지 않은가. 냄새만 맡아도 충분히 알 수 있다. 한데 그가 보기에 곽한은 지금 그 똥을 먹으려 하는 중이었다.

'에이, 더러.'

아칠은 눈살을 한 번 찌푸리고는 다시 비급으로 눈을 돌렸다. 분위기를 보아하니 시간이 좀 늦어도 곽한을 설득할 수 있을 것 같았다.

'생각보다 괜찮은 놈이네.'

아칠은 그렇게 생각하며 다시 비급에 빠져들었다. 시간이 또 흘러갔다. 아칠이 비급을 절반 정도 외웠을 때, 물론 그 절반조차 확신할 수 있을 정도로 외운 건 아니었지만, 어쨌든 그쯤 되었을 때, 비급이 따뜻해지기 시작했다.

"어라?"

아칠은 갑자기 손이 뜨끈해져서 깜짝 놀랐다. 그리고 비급을 이리저리 뒤집어 살폈다. 하지만 비급에 불이 붙거나 한 건 절대 아니었다. 곽한이 든 횃불에서 불똥이 떨어진 건 아닌가 하고 살펴봤지만 곽한은 혹시라도 있을지 모를 불상사를 대비해 조금 떨어진 곳에 서 있었다. 불똥이 튈 만한 거리가 아니었다.

"이게 대체 왜 이렇게 뜨끈하지?"

아니, 뜨끈한 정도가 아니었다. 처음에는 그저 따뜻했지만 이제는 비급을 쥐고 있기가 어려울 정도로 뜨거워졌다.

화르륵!

"으헉!"

그야말로 순식간이었다. 계속 뜨거워지던 비급이 한순간에 불타 버렸다. 곽한의 말대로 저절로 타버린 것이다. 비급은 완벽하게 재로 변했다. 아칠은 손과 바닥에 남은 시커먼 재를 보며 망연자실하게 주저앉았다.

"제, 젠장…… 내 비급…… 내 묵혈호천공……."

아칠은 정말 눈물이 날 것 같았다. 아니, 눈가가 반짝였다. 그리고 그 반짝이던 것이 주르륵 흘러내렸다. 어째서 자신에게 이런 시련이 계속 닥치는지 하늘이 원망스러웠다. 사실 일을 이렇게 만든 건 금철휘였지만 금철휘를 원망하지는 않았다.

아칠이 주저앉은 채로 땅을 짚으며 대성통곡을 했다.

"으허허헝."

그렇게 우는 아칠에게 횃불을 든 곽한이 다가갔다.

"저……."

아칠은 우는 얼굴 그대로 고개를 들어 곽한을 바라봤다.

"으허허. 왜? 으허허헝."

그 우스꽝스러운 모습에 곽한은 자신도 모르게 풋 웃음을 흘렸다. 아칠의 울음이 더욱 커졌다.

"으허허헝! 뭐가 웃겨! 내가 이 꼴이 된 게 웃기냐! 으허허헝!"

"죄송합니다. 하지만 너무……."

아칠의 울음이 더 커질 기미가 보이자, 곽한이 서둘러 할 말을 꺼냈다.

"묵혈호천공이라면 제가 다 외우고 있습니다."

아칠이 울음을 뚝 그쳤다. 그리고 커다래진 눈으로 곽한을 바라봤다.

"뭐…… 라고 했냐? 다 외우고 있다고?"

"예. 그리고 원하신다면 제가 가르쳐드릴 수도 있습니다."

아칠은 왜 네가 먼저 봤냐고 소리치려던 것을 꿀꺽 삼켰다.

일이 이렇게 돌아가면 얘기가 완전히 달라진다. 아칠의 눈가에 웃음이 걸렸다.

"에헤헤헤. 가르쳐줄 수 있다고? 공자님께서 가만 계실까?"

"별말씀 없으셨으니 아마 괜찮을 겁니다. 아니면 제가 확인해 보고 올까요?"

아칠이 단호히 고개를 저었다.

"아니, 그러지 마라. 그런 바보 같은 짓을 하면 안 되지. 자, 우리 슬슬 묵혈호천공에 대한 진지한 토론을 나눠 볼까? 에헤헤헤."

아칠의 경박한 웃음에 곽한이 고개를 흔들었다. 그리고 속으로 다시 한 번 금철휘에게 감탄했다. 이 모든 것이 금철휘의 지시로 이루어진 일이었다. 심지어는 곽한이 지금 꺼낸 말까지도 금철휘가 시킨 것이었다.

곽한은 금철휘에 대해 감탄하고 또 감탄하며 아칠에게 묵혈호천공의 구결을 읊어 주었다. 아마 한동안 두 사람은 함께 이것을 익혀야만 할 것이다.

*　　　*　　　*

"남궁세가?"

"예. 그쪽에 적당한 인물이 하나 있어요. 한데……"

"한데 뭐?"

"꼭 하셔야 하나요?"

"왜? 불안해? 내가 사고 칠까 봐?"

화예지가 다급히 고개를 저었다.

"아뇨. 그게 아니라 요즘 분위기가 좀 이상해서 그래요."

"분위기? 무슨 분위기? 남궁세가에 무슨 일이라도 있어?"

"남궁세가가 아니라, 여기 항주 분위기가 좀 이상해요."

"항주?"

"더 정확히 말하자면 사해방의 움직임이 포착되었어요. 한데 그게 좀 이상해요."

"정확히 설명해 봐."

"사해방이 항주에 전력을 집중하는 것 같아요. 최근 항주에 정보원들이 많이 늘어났어요. 파악한 자들만 해도 백 명이 넘어요. 미처 파악하지 못한 사람들까지 합하면 족히 수백 명은 될 거예요."

"수백 명이라…… 우리도 항주에서 그쯤 움직이고 있지 않나?"

"그렇기야 하죠. 하지만 우리 쪽 정보원은 말 그대로 정보원이에요. 능력 자체가 뛰어나진 않아요. 한데 사해방에서 투입한 정보원들은 하나하나가 정예들이에요."

"정예라…… 우리 쪽으로 말하자면 조장쯤 되는 건가?"

"그보다 조금 윗줄이에요."

그제야 금철휘의 표정이 심각해졌다. 사해방이 작정하고 달려드는 걸로밖에 해석이 안 된다. 대체 항주에 그렇게 몰려들 이유가 무엇이겠는가.

'설마 또 우리 금룡장을 노리겠다는 건가? 그 꼴을 겪고서?'

그들이 어떤 식으로 금룡장을 공략할지 대강 그림을 그려 봤다. 나오는 답이 뻔했다. 금룡장과 대적하던 일곱 가문을 이용하는 것이 가장 빠르고 간단한 방법이었다. 그들에게 정보와 자금을 지원해주면 아마 좋다고 금룡장과 싸우려 할 것이다.

"그래서 지금 고민이에요."

"고민? 뭐가 고민인데? 그놈들이 무슨 짓을 할지 몰라서?"

"아뇨. 사해방의 전력이 이곳 항주로 집중되었으니, 다른 곳은 다 비었을 거잖아요."

금철휘의 눈이 반짝였다. 생각해 보니 그렇다. 너무나 간단명료한 이치 아닌가. 이곳 항주에 들어온 사해방의 정보원들이 무려 수백 명이다. 아니, 어쩌면 천 명에 가까울 수도 있다. 사해방의 힘은 그 정도로 대단하다.

그 정보원들 하나하나의 수준은 금향각 정보원들의 조장을 웃도는 수준이다. 즉, 상당히 특별한 위치에 있는 정보원들이라는 뜻이다.

"천하 각지에 남은 놈들은 그저 그런 쭉정이들일 가능성이 높겠군."

"물론 그들을 관리할 사람들이야 있겠지만, 예전과는 많이 다르겠죠."

"그러니까 이 기회를 살려서 천하를 집어삼키느냐, 아니면 전력을 항주에 집중해서 그들을 상대하느냐를 두고 고민하는 거로군?"

"예. 맞아요."

화예지가 눈을 빛냈다. 그녀의 표정을 보니 사실상 결정은 내린 듯했다. 물론 금철휘가 허락하지 않으면 진행할 수 없다. 그녀가 지금 하려는 일에는 그야말로 어마어마한 돈이 필요할 테니까. 또한 금철휘가 가진 상계의 정보망도 상당 부분 이용하지 않으면 안 된다.

"그런데 한 가지 문제가 있어요."

"항주?"

화예지가 무거운 표정으로 고개를 끄덕였다.

"항주에 들어온 사해방의 정보원을 완전히 막아낼 수가 없어요. 사실 우리의 역량을 모두 동원하더라도 사해방과 대등하게 싸우는 건 거의 불가능하거든요. 그런데 우리 금향각이 외부로 눈을 돌리면 항주는 그들 입장에서 거의 무주공산이나 다름없어지는 거죠."

"무주공산이라……."

금철휘가 손가락으로 탁자를 톡톡 두드리며 화예지를 슬

쩍 쳐다봤다. 화예지는 금철휘의 눈길에 움찔 놀라 뒤로 주춤 물러났다. 그러면서 자신은 왜 항상 금철휘가 볼 때마다 주눅이 들까 하는 자괴감이 들었다.

"항주에는 내가 있잖아. 그래도 무주공산이야?"

금철휘의 입가에 걸린 미소에 화예지는 아무런 대답도 할 수 없었다. 금철휘는 그녀의 반응에 만족하며 손을 들어 올렸다. 금철휘의 팔목에 채워진 금팔찌는 평소에는 거의 보이지 않았다. 옷에 가려지기도 했지만 색 자체가 피부색에 가까워서 눈에 잘 띄지 않았다.

지이잉.

내력을 주입하자 팔찌에서 은은한 빛이 흘렀다. 그 빛은 이내 팔찌 위에 희고 검은 색을 만들어냈다. 금철휘는 망설임 없이 흰 부분을 쓰다듬었다.

팔찌에서 내력을 차단함과 동시에 새하얀 옷을 입은 중년인 하나가 금철휘 앞에 부복했다. 백총관이었다.

화예지는 소스라치게 놀랐다. 기척도 느끼지 못했는데 사람이 나타난 것이다. 그리고 이번에는 금철휘도 놀랐다. 금철휘조차 기척을 느끼지 못했다. 백총관은 마치 원래부터 그곳에 있었던 것처럼 나타났다.

'천령신공에 문제가 생겼나?'

금철휘는 천령신공을 차분히 점검했다. 하지만 천령신공에는 전혀 문제가 없었다. 오히려 훨씬 경지가 깊어져 더욱 넓은 범위의 기척을 훨씬 선명하게 느낄 수 있었다. 그것은 눈앞에 부복한 백총관 역시 마찬가지였다.

"이, 이분은……."

"아아, 모르겠구나? 인사해. 백총관이야. 내 자금을 담당하고 있지."

금철휘가 씨익 웃었다. 화예지는 얼떨떨한 표정으로 금철휘와 백총관을 번갈아 바라봤다.

그리고 반 각 후, 화예지는 백총관과 함께 향화루를 나섰다. 두 사람이 향한 곳은 만금전장의 항주지부였다. 만금전장은 천하제일의 전장이자, 백총관이 관리하는 금철휘의 자금줄 중 하나였다.

* * *

사해방은 항주로 전력을 집중시키는 한편, 혈룡귀갑대의 비급을 팔아치우기 위해 은밀히 움직였다. 사안이 사안인 만큼 북령주와 남령주가 직접 비급을 들고 유수의 문파를 찾아다녔다.

문파를 하나하나 신중히 고르고 파악한 뒤에야 찾아가 비급을 팔았다. 비급 중에는 약점이 알려진 것들도 절반 정도 섞여 있었기 때문이다.

북령주와 남령주는 비급을 필사한 뒤, 원본을 팔았다. 필사한 이유는 거기에 있다는 약점을 연구하기 위함이었다. 혈룡귀갑대의 비급을 얻었다면 아마 누구든 그것을 익히려 할 것이다. 천하 유수의 문파들이 혈룡귀갑대의 비급을 통해 힘을 얻었을 때, 그 약점을 고스란히 알고 있다면 그것은 그야말로 막강한 힘이 될 것이다.

천하는 혈룡귀갑대의 비급으로 인해 술렁였다. 비급을 들고 도망친 만혈괴의를 중심으로 천하가 움직이고 있었고, 또 사해방이 파는 혈룡귀갑대의 비급 때문에 물밑으로 치열하게 싸웠다.

그렇게 금철휘가 만든 혈룡귀갑대의 비급이 천하 곳곳으로 퍼져 나갔다.

만혈괴의는 처참한 몰골로 정신없이 달렸다. 여기서 잡히면 말 그대로 끝이다. 그냥 죽는 것이다. 그럴 수는 없었다. 어떻게든 살아남아서 품에 있는 혈룡귀갑대의 무공을 이용해야만 한다. 하지만 그도 알고 있었다. 이대로는 자신이 원하는 것과는 전혀 반대의 결과가 나올 수밖에 없다는 것을 말이다.

처음 혈룡귀갑대의 일곱 번째 무덤을 찾을 때까지는 좋았다. 그때만 해도 세상을 모두 얻은 기분이었다. 하지만 그건 그야말로 찰나에 불과했다. 갖은 고생을 다해 비급을 얻은 순간, 그들이 나타났다.

만혈괴의는 그때부터 지금까지 사해방을 피해 끝없이 도망치고 또 도망쳤다. 중간 중간 혈무련이나 무림맹과 연락을 시도해 혈룡귀갑대의 비급을 넘기고 목숨과 부를 보장받고자 했지만 사실 여의치 않았다.

사해방의 방해와 추적은 집요했다. 만혈괴의는 혈무련이나 무림맹과 만날 수 있는 기회를 두 번이나 놓쳐야 했다. 그중 한 번은 눈앞에서 혈무련의 무사들을 보며 달아나야만 했다.

그때 흘린 피눈물이 아직도 마르지 않고 뺨에 얼룩져 있었다. 씻지를 못하니 당연했다.

"헉."

만혈괴의는 갑자기 앞에서 나타난 사람들 때문에 달리는 걸 멈췄다. 십여 명의 무사들이 산길을 막고 서 있었다. 복장을 보아하니 무림맹이나 혈무련은 아닌 듯했다. 하나하나가 상당한 기세를 뿌리고 있었는데, 만혈괴의는 그들과 싸워야 하나 말아야 하나를 두고 잠시 고민했다.

"만혈괴의가 맞군."

무사들 중 한 명이 앞으로 나오며 중얼거렸다. 그를 발견한 만혈괴의의 눈가가 일그러졌다.

"제갈세가도 움직인 것인가?"

앞으로 나선 자는 만혈괴의와 안면이 있는 사람이었다. 예전 제갈세가와 몇 번 거래한 적이 있는데, 그때마다 자신을 상대하던 사람이었으니 모를 수가 없었다.

"그래도 우리를 만났으니 다행 아니겠소?"

"흥, 다행? 과연 제갈세가가 나를 보호할 여력이 있겠소?"

"물론이오."

자신만만한 대답이었지만 만혈괴의는 그 말을 믿지 않았다. 사해방이 정말로 마음먹고 나서면 아무리 제갈세가라도 위험하다. 더구나 지금 만혈괴의가 제갈세가에 몸을 의탁하고 나면 무림맹과 혈무련까지 적으로 돌리게 된다. 그걸 제갈세가가 감당할 수 있을 리 없었다.

"우리만 온 것이 아니오."

만혈괴의는 그 말에 고개를 들어 주위를 살폈다. 어느새 만혈괴의는 무사들에게 포위되어 있었다. 제갈세가까지 포함해서 각각 복장이 다른 다섯 무리의 무사들이었다.

"설마…… 오대세가가 손을 잡은 것인가?"

앞으로 나선 자, 제갈중천은 빙긋 웃으며 대답했다.

"혈룡귀갑대의 비급이라면 충분히 그 정도 가치가 있지 않겠소?"

만혈괴의는 이제 인정할 수밖에 없었다. 도망은 오늘로 끝이었다. 한편으로는 서운하면서 다른 한편으로는 안심이 되었다. 이제 더 이상 사해방의 추격에 겁먹지 않아도 된다.

"자, 일단 비급을 먼저 넘겨주셔야겠소."

만혈괴의가 상당한 고수라는 사실을 익히 알고 있기에 세가에서 온 무사들도 모두 조심스러웠다. 만혈괴의가 자칫 빈틈을 노려 기습이라도 가하면 당할 수도 있었다.

하지만 만혈괴의는 더 이상 그럴 여력이 없었다. 사해방의 지독한 추적에서 도망치느라 모든 기력을 소진한 것이다.

"일단 날 안전한 곳에 데려다 준 다음 나머지 얘기를 합시다."

만혈괴의는 당당했다. 자신에게 비급이라는 무기가 있는 이상, 이들은 절대 자신을 함부로 대할 수 없었다.

하지만 세가 무사들은 아무도 움직이지 않았다. 그저 가장 앞에 나선 제갈중천만 고개를 저을 뿐이었다.

"우리가 원하는 건 비급이오."

만혈괴의는 대번에 그것이 무슨 뜻인지 알아차렸다. 비급만 빼앗아 가져가겠다는 뜻이다. 만혈괴의의 얼굴이 사정없이 일그러졌다. 하지만 이미 늦어 버렸다. 다섯 세가의 무사들이 각각 검진을 펼치며 만혈괴의가 도망갈 수 있는 모든 방위를 꽉꽉 틀어막았다.

"이 파렴치한 놈들! 네놈들이 그러고도 오대세가라 할 수 있느냐! 이름이 아까운 놈들이로구나!"

제갈중천이 또 고개를 저었다.

"이름? 그딴 것 아무 소용없소. 혈룡귀갑대가 천하를 뒤집는 바람에 우리 세가들이 입은 피해가 얼마나 될 것 같소? 당시의 오대세가 중 여전히 오대세가라 불리고 있는 가문이 고작 둘뿐이오. 한데 우리가 이름에 연연할 것 같소?"

만혈괴의는 입을 다물었다. 자신도 그랬으니 이들을 충분히 이해할 수 있었다. 혈룡귀갑대라는 것은 그만한 무게를 가지고 있었다.

'젠장. 승냥이 같은 놈들이 더 늘었군. 대체 이 위기를 어찌 극복한단 말인가.'

만혈괴의가 고민하고 있을 때, 멀리서 함성 소리가 들려왔다. 너무 멀어서 소리가 작긴 했지만 무슨 말을 하는지는 충분히 알아들을 수 있었다.

"만혈괴의의 흔적을 찾았다! 이쪽이다! 맹의 무사들은 모두 이쪽으로 이동하라!"

만혈괴의가 반색했다. 드디어 무림맹이 온 것이다. 세가무사들의 안색은 만혈괴의와 반대로 딱딱하게 굳어 버렸다. 그걸로 끝이 아니었다. 이번에는 조금 다른 방향에서 또 소리가 들려왔다.

"저쪽이다! 뒤처지는 놈들은 다 죽을 줄 알아!"

목소리만으로도 충분히 누군지 알 수 있었다. 혈무련의 호무당주였다. 무림맹과 혈무련까지 등장하니 세가 무사들의 긴장감이 더욱 높아졌다.

그리고 그 순간, 사해방의 동령주와 서령주가 이끄는 무사들이 그들을 일제히 덮쳤다.

만혈괴의는 그것을 보며 오싹 소름이 돋았다. 그들의 목표는 당연히 만혈괴의였다. 세가 무사들을 기습함과 동시에 일부는 곧장 만혈괴의를 향해 몸을 날렸다.

만혈괴의는 일단 드러난 빈틈으로 몸을 비집고 들어갔다. 가까스로 탈출에 성공한 만혈괴의는 후들거리는 다리를 움직여 달리고 또 달렸다.

수많은 무사들이 만혈괴의를 잡으려 눈에 불을 켰다. 이제 더 이상 버틸 수 없다는 생각과 함께 만혈괴의의 눈앞이 캄캄해졌다. 만혈괴의는 정신을 잃는 와중에 어딘가 낯익은 얼굴을 본 듯했다. 하지만 그게 누군지 생각하기도 전에 암흑 속으로 의식이 빨려 들어갔다.

제7장
사해방

黃金公子

　"허억!"

　만혈괴의는 악몽에서 깨어나며 벌떡 몸을 일으켰다. 식은
땀이 흘렀다. 정말로 지독한 악몽이었다. 웬 돼지 같은 사내
가 나타나 다짜고짜 자신을 마구 구타하고 몸으로 찍어 눌
렀다. 조금도 움직이지도 반항하지도 못하고 두드려 맞은 뒤
몸에 눌려 꼼짝도 못하고 숨도 못 쉬는 상황이 계속됐다.

　그리고 그 뚱뚱한 사내가 자신을 내려다보며 섬뜩하게 웃
는 바람에 꿈에서 깨어났다. 그 미소가 어찌나 무서운지 보는
것만으로도 혼이 달아나 버릴 것만 같았다.

　"후욱. 후욱. 대, 대체 여기가 어디지?"

무림맹과 혈무련, 거기에 사해방과 오대세가까지 몽땅 쫓아오던 기억과 자신이 도주를 포기하는 순간 정신을 잃었던 것만 기억났다.

"그럼 그놈들이 날 잡아서 여기까지 데리고 온 것인가?"

만혈괴의는 반사적으로 품을 뒤졌다. 아무것도 잡히지 않았다. 비급이 몽땅 사라진 것이다. 그의 표정이 사정없이 일그러졌다. 그것 때문에 그 고생을 했는데 결국 빼앗긴 것이다.

"여어, 잘 잤나?"

만혈괴의는 갑자기 옆에서 들려온 소리에 화들짝 놀라 고개를 돌렸다. 그리고 그대로 몸이 굳어 버렸다. 꿈에서 봤던 그 돼지가 바로 거기에 서 있었다.

"누, 누, 누, 누, 누구냐!"

만혈괴의는 두려움에 떨었다. 꿈에서 어찌나 생생하고 지독하게 당했는지 실제 그 얼굴을 보고 나니 아예 몸도 굳어서 안 움직였다.

"나 몰라? 오랜만에 만나서 위험한 것도 구해주고 그랬는데, 고맙다는 말 한마디 없네."

"모른다! 너 같은 돼지를 내가 어찌 안단 말이냐!"

만혈괴의는 맹세코 평생 동안 이렇게 뚱뚱한 사람은 한 명도 본 적이 없었다. 최소 사백 근은 나가는 듯했다. 걸어다니는 것이 신기할 정도였다.

"나 금철휘야. 정말 기억 안 나?"

"그, 금철휘?"

금철휘라는 말에 만혈괴의가 입을 꾹 다물었다. 금철휘를 왜 모르겠는가. 금룡장의 소장주이자, 자신이 몸에 고독을 심은 당사자 아닌가. 하지만 눈앞에 있는 사람은 결코 금철휘가 아니었다. 금철휘는 이렇게 뚱뚱하지 않다. 훤칠한 키에 날렵한 몸매를 가진데다가 얼굴도 사내답게 잘 생겼다.

"아직도 의심하네. 확인할 방법 있잖아. 생각 안 나?"

금철휘가 그렇게 말하며 자신의 가슴을 툭툭 두드렸다. 그 제야 만혈괴의는 금철휘에게 심은 고독을 이용하면 그가 진짜 금철휘인지 아닌지 확인할 수 있다는 것을 깨달았다. 지금까지 그 고독을 쓴 사람은 딱 세 명이었는데, 그중 둘은 죽었고, 남은 하나가 바로 금철휘였다.

만혈괴의는 너무나 경황이 없는 나머지 자신이 금철휘에게 고독이 단전에 자리 잡는다고 말했다는 사실을 기억해 내지 못했다. 조금 전 금철휘는 가슴을 두드렸다. 그곳에 고독이 자리 잡았다는 걸 안다는 뜻이었다. 평상시라면 대번에 이상한 점을 눈치챘겠지만 지금은 전혀 의심하지 않았다.

만혈괴의가 준 고독은 단전에 하나 심장에 하나, 그리고 머리에 두 개가 자리를 잡는다. 그들과 소통하는 방법은 아주 간단하다. 특별한 심법을 운용하면 된다.

만혈괴의는 심법을 이용해 고독의 존재를 확인했다. 네 마리의 고독이 정확히 제 위치에 안착해 잠들어 있었다. 그것들은 만혈괴의의 명령 한마디면 활동을 시작할 것이다.

"정말로 금철휘였군."

만혈괴의는 황당한 눈으로 금철휘를 바라봤다. 대체 그 사이에 무슨 일이 있었기에 사람이 이다지도 망가질 수 있단 말인가. 이런 뚱땡이가 금철휘라니 고독이 아니었다면 정말로 믿지 않았을 것이다.

'하긴, 그러고 보니 대충 이목구비에 흔적이 남긴 했군.'

정말 어이가 없었다.

"자네 대체 어떻게 된 건가? 그 짧은 시간 동안 그렇게 살이 찌다니. 건강에 이상이 생긴 게 분명하네. 아니, 원래 이상이 없더라도 사람이 급격히 살찌면 몸이 상하는 법이네. 나중에 내 몸을 추스르고 나면 내가 꼭 한번 봐주지. 날 살려줬으니 그 정도는 해주겠네."

"뭐, 그게 중요한가? 어쨌든 네가 살아났다는 게 중요하지. 이제부터 뭘 어쩔 건지는 생각했어?"

금철휘의 물음에 만혈괴의의 표정이 일그러졌다. 정말 아무 계획이 없었다. 또한 뭘 어떻게 해야 할지 방법이 전혀 떠오르지도 않았다. 사실상 삶을 포기했는데 다시 살아났으니 그런 게 있을 리 없지 않은가.

한참동안 고민에 고민을 거듭하던 만혈괴의가 결심한 듯 천천히 입을 열었다.

"일단……."

만혈괴의는 말을 길게 끌며 금철휘를 노려봤다.

"안가를 만들어야겠다. 내가 숨어서 지낼 곳을 완벽하게 만들어내라. 금룡장의 재력이라면 그쯤은 어렵지 않겠지. 그리고 그놈들에게서 날 완벽히 감추고 살아갈 수 있도록 안가 안에 모든 준비를 해둬라. 아, 그리고 내게서 가져간 비급도 다시 가져와라."

금철휘는 어이없는 눈으로 만혈괴의를 쳐다봤다.

"이거 아주 어처구니를 상실한 놈일세. 꼭 나를 부하 다루듯 하네?"

금철휘는 그렇게 말하며 한쪽을 손가락으로 가리켰다. 작은 탁자 위에 비급들이 차곡차곡 쌓여 있었다. 만혈괴의의 품에서 나온 비급들이었다. 당연히 금철휘가 만든 것이니 건드릴 이유도 필요도 없었다.

"비급을 가져가지 않았나? 의외로군."

만혈괴의는 일단 비급을 챙겼다. 안가에 숨은 뒤 비급을 익힐 생각이었기 때문에 현재로서 가장 중요한 것이 바로 혈룡귀갑대의 비급이었다.

'그리고 고독을 이용해서 부하를 양산해야지. 부하들에게도 혈룡귀갑대의 무공을 익히게 만들면 천하는 이제 내 것이다.'

만혈괴의는 확신했다. 그 모든 것을 이룰 수 있다고 말이다. 일단 자신에게는 금철휘가 있다. 고독에 당해 자신의 말은 무엇이든 들을 수밖에 없는 금철휘가 말이다.

"자아, 눈빛을 보니 날 미친놈으로 여기는 모양이구나. 하지만 곧 내가 왜 이러는지 알게 될 것이다. 그리고 날 주인으로 모시겠지."

금철휘가 피식 웃었다. 마치 할 테면 해보라는 듯 가슴을 펴고 만혈괴의를 쳐다봤다. 만혈괴의는 빙긋 웃으며 고독을 깨웠다.

쩌엉.

뭔가가 깨지는 소리와 함께 만혈괴의를 중심으로 강렬한 기파가 퍼져 나갔다. 수십 개의 동심원을 그리며 퍼져 나간 기파가 금철휘를 덮쳤다.

만혈괴의는 고독이 깨어나는 걸 분명히 느꼈다. 심법을 운용하면 고독과 심상이 연결되기 때문에 고독의 상태에 대해서 정확히 알 수 있었다.

"으하하하! 너는 이제 내 노예다. 이리로 와서 엎드려 내 발을 핥아라!"

금철휘가 천천히 만혈괴의에게 다가갔다. 산처럼 거대한 몸이 움직이니 온 방 안이 들썩일 지경이었다. 하지만 만혈괴의는 그조차 든든했다. 일이 좋게 풀리니 모든 게 좋아 보이는 것이다.

만혈괴의 앞에 도착한 금철휘가 갑자기 씨익 웃었다.

빠악!

"끄어억!"

만혈괴의는 뒤통수를 두 팔로 움켜쥐고 바닥을 데굴데굴 굴렀다. 금철휘의 손바닥은 엄청나게 매웠다. 한 대로 모든 상황이 끝이었다.

"미친놈한테는 매가 약이지."

금철휘는 그렇게 말하며 바닥을 구르는 만혈괴의의 몸을 자근자근 밟기 시작했다. 만혈괴의는 서둘러 내공을 움직여 금철휘의 발을 피하고 반격을 시도했지만, 결국 아무것도 할 수 없었다.

퍽퍽퍽!

"끄억! 끄억! 끄아아악!"

금철휘가 아무렇게나 내지르는 발을 도저히 피할 수가 없었다. 아무리 내공을 써도 또, 막아도 금철휘의 발은 언제나 만혈괴의의 배나 가슴, 옆구리에 떨어졌다. 팔다리를 아무리 휘저어도 금철휘의 옷자락 하나 건드릴 수 없었고, 그때마다 훨씬 더 큰 고통이 찾아왔다.

결국 만혈괴의는 아무것도 하지 않고 몸을 웅크린 채 그저 맞기만 했다. 그렇게 반 각을 더 맞고서야 간신히 금철휘가 뒤로 조금 물러났다.

"으흐흐흑."

만혈괴의가 통증을 참지 못하고 서럽게 울었다. 설마 이 나이에 맞아 아파서 통곡을 하게 될 줄은 몰랐다. 너무나 부끄러웠다. 하지만 눈물이 멈추지를 않았다. 그리고 통증도 멈추지 않았다. 뼛속까지 저리다는 말은 아마 이럴 때 쓰는 것이리라.

금철휘가 만혈괴의 옆에 쭈그리고 앉았다. 워낙 뚱뚱해서 그렇게 앉는 것도 쉽지 않았지만 어쨌든 할 수는 있었다. 금철휘가 바로 옆에 다가오자 만혈괴의는 눈물을 흘리며 통증을 참아내는 와중에도 소스라치게 놀랐다.

금철휘는 그런 만혈괴의의 어깨를 툭툭 두드려 주었다.

"끄억. 끄억."

그저 가볍게 두드리는 것뿐인데도 뼛속까지 통증이 스며들었다.

'끄어어억! 이 괴물 같은 자식. 사람을 아주 잡는구나, 잡아!'

어깨를 몇 번 두드린 금철휘가 힘주어 말했다.

"힘내라. 살다 보면 좋은 날도 올 거야."

만혈괴의는 소리라도 지르고 싶었다. 하지만 그럴 수는 없었다. 입을 꾹 다물고 속으로 외쳤다.

'내가 네놈보다 세 배는 더 살았다!'

금철휘가 다시 몸을 일으켜 의자에 앉았다. 의자가 삐걱거리며 비명을 질렀다. 금방이라도 부서질 것 같았지만 용케 부서지지 않고 금철휘의 무게를 버텨냈다.

"자, 우리 이제 다시 대화를 시작해야지?"

만혈괴의는 주눅이 잔뜩 들어 몸을 움츠린 채로 금철휘를 바라봤다. 금철휘의 산 같은 무게를 버티고 있는 의자가 참으로 신기했지만 지금은 그런 데 신경을 쓸 때가 아니었다. 대체 자신이 여기 왜 있으며, 금철휘가 원하는 게 무엇인지가 더 중요했다.

"대, 대체 내게 원하는 게 뭔가? 보, 보아하니 혈룡귀갑대의 비급을 노리는 것도 아닌 것 같은데."

"오오. 상황을 보는 눈은 좀 있네? 맞아. 저따위 비급 내게는 아무런 가치도 없어."

금철휘가 의자에 등을 기댔다. 의자가 부서질 듯 흔들렸다. 하지만 그저 조금 비틀렸을 뿐 여전히 멀쩡했다. 만혈괴의는 마치 자신이 저 의자라도 되는 것처럼 왠지 불안하고 초조해졌다.

"내가 살려준 보답으로 시키는 일 하나만 하면 돼. 할 수 있지?"

만혈괴의는 대답하지 않았다. 그리고 갑자기 의문이 들었다. 대체 왜 고독이 제대로 활동하지 않는단 말인가. 분명히 고독이 깨어났다. 그럼 모고를 가진 자신이 모든 걸 통제할 수 있어야 하는데, 그게 되지 않으니 답답했다.

'다시 해봐야 하나?'

만혈괴의는 결심을 굳히고 다시 심법을 운용했다.

쩌엉.

기파가 동심원을 그리며 사방으로 퍼져 나갔다. 그리고 다시 금철휘를 덮쳤다. 이번 건 고독을 깨우려는 목적이 아니라, 날뛰게 하려는 목적이었다. 보통은 이런 경우 고독에 잠식당한 자는 극심한 고통을 겪는다.

　　금철휘의 눈썹이 꿈틀거렸다.

　　"이놈 봐라? 아직도 정신을 못 차렸네?"

　　만혈괴의는 사색이 된 얼굴로 주춤주춤 뒤로 물러났다. 그러다가 문득 자신에게 그 어떤 금제도 가해지지 않았다는 것을 깨달았다. 내공도 그대로였고, 다친 곳도 없었다. 게다가 얼마나 세심히 돌봐줬는지 체력도 짱짱했다.

　　'저놈이 자리에서 아직 일어나지 않은 지금이 기회다.'

　　보아하니 의자의 상태가 안 좋았다. 아마 급격히 움직이면 의자가 부서지며 균형이 흔들릴 것이다. 그 시간은 극히 짧을 테지만 그거면 충분했다.

　　'도망칠 수 있다. 어떻게든 도망친다.'

　　만혈괴의는 도망을 위해 혈룡귀갑대의 비급마저도 포기하기로 결심했다. 그 정도로 금철휘가 두려웠다.

　　"흐아압!"

　　기합과 함께 온몸의 기운을 폭발시켰다. 만혈괴의의 몸이 창문을 향해 그대로 튕겨 나갔다. 그야말로 전광석화 같은 동작이었다. 어찌나 빠른지 잔상이 남을 정도였다. 웬만한 사람이라면 만혈괴의가 도망가는 걸 그저 멍청히 보고만 있었을 것이다. 그 정도로 허를 찌르는 신속한 움직임이었다.

하지만 금철휘는 웬만한 사람이 아니었다.

뻗은 손이 창에 막 닿으려는 순간, 만혈괴의는 성공했다는 확신을 가졌다. 그때까지도 금철휘는 의자에 앉은 채였고, 손에 모인 것은 파괴력이 극대화된 기운이었기에 단번에 창을 부수고 빠져나갈 수 있으리라 믿었다.

한데 그 순간 도저히 믿을 수 없는 일이 벌어졌다.

콰직!

뭔가가 부서지는 소리가 났다. 만혈괴의는 처음에는 창문이 부서지는 소리라고 생각했다. 하지만 창은 멀쩡했다. 그의 얼굴이 온통 의아함으로 물들었다.

'어? 그러고 보니……'

뭔가가 이상했다. 시간이 너무 느리게 흐른다. 지금쯤이면 손이 창을 부수고 몸이 밖으로 나갔어야 할 시간인데 여전히 허공에 떠 있으니 말이다. 사람이 극한 상황에 이르면 세상이 느리게 움직인다더니 자신이 그런 걸 경험하게 될 줄은 몰랐다.

'금철휘 저놈이 무섭긴 무서웠나 보군.'

만혈괴의는 그렇게 생각하며 더욱 진기를 맹렬히 돌렸다. 조금이라도 더 빨리 창을 부수고 이 지옥에서 빠져나가고 싶었다. 하지만 여전히 몸은 움직이지 않았다.

"어? 진기가……"

기운이 맹렬히 몸속을 돌아다녔다. 그리고 손에 모이는 기운의 양이 폭발적으로 늘어났다. 즉, 시간이 느려지지 않았다는 뜻이다. 아니면 자신이 진기를 움직이는 속도가 예전에 비해 수십 배 빨라졌든가. 만혈괴의의 얼굴이 시커멓게 죽었다. 그는 허공에 뜬 채로 고개를 돌렸다. 너무나 멀쩡하게 움직인다. 고개를 돌려 자신의 허리춤을 꽉 움켜쥐고 있는 금철휘와 눈이 마주친 만혈괴의는 그대로 피를 토했다.

"쿨럭!"

만혈괴의는 속에서 기운이 쭉 빠져나가는 걸 느끼며 다시 정신을 잃었다. 머릿속이 깜깜해지는 것과 동시에 아득한 절망감이 온몸을 뒤덮었다.

*　　　*　　　*

사해방의 동령주와 서령주는 은밀히 항주로 들어섰다. 두 사람은 항주 제일의 객잔인 추일객잔의 별채에 머물렀다. 그리고 세심히 정보원들을 별채 근처에 배치시켰다.

"이곳의 주인이 백검화라니, 참으로 이 갈리는 노릇이로군."

동령주의 투덜거림에 서령주가 쓴웃음을 지었다.

"그 사이에 추일객잔의 주인이 바뀌었으니 만혈괴의로부터 정말 단단히 한몫 잡아 챙긴 모양이오."

"그랬겠지. 자그마치 혈룡귀갑대의 무덤인데."

무덤 얘기를 하는 동령주는 또 이를 갈았다. 마지막 무덤의 비급들을 들고 달아난 만혈괴의가 떠올랐기 때문이다. 그를 잡을 수 있는 마지막 기회를 날려 버린 것이 아직도 아쉽고 짜증이 났다.

"그건 그렇고, 방주님께서는 대체 왜 만혈괴의를 포기하라고 하셨는지 이해할 수가 없소. 그놈이 가져간 비급들이 진짜 알짜배기일 게 분명한데……."

"뭐, 우리가 무슨 힘이 있겠소. 방주님께서 시키시면 그저 따르는 수밖에."

"하긴, 방주님의 독단이 어제오늘 일도 아니고……."

"어쨌든 그놈을 포기해도 금룡장을 삼킬 수 있다면 그것도 나쁘지 않으니 괜찮지 않겠소?"

동령주는 고개를 끄덕였다. 어차피 금룡장은 자신의 선에서 해결하려던 것이었다. 이미 물밑 작업도 많이 해뒀다. 그리고 방주가 다시 일곱 가문을 끌어들였다고 했으니, 일이 더 쉬워졌을 것이다.

'다만, 저놈과 함께 일을 해야 한다는 것이 짜증 날 뿐이지.'

금룡장을 삼키면서 방 내의 입지를 더욱 완벽히 다져 놓으려 했다. 나중에 서령주를 쳐내려면 최소한 그 정도는 필요했다. 한데 일이 이렇게 되었으니, 이번 일이 끝나고 나면 새로운 방도를 모색해야만 한다.

'여기에 시간을 얼마나 들였는데, 젠장.'

사해방주는 동령주와 서령주가 항주에 들어온 순간, 항주를 떠났다. 북령주와 남령주를 만나 그들의 진행 상황을 파악한 뒤, 몇 가지 일을 처리하고 다시 이곳으로 오기로 되어 있었다.

즉, 현재 이곳 항주에 있는 수백의 정보원들은 고스란히 동령주와 서령주가 관리하고 있다는 뜻이다. 두 사람이 원래 데리고 있던 정보원들까지 항주로 들어왔으니 지금 항주는 그야말로 사해방이 장악한 거나 다름이 없었다.

"일곱 가문 쪽은 어떻게 진행되고 있소?"

동령주의 물음에 서령주가 고개를 끄덕였다.

"만반의 준비를 끝냈소. 이제 적당한 시기만 정하면 되오. 시기는 정보 분석이 끝나면 바로 정할 수 있소."

동령주는 그 말을 들으며 아쉬움을 감추지 못했다. 사실 일곱 가문을 끌어들이고 그들에 대한 공작을 벌인 건 동령주였다. 한데 혈룡귀갑대의 무덤이 나타나는 바람에 그들을 방치했고, 그로 인해 그들과 동령주의 사이가 크게 벌어지고 말았다. 결국 동령주는 서령주에게 일곱 가문의 일을 고스란히 맡길 수밖에 없었다.

"그쪽은 어떻게 되어가고 있소?"

"금룡장 소유의 객잔이나 기루 근처를 거의 완벽히 장악했소. 아마 단번에 들고 일어날 수 있을 거요. 확실히 정보원의 수가 많으니 일이 쉽소."

두 사람은 서로를 바라보며 고개를 끄덕였다. 그들조차 이렇게 많은 정보원들을 움직인 적이 없었다. 그저 일반적인 정보원들이라면 이보다 몇 배나 되는 수를 한꺼번에 움직인 적도 있지만, 이렇게 수준이 높은 정보원들의 경우는 처음이었다. 이런 정보원들은 대개 각각의 아래에 다섯에서 열의 부하를 만든다.

물론 항주에서는 그렇게까지 하지 못하겠지만, 각자의 역량을 동원해 두 명이나 세 명의 끄나풀을 만들어 활동 중이었다.

'천 명이 훌쩍 넘어가겠군. 항주가 한바탕 뒤집어지겠어.'

동령주와 서령주의 입가에 묘한 미소가 스쳐 지나갔다. 이번 금룡장의 일이 사실 시작이나 다름없었다. 금룡장을 장악하고 나면, 천하 각지에 있는 이름 난 부자들을 공략할 생각이었다. 사해방이라면 충분히 가능하다.

'금룡장 정도로 부자인 곳은 거의 없겠지만, 다섯만 먹어도 충분하지. 그 정도 돈만 있으면 우리 사해방의 정보력을 이용해 단숨에 천하라도 집어삼킬 수 있을 테니까.'

두 사람이 그렇게 꿈에 젖어 있을 때, 다급한 발소리가 들려왔다. 동령주는 눈살을 찌푸리며 발소리가 들려오는 쪽을 쳐다봤다. 지금은 아무도 들이지 말라고 했는데 명령을 어겼다는 것은, 일을 똑바로 못하고 있거나, 아니면 정말로 다급한 일이 터졌다는 뜻이었다. 동령주는 전자로 파악하고 눈살을 찌푸린 것이다.

"무슨 일이냐!"

동령주의 호통에 달려오던 정보원이 그 자리에서 넙죽 엎드렸다. 더 이상 가까이 갈 필요도 없었다. 어차피 보고만 하고 돌아가면 되니 말이다.

"만혈괴의가 나타났습니다!"

동령주와 서령주의 눈이 동시에 화등잔만 해졌다.

"만혈괴의? 그놈이 여기 항주에 나타났다고?"

"예. 지금 항주 중심부에 있는 객잔에 자리를 잡았습니다!"

"훗, 그놈이 미쳤거나, 아니면 눈에 뵈는 게 없는 모양이군. 이렇게 제 발로 걸어 들어오다니 말이야."

"아마 우리가 항주에 있다는 걸 모르지 않았겠소? 여기에는 만혈괴의를 애타게 기다리는 자들도 몇 있지 않소."

아직도 추가장주는 만혈괴의를 기다리고 있다. 그의 아들인 추영우가 여전히 주화입마에서 헤어나지 못하고 있기 때문이다. 만혈괴의를 잡으면 물고를 낸 뒤, 아들을 고치게 하겠다고 단단히 벼르고 있었다.

"일단 그놈을 덮쳐서 잡는 게 좋겠소."

"동의하오. 일단 무사들을 움직이고 정보원들로 지원을 하게 해서 잡으면 간단할 것 같소."

둘의 결정은 빠르고 간단했다. 만혈괴의를 잡으면 여러모로 이득이다. 일단 그가 가진 혈룡귀갑대의 비급을 되찾을 수 있고, 또 추가장주에게 생색을 낼 수도 있다. 무엇보다 그들을 물 먹인 자를 응징할 수 있으니, 자존심 회복에도 큰 도움이 될 것이다.

결정이 빠른 만큼 움직임도 빨랐다. 추일객잔을 중심으로 곳곳에 모여 있던 사해방의 무사들이 은밀히 움직였다. 그리고 항주 전역에 있는 정보원들의 눈이 빠르게 돌아갔다.

만혈괴의는 객잔에 자리를 잡은 뒤, 한숨을 푹 내쉬며 등에 짊어진 짐을 내려놓았다.

"후우. 팔자 한번 사납군."

사해방이 득실거리는 항주에 들어온다는 사실 자체가 두려운 일이었지만 그에게는 차라리 나은 일이었다. 금철휘와 함께 있으면 그보다 더 두려운 일을 매 순간 겪어야 하니 말이다. 그저 두렵기만 하면 나은데, 두려움 뒤에 반드시 고통이 따르니 정말로 견디기 어려웠다.

"젠장. 그 괴물 놈."

금철휘를 떠올릴 때마다 온몸에 오한이 들었다. 그 정도로 무서웠다. 그래서 지금의 일을 할 수밖에 없었다.

"크흑."

만혈괴의는 가슴을 부여잡고 몸을 움츠렸다. 사실 통증은 없었다. 하지만 떠올리는 것만으로도 칼로 쑤시는 것 같았다. 통증이 있다고 착각한 것이다. 만혈괴의 역시 의원이기에 이런 현상에 대해 너무나 잘 알고 있었다.

"대체 뭐가 어떻게 잘못된 거지?"

만혈괴의는 아무리 생각해도 알 수가 없었다. 그가 만든 고독은 완벽했다. 그리고 그것을 벌써 두 번이나 써먹었다. 고독에 대한 자신감은 여전했다. 한데 금철휘에게는 통하지 않았다. 고독이 깨어난 게 분명한데도 그러했다.

"그보다 대체 왜 내가 당한 거지?"

더 문제가 되는 것은 고독이 날뛰면 고통을 준다는 사실이었다. 금철휘가 가진 자고의 경우 고통을 목적으로 날뛰게 만들 수도 있었고, 특별한 파장을 내는 심법이 있었기에 쉽게 모든 걸 해결할 수 있었다. 한데 문제는 모고 역시 자고와 마찬가지로 받아들인 자에게 고통을 줄 수 있다는 점이었다. 만혈괴의는 심장에 모고를 받아들였고, 금철휘가 그 특별한 파장을 내면 고통에 쓰러질 수밖에 없었다.

그 심법을 아는 것도 턱이 빠질 정도로 놀라운 일이었는데, 자신의 몸에 든 자고를 한데 모아 몸속에서 보관하고 있다는 말에는 거의 기절할 뻔했다. 그가 만든 고독은 정말로 까다로운 놈들이다. 자칫하면 온몸으로 독을 내뿜으며 죽을 수도 있었다.

'그 말을 듣고도 표정 하나 변하지 않다니.'

생각하면 할수록 질리기만 한다. 금철휘는 보통 사람이 아니었다. 하긴, 그 짧은 시간에 그렇게 심한 돼지가 되는 것도 보통 사람이라면 결코 할 수 없는 일이었다. 어떻게 몇 달 사이에 수백 근이나 찌울 수가 있단 말인가.

"젠장. 더 늦기 전에 이거나 마저 하자."

만혈괴의는 짐을 풀러 그 안에 든 것들을 꺼냈다. 이곳에 자리를 잡은 것은 지금 꺼내는 물건 때문이었다. 작은 철구들이었는데, 솔직히 그것이 무엇인지 만혈괴의는 전혀 알지 못했다. 그저 금철휘의 명령대로 철구 세 개를 탁자 위에 올려놓고 몰래 빠져나가기만 하면 되었다.

철구는 탁자 위에서 불안하게 흔들렸다. 아마 누군가 다급히 문을 열고 들어오면 그대로 떨어지고 말 것이다. 딱 금철휘가 원하던 대로였다.

만혈괴의는 모든 작업을 마친 뒤, 바닥을 더듬었다. 금철휘가 말한 대로 바닥에서 돌기 하나가 잡혔다. 그걸 손가락으로 쥐고 힘껏 당기니 사람 하나 지나가기 충분한 구멍이 생겨났다. 바닥에 만들어져 있던 뚜껑이 들린 것이다.

만혈괴의는 그 안으로 스며든 뒤, 다시 뚜껑을 닫았다. 혹시라도 진동이 나서 탁자 위의 철구들이 떨어지면 곤란하기에 최대한 천천히 조심스럽게 작업을 했다.

그렇게 만혈괴의가 빠져나가고 정확히 반 각이 흐른 뒤에 일단의 무사들이 안으로 들이닥쳤다.

그리고 철구가 바닥에 떨어져 깨졌다.

*   *   *

"어때? 좀 감탄이 나와?"

"대체 살은 언제 그렇게 찌우신 거예요?"

"만혈괴의 찾으러 천차산 가면서 슬슬 찌웠지. 좋은 것 좀 먹었어."

화예지가 고개를 절레절레 저었다. 아마 금철휘의 모습을 보면 다들 기절할 듯 놀라리라.

금철휘는 화예지의 반응이 마음에 안 드는 듯 그녀의 손을 잡아 자신의 팔뚝을 만져 보게 했다.

"이게 어디 보통 살인 줄 알아? 잘 만져 봐. 뭔가 다르지 않아?"

화예지는 금철휘의 팔뚝을 가만히 만져 보았다. 쓰다듬어 보기도 하고 손가락으로 찔러 보기도 했다. 하지만 딱히 보통 살과 다른 점을 찾기 어려웠다. 굳이 꼽자면……

"탄력이 조금 다르네요?"

"그렇지! 잘 아는구나. 그리고?"

"예? 또 있어요?"

화예지는 당황해서 눈을 동그랗게 떴다. 그냥 평범한 비곗덩어리를 대체 뭐라고 말해줘야 하는가.

"쯧쯧. 모르겠어? 그러고도 무공을 익혔다고 할 수 있어?"

"예? 그, 그게 무공이랑 무슨 상관이……."

점점 더 어이가 사라져간다. 살찌는 것과 무공에 무슨 관계가 있단 말인가. 설마 살이 찌면 무공이 더 높아지기라도 한단 말인가?

"자, 마지막 기회를 주마. 다시 한 번 잘 살펴봐."

화예지는 왠지 모를 오한을 느끼며 집중해서 금철휘의 팔뚝을 살폈다. 살이 뒤룩뒤룩 찌긴 했지만 그래도 탄력이 있어서 그렇게까지 보기 나쁘지는 않았다. 물론 금철휘 만큼이나 뚱뚱한 다른 사람들에 비해서 그렇다는 얘기지 진짜로 보기 좋은 건 아니었다.

어쨌든 화예지는 금철휘의 팔뚝을 세심히 살폈다. 하지만 아무리 뚫어지게 쳐다봐도 달라지는 건 하나도 없었다. 화예지는 고개를 갸웃거렸다. 금철휘가 아무리 장난기가 많아도 쓸데없이 이런 장난을 칠 사람은 아니었다.

'가만, 무공?'

화예지는 무공이라는 말이 떠올라 기감을 느끼려 애써봤다. 정말 설마설마하면서 금철휘의 팔뚝을 집중해서 기감으로 훑어보았다. 그리고 경악했다.

"이, 이, 이게 뭐죠?"

금철휘가 씨익 웃었다.

"왜? 살 좀 떼 줘?"

화예지는 하마터면 정말 그게 가능하냐고 물을 뻔했다. 금철휘의 팔뚝에서 느껴지는 기운의 양이 어마어마했다. 마치 엄청난 영약을 눈앞에 둔 것 같은 느낌이었다. 천년설삼을 기감으로 살피면 이러할까?

"살을 찌우려면 나처럼 찌워야지. 그래야 나중에 또 써먹지."

"써, 써먹어요?"

"나중에 뺄 때 이 기운들이 다 어디로 가겠어?"

화예지가 경악에 찬 눈으로 금철휘를 바라봤다. 금철휘는 씨익 웃으며 자신의 단전을 손바닥으로 툭툭 두드렸다. 거기에 몽땅 쌓겠다는 뜻이었다.

"그, 그게…… 그게 가능해요?"

화예지는 믿을 수 없었다. 사람이 그렇게 많은 기운을 단전에 쌓을 수 있다는 것도 믿기 어려웠고, 또 살을 빼면서 거기 담긴 기운을 내공으로 가져오겠다는 것도 불가능해 보였다. 기존 무공의 상식을 완전히 무시하는 발언이었다.

"어쨌든 지금 중요한 건 그게 아니잖아?"

화예지는 그제야 퍼뜩 정신을 차렸다. 지금은 살 얘기나 하고 있을 때가 아니었다.

"어쨌든 우리가 파악하지 못했던 사해방 쪽 정보원 중 서른 명을 확인했어요."

"아직 멀었네."

"만혈괴의가 몇 번만 더 움직여 주면 훨씬 속도가 붙을 거 같아요."

"그거야 어렵지 않지. 잘 숨겨뒀지?"

"지금 추일객잔 지하에 있어요. 아마 거기 있을 거라고는 사해방도 생각하지 못할 거예요."

"사해방 수뇌부가 추일객잔에 머문다고 했지?"

"예. 한데 예전과는 달리 그들로부터 정보를 얻기가 쉽지 않아요. 워낙 대비를 철저히 해서……."

"하긴, 그놈들도 머리가 있다면 준비를 하겠지. 더구나 거기 주인이 백검화라고 알려졌잖아?"

"예."

추일객잔의 주인이 백검화라는 사실을 소문낸 것 역시 금향각이었다. 덕분에 항주 사람들은 대부분 백검화에 대해서 알고 있다. 또한 그로 인해 추일객잔을 찾는 사람까지 늘어났다.

그런 상황이니 사해방이 조치를 취하지 않을 리 없다. 더 이상 객잔에서 그들의 정보를 알아내는 건 쉽지 않았다. 물론 별채가 아닌 다른 곳에서 사해방의 정보원이나 무사들이 하는 대화를 통해 조심스럽게 정보를 빼내는 건 가능했지만 말이다.

어쨌든 그런 면에서 이번에 만혈괴의를 이용한 계획은 상당히 획기적이면서 효과적이었다.

만혈괴의에게 준 철구는 사실 충격을 받으면 폭발하는 화탄의 일종이었다. 하지만 그것은 보통 화탄과는 많이 달랐다. 적을 살상하는 목적이 있는 게 아니라, 철구 안에 든 향을 퍼트리는 것이 목적이었다.

그 향은 예전 금철휘가 화예지와 내기를 할 때 썼던 바로 그 추종향이었다. 그것을 뒤집어쓴 사람들을 추적해서 사해방의 정보원을 가려내겠다는 작전이었다.

그 작전은 상당히 효과적이었다. 금향각의 추종향을 개량해서 다른 사람의 몸에 향이 묻어나도록 했기에 그들과 오랫동안 접촉한 사람들의 경우 추종향을 안고 갈 수밖에 없었다.

그런 식으로 몇 단계를 거쳐 사해방의 정보원들을 파악해 나갔다. 사실 항주에 남은 금향각의 정보원들이 그리 많은 수가 아니라 그조차 쉽지 않은 일이었다. 하지만 금철휘와 화예지는 물론이고 무영객과 백검화, 한서연까지 움직였기에 어느 정도 성과를 거둘 수 있었다.

지금보다 정보원이 많았다면 그걸 중심으로 하여 훨씬 더 많은 사해방의 정보원들을 파악할 수 있었겠지만 지금으로서는 이 정도가 한계였다. 다만 만혈괴의를 이용해 분탕질을 치면 일부 정보원들을 더 잡아낼 수는 있을 것이다.

"그렇게 파악한 놈들은 어쨌어?"

"일단 지켜보고 있어요. 한꺼번에 처리하지 않으면 골치 아파지니까요."

"잘했어."

금철휘는 그들을 어떻게 처리할지 생각해 봤다. 사실 금철휘가 직접 움직이면 금방 끝난다.

"이 몸으로 그렇게 빨빨거리고 움직이는 건 귀찮은데……."

천령신공과 귀혼보를 이용하면 귀신조차 모르게 목표를 처리할 수 있다. 그렇게 아무도 모르게 정보원들을 하나하나 처리해 나가면 사해방으로서도 제대로 대처가 어려워진다. 정보원이 숨어만 있거나 도망 다니기만 할 수는 없지 않은가. 그들의 존재 의의는 정보를 모으는 데 있다. 한데 당하는 게 두려워 움츠리면 정보 자체가 흐르지 않게 된다.

"살을 너무 일찍 찌웠나?"

금철휘는 뒷머리를 긁적였다. 그리고 화예지를 슬쩍 쳐다봤다. 화예지는 기대감 넘치는 눈으로 금철휘를 바라보고 있었다.

'수하의 기대를 배신하는 무능한 상관이 될 수는 없지.'

금철휘는 결심을 굳히고 자리에서 일어났다.

"일단 만혈괴의를 최대한 이용해 보자고. 나도 슬슬 움직일 테니까 최대한 많은 정보원을 확보해."

"예. 맡겨 주세요."

화예지가 반색하며 대답했다. 그녀는 금철휘가 나서면 뭐든 해결될 거라 믿었다. 물론 스스로 할 수 있는 일은 최선을 다할 것이다. 그렇게 해서 최고의 결과를 만들어내면 그 성취감과 희열은 이루 말할 수 없을 정도였다. 그녀는 그것을 기대하며 서둘러 자리를 떴다. 촌각의 시간도 아껴야만 했다. 냉정히 따져서 지금 금향각은 최대의 위기와 기회를 동시에 맞이하고 있으니 말이다.

사해방이 항주에 전력을 투입한 목적은 두 가지였다. 하나는 금룡장을 장악하는 것, 그리고 또 하나는 금향각을 무너뜨리는 것이었다. 그를 위해 수백의 정보원들이 발바닥에 땀이 날 정도로 움직였다.

역시 사해방의 정예 정보원들답게 서로 간의 연계가 뛰어나, 같은 일을 하더라도 그 효율이 대단했다. 또한 얻어 내는 정보의 깊이도 차원이 달랐다.

하지만 이번 항주에서의 임무는 정보의 획득보다는 조작과 전파가 훨씬 더 큰 비중을 차지한다. 그걸 이용해 금룡장을 밑에서부터 차근차근 무너뜨려 집어삼키고, 금향각을 박살낼 것이다. 그들은 거의 실패를 염두에 두지 않았다. 사해방이 가진 대부분의 힘을 투입했는데, 실패할 리 있겠는가.

동령주나 서령주 역시 경계심이 많이 옅어진 상태였다. 사실상 사해방의 전력이 항주로 모이는 바람에 천하 각지의 정보망이 흔들리고 있었지만, 거기에 대해서는 아직 소식이 들어오지 않았기에 상당히 여유롭게 일을 진행해 나갔다. 서두르다가 빈틈이 생기는 것보다는 훨씬 나으니 말이다.

동령주는 슬슬 움직이며 정보원들을 확인했다. 절대 접촉하지는 않았다. 자신은 공개된 거나 다름없기에 정보원들과 접촉하면 정보망을 적에게 헌납하는 꼴이 된다. 그저 멀찍이 돌면서 대강 확인만 하는 선으로 끝냈다. 그건 반드시 필요한 일이었다.

"조금 이상하군."

동령주는 평소와 미묘하게 다른 정보원들의 위치를 보며 고개를 갸웃거렸다. 안 그래도 최근 만혈괴의 때문에 골치 아픈 일들이 계속 터지는데 정보망이 평소와 다르니 신경이 쓰였다.

"가만……."

동령주의 안색이 확 변했다. 정보망이 변한 게 아니었다. 정보원들이 사라진 것이다. 중간에 빈 정보원 때문에 어긋난 연계를 맞추느라 위치가 미묘하게 바뀐 것이다.

'이놈들, 이런 일이 있으면 보고를 해야지!'

동령주가 이를 갈았다. 보고하지 않은 이유는 딱 하나, 서령주 때문이다. 서령주는 아마 이 일에 대해 잘 알고 있을 것이다.

'그렇지 않아도 무사들 몇이 화탄에 다쳐 짜증이 나는데…….'

만혈괴의를 쫓던 무사와 정보원 몇이 화탄에 다쳤다. 부상이 심하지는 않았지만 처음 그 보고를 들었을 때는 그야말로 식겁했다. 그 뒤로 조심에 조심을 거듭해 화탄에는 당하지 않았지만, 그로 인해 만혈괴의를 제대로 추적할 수가 없었다.

'금향각 놈들이겠지.'

동령주는 이를 갈았다. 만혈괴의의 위치를 아직도 잡아내지 못했다. 그 많은 정보원을 가지고도 말이다. 물론 대부분의 정보원들이 금룡장의 일에 주력하고 있긴 하지만 그래도 이건 치욕이었다. 금향각이 도와주지 않고 만혈괴의 혼자의 힘으로 이뤄 냈을 리가 없었다.

'금향각을 무너뜨리면 저절로 해결된다는 뜻이지.'

이는 갈렸지만 지금은 참고 있을 때였다. 당면한 문제는 정보원들이 왜 사라졌는지 파악하는 것이었다. 동령주는 일단 다시 한 번 정보원들을 점검하기로 하고 발걸음을 돌렸다.

동령주의 안색이 새하얘졌다. 분명히 조금 전까지 연계가 이뤄지고 있던 정보망에 군데군데 구멍이 뚫린 것이다. 불과 반 각 전에 그 자리에 있던 정보원이 사라져 버렸기에 벌어진 일이었다.

'어찌 이럴 수가!'

동령주가 다급히 몸을 날려 원래 정보원이 있던 자리로 향했다. 아무것도 없었다. 그저 정보원이 거기 있었던 흔적만 희

미하게 남아 있었다. 누군가 어디로 데려가거나 이동한 흔적이 전혀 없었다.

동령주는 더욱 빨리 움직였다. 바람 같은 속도로 다시 정보원들을 확인했다. 그리고 점점 경악이 깊어졌다. 정보원의 수가 빠르게 사라져가고 있었다.

"이런 말도 안 되는 일이!"

이제는 정보원의 위치를 감추기 위해 멀리 떨어져서 보고 말고 할 겨를도 없었다. 그저 최대한 빨리 움직여 정보원이 사라지는 원인을 알아내야만 했다.

동령주는 함께 왔던 수행원이자 무사들에게 명을 내려 서령주에게 빨리 이 사실을 알리도록 지시를 내렸다. 그리고 남은 정보원들을 확인하기 위해 몸을 날렸다.

동령주는 자신의 눈을 믿을 수 없었다. 눈앞에서 정보원이 사라져 버렸다. 대체 뭐가 어떻게 된 일인지도 파악하지 못했다. 그저 눈을 크게 뜨고 멍하니 서 있을 수밖에 없었다.

"이익!"

동령주가 이를 악물고 다시 몸을 날렸다. 다른 정보원들도 확인해야만 했다. 그리고 정보원을 확인할 때마다 그들이 사라지는 광경을 목격할 수 있었다. 단 한 번의 예외도 없었다.

그렇게 서른 명의 정보원이 더 사라졌을 때, 동령주는 뭔가가 이상하다는 생각이 들었다. 그리고 자신이 너무 당황해 적의 술수에 말려들었다는 것을 대번에 깨달았다.

"이런 여우 같은 놈! 감히 날 이용해?"

동령주는 그렇게 외치며 발을 굴렀다. 퍽 소리와 함께 땅이 움푹 들어갔다. 그리고 그 순간 뒤에서 누군가의 목소리가 들려왔다.

"그걸 이제야 깨닫다니, 너무 멍청한 거 아냐?"

동령주는 소스라치게 놀라 몸을 홱 돌렸다. 그리고 더 깜짝 놀라 뒤로 후다닥 물러났다. 산처럼 거대한, 아니, 엄청나게 뚱뚱한 사람 하나가 자신의 뒤에 바짝 붙어서 서 있었던 것이다. 돌아서며 거의 얼굴이 닿을 뻔했는데, 어찌나 놀랐는지 심장이 미칠 듯이 뛰었다.

"누, 누구냐!"

"나 몰라? 이거 진짜 어이없는 놈이네."

동령주의 눈이 화등잔만 해졌다.

"서, 설마 금철휘?"

금철휘가 손뼉을 짝 쳤다.

"오오! 알아보네. 역시 사해방 동령주!"

동령주가 이를 갈며 금철휘를 노려봤다. 눈빛으로 사람을 죽일 수 있다면 지금 동령주의 것이 딱 그러했다.

"네놈이냐? 우리 애들을 없앤 것이."

동령주의 몸에서 무시무시한 살기가 피어올랐다. 동령주는 너무 흥분한 나머지 그의 눈을 속일 정도로 빠르게 정보원들이 사라졌다는 사실을 잠시 간과했다. 그리고 그 잠깐의 실수는 너무나 뼈아팠다.

쩌억!

동령주의 눈이 튀어나올 듯 커졌다. 아니, 아예 눈에서 피눈물이 주륵 흘렀다. 어느새 금철휘의 거대한 몸이 동령주 앞에 서 있었고, 손바닥이 그의 배에 작렬했다. 문제는 그의 등을 금철휘의 다른 손이 감싸듯 안고 있어서 뒤로 날아가지 못했다는 점이었다. 고스란히 모든 충격을 제자리에 서서 받아 낸 것이다.

"쿨럭!"

피를 토하며 동령주는 금철휘를 노려봤다. 하지만 자신이 할 수 있는 건 아무것도 없었다. 그저 왜 보자마자 도망치지 않았을까 하는 진한 후회만 뇌리에 맴돌았다.

"크으으."

동령주의 몸이 스르르 무너졌다. 금철휘는 그를 덥석 어깨에 메고 콧노래를 부르며 자리를 떴다.

잠시 후, 서령주가 보낸 정예 정보원들이 그 자리에 도착했다. 하지만 그들이 발견한 것은 바닥에 흩어진 핏자국뿐이었다. 그들은 그렇게 아무런 성과도 없이 감시를 달고 되돌아갔다.

"어때? 이제 좀 감이 잡혔어?"

금철휘가 동령주를 바닥에 휙 던지며 말했다. 화예지는 질린 눈으로 동령주와 금철휘를 번갈아 바라보다가 이내 고개를 절레절레 저었다. 그리고 고개를 끄덕였다. 확실히 이 정도는 되니까 그렇게 자신만만하지 않았겠는가.

"십대고수도 이런 일을 쉽게 할 수는 없을 것 같은데 정말 대단하네요."

"이놈 심문할 수 있겠어? 보아하니 잘 캐내면 항주 정보망의 삼 할은 무너뜨릴 수 있을 것 같던데."

"반드시 해낼게요."

화예지가 결연한 표정을 지었다. 고작 그런 것도 못하면 자신의 존재 의의가 너무 작아진다. 밥상까지 차려줬는데, 수저도 들지 못한다면 너무 비참하지 않은가.

몇몇이 들어와 동령주를 들고 나갔다. 금철휘는 느긋하게 앉아 창밖 풍경을 살폈다.

"서령주에 대해서는 알아냈나?"

"아직요. 하지만 조만간 서령주까지 향이 닿지 않을까 예상하고 있어요."

동령주야 원래 처음부터 인상착의를 비롯해 모든 것을 알고 있었다. 하지만 서령주는 그렇지 못했다. 여전히 안개에 싸여 있는 것이다. 그는 항상 은밀히 움직였고, 동령주와 만나는 것 외에는 거의 외부로 나다니지도 않았다. 심지어는 추일객잔에 머물고 있으면서도 잠은 다른 곳에서 잘 정도였다.

어찌나 조심하는지 금향각에서도 그의 정체를 제대로 파악할 수 없었다. 물론 금향각의 주력이 천하 곳곳으로 흩어져 있기에 제대로 정보망을 집중하지 못하는 이유도 컸지만 말이다.

"그래도 내가 분탕질 치는 동안 제법 파악했지?"

"예. 동령주를 잡았던 자리에서 나타난 자들에게 감시를 붙였으니 아마 더 큰 결과가 나올 거예요."

"정리되면 가져와. 또 한 번 움직이게."

"예."

화예지의 대답에 금철휘가 잠시 생각에 잠겼다가 입을 뗐다.

"그나저나 만혈괴의는 이제 슬슬 쓸모가 없으려나?"

화예지가 눈을 빛냈다.

"마지막으로 대대적으로 한 번 움직여서 일곱 가문에 분란을 던져 주는 건 어떨까요?"

"흐음."

금철휘가 턱을 쓰다듬으며 눈을 빛냈다. 어차피 만혈괴의에게 죄책감 따위는 없었다. 처음부터 금룡장을 무너뜨리려 접근한 자였고, 게다가 자신에게 고독까지 먹였다. 노예로 부려 먹다가 죽여버릴 셈이었다는데, 굳이 그런 놈을 생각해 줄 이유가 없었다.

"그래도 그냥 쓰고 버리기엔 좀 아까운데? 고독을 좀 더 개량해 볼까?"

금철휘가 만혈괴의에게 쓴 수법은 천령신공을 이용해 고독의 성질을 바꿔 버린 것이었다. 사실 처음에는 반신반의했다. 사람을 파악하거나 다루려면 천령신공의 일곱 번째 단계에 들어야 한다. 하지만 그 단계는 마치 단단한 철벽으로 막힌 듯 전혀 뚫릴 생각을 하지 않아 여전히 여섯 번째 단계에 머물러 있었다.

고독은 생명체이기에 칠단공에 들지 않으면 다루는 것이 불가능할 거라 판단했는데, 막상 해 보니 조금 힘겹긴 했지만 결국 이뤄낼 수 있었다. 고독 자체가 아주 작은 본능만 남은 미물이었기에 가능한 일이었다.

금철휘는 자고를 키워 모고의 영향력을 눌러 버렸다. 고독이란 모고의 영성으로 자고를 지배하는 것이다. 한데 자고를 키워 버렸으니 모고의 지배를 받을 리 없었다. 그리고 역으로 자고의 영성이 모고를 능가하게 되어 실질적으로 모고를 지배하게 된 것이다.

모고는 만혈괴의의 심장에 자리 잡았다. 만일 모고가 뇌리에 자리했다면 그를 진짜 노예로 부릴 수도 있었을 것이다. 금철휘는 만혈괴의의 몸속에 있는 모고를 변형시켜 그것을 그의 머릿속으로 이동시킬까 잠시 고민했다.

하지만 그건 고독의 성질을 바꾸는 것보다 훨씬 어려운 일이었다. 다른 사람의 몸속을 살피는 일이다. 기운을 살피는 거와는 차원이 다른 일이기에 천령신공의 단계를 올리지 않으면 거의 불가능할 것이다.

'어쩌면 그걸 시도하다 보면 벽을 부술 수 있을지도 모르지.'

문득 그런 생각이 들었다. 하지만 그 과정에서 분명히 만혈괴의는 심각하게 망가질 것이다.

"추진해."

금철휘는 결국 만혈괴의를 일곱 가문에 던져주기로 했다. 그를 중심으로 일곱 가문과 사해방 사이를 벌려 놓으면 결과적으로 금룡장이 안전해진다. 일단은 그게 가장 나은 선택이었다.

제8장
두 부인의 선택

대충 일을 마무리한 금철휘는 슬슬 금룡장으로 향했다. 일단 동령주를 잡았고, 또 백 명에 가까운 정보원을 제거했으니 당분간 사해방도 내부적으로 상당히 어수선할 것이다.

"즉, 시간이 남는다 이거지."

금철휘는 그렇게 중얼거리며 팔을 들어 올렸다. 그리고 팔뚝을 이리저리 돌리며 흐뭇하게 바라봤다. 두툼한 지방질 안에 꽉꽉 채워진 기운을 보면 너무나 뿌듯했다.

사실 갑자기 살을 찌운 것은 어떤 생각을 확인해 보기 위함이었다. 금철휘는 예전 백토신공과 천령신공을 이용해 살을 빼며 그것을 내공으로 가져왔다. 그래서 이번에 그 역도

가능하지 않을까 생각해 본 것이다.

　결과는 성공적이었다. 금철휘는 기름진 음식부터 몸에 좋은 보약과 보양식까지 닥치는 대로 먹으며 천령신공의 도움을 받아 살을 찌웠다. 그리고 그와 동시에 백토신공을 운용했다.

　그 결과 지금의 살을 갖게 되었다. 사실 금철휘의 몸무게는 겉으로 보는 것보다 훨씬 무거웠다. 세포 하나하나에 막대한 기운이 꽉꽉 압축되어 채워져 있기에 그 무게가 엄청났다. 겉으로 보기에는 사백 근 정도였지만 실제 저울로 달아보면 오백 근에 가까울 것이다.

　나중에 이 모든 것들이 내공으로 변해 단전에 차곡차곡 쌓일 것을 생각하니 기분이 날아갈 듯했다.

　"가만, 그럼 먹으면서 동시에 그걸 싹 내공으로 가져오면 되잖아?"

　과정이 좀 복잡해지긴 하겠지만 못할 건 없다. 두 과정을 동시에 진행하면 된다. 금철휘는 잠시 그에 대해 생각하다가 피식 웃고 고개를 저었다.

　"먹을 때는 그냥 먹어야지 복잡하면 곤란해."

　최근 점점 먹고 마시는 즐거움에 대해 알아가고 있다. 미각이 더욱 깊어져 가고 있다. 굳이 내공 좀 더 얻겠다고 그 즐거움을 반감시키기는 싫었다.

　"슬슬 기루도 괜찮을 거 같고 말이야."

　먹고 마시는 즐거움을 알았으니 이제 여자에 대해서도 좀 알

때가 되었다. 또한 도박도 건드려볼 것이다. 이런저런 생각과 결심을 하며 금철휘는 어느새 금룡장 안으로 들어서고 있었다.

"왔다고?"

유혜련이 반색을 하며 자리에서 벌떡 일어났다. 설소영은 그 모습을 보며 난감한 표정을 지었다. 유혜련이 금철휘를 얼마나 기다렸고, 또 몇 번이나 결심을 다졌는지 알기에 더 말하기가 어려웠다.

"가자."

유혜련의 말에 설소영은 입술을 깨물었다. 그리고 막 움직이려는 유혜련의 앞을 막아섰다. 유혜련이 의아한 눈으로 설소영을 바라봤다.

"왜 그러지? 시간이 없다. 비켜라. 채명화 그것보다 더 먼저 만나야 한단 말이다."

"아가씨. 제 말 잘 들으세요."

유혜련은 설소영의 심상치 않은 분위기에 왠지 불안해졌다. 하지만 그녀의 말을 듣지 않을 수는 없었다. 그녀는 떨리는 목소리로 말했다.

"마, 말해 봐라."

"그 사람 보고서 절대 놀라지 마세요."

"뭐? 그게 무슨 말이냐?"

"그 사람, 예전으로 돌아갔어요."

"예전?"

유혜련은 어리둥절한 표정으로 고개를 갸웃거렸다. 예전의 금철휘는 참으로 다루기 편한 사람이었다. 자신을 무서워해서 근처에 다가오려 하지도 않았고, 또 자신이 원하는 것을 관철하기도 편했다. 다시 그런 금철휘가 된다면 정말로 편해질 것이다.

"그렇게 되면 참으로 좋겠구나."

유혜련의 말에 설소영의 눈이 화등잔만 해졌다.

"정말이세요?"

"그래. 그러니 어서 비키기나 해라."

설소영은 반신반의한 표정으로 물러났다. 유혜련은 환한 표정으로 그녀를 지나쳐 방을 나섰다. 설소영은 불안한 표정으로 그 뒤를 따랐다.

그렇게 한참을 걸어가 금룡각에 도착한 두 사람은 두리번거리며 금철휘를 찾았다. 금룡각은 이제 공사의 막바지에 들어 거의 마무리 단계였다. 열흘 이내에 완공이 될 듯했다.

"끝나지 않을 것 같던 공사가 끝나가는구나. 대체 그 튼튼한 전각을 무슨 수로 그렇게 부숴 놨는지……."

금룡각은 말 그대로 가루가 되었다. 그 광경을 못 봤다면 모를까 봤기 때문에 오히려 더 경이로웠다. 그렇게 완벽하게 부수는 것도 쉽지 않은 일이라.

한데 그렇게 가루가 된 전각이 이렇게 짧은 시간에 다시 섰으니 그 또한 놀라운 일이었다. 확실히 돈이 가지는 힘은 굉장했다. 그러니 이렇게 다들 돈을 벌기 위해 아등바등하는 것 아니겠는가.

"그나저나 어디 있는지 보이지가 않네."

유혜련은 두리번거리다가 막 금룡각이 있는 곳에 나타난 채명화를 발견하고는 눈살을 찌푸렸다. 저 여자와 앞으로도 계속 경쟁할 생각을 하니 짜증이 났다.

"순서라는 것도 모르는군요."

유혜련의 말에 채명화가 코웃음을 쳤다.

"낭군을 뵙는데 순서가 무슨 상관인가요? 진짜 첫 번째가 되려면 애를 먼저 낳아야 하는 것 아닐까요?"

채명화는 그렇게 말하며 상큼 미소를 지었다. 그녀의 미소에 깃든 묘한 색기에 유혜련이 움찔 놀랐다. 채명화는 득의한 표정으로 허리춤에 양손을 올리고 턱을 살짝 치켜들었다. 그녀의 모습에 도도한 자신감이 넘쳐흘렀다. 그리고 채명화의 어깨에 걸린 옷자락이 살짝 내려왔다. 어깨선이 드러나며 더욱 묘하고 고혹적인 색기가 자르르 흘렀다.

"천박해."

유혜련은 그렇게 말하며 고개를 휙 돌렸다. 그녀의 눈가가 파르르 떨렸다. 이러다가 채명화에게 모든 것을 빼앗길 것 같아서 불안감이 밀려왔다.

"어라? 여긴 다들 웬일이야?"

갑자기 들려온 목소리에 모두의 고개가 반사적으로 돌아갔다. 목소리만 딱 들어도 누군지 알 수 있었다. 드디어 주인공인 금철휘가 등장한 것이다.

금철휘의 모습을 확인한 유혜련과 채명화의 표정이 그대로 굳었다. 그리고 그걸 옆에서 지켜보는 두 여인, 설소영와 화영의 얼굴은 참으로 대조적이었다.

설소영은 안쓰러운 표정으로 유혜련을 바라봤다. 그리고 화영은 재미난 표정으로 채명화를 바라봤다.

"저, 저……."

유혜련과 채명화는 입을 벌린 채 금철휘를 바라봤다. 어떻게 사람이 이렇게 달라질 수 있단 말인가.

금철휘가 씨익 웃으며 손을 번쩍 들었다.

"나 기다린 거야?"

유혜련과 채명화는 그 말을 들으며 뒤로 주춤 물러났다. 끔찍했다. 설마 다시 돼지가 되었으리라고는 생각도 못했다. 그리고 왜 불안했는지 이제야 알 수 있었다. 본능은 알고 있었던 것이다. 일이 이렇게 될 수도 있다는 사실을 말이다.

"자, 오늘 밤을 함께 보낼 사람은 누구지? 너야?"

금철휘가 능글능글 웃으며 유혜련을 가리켰다. 유혜련이 화들짝 놀라며 맹렬히 고개를 저었다. 그러자 금철휘가 이번에는 채명화를 보며 씨익 웃었다. 채명화는 금철휘가 손가락을 들기도 전에 고개부터 저었다.

처음부터 충분히 예상했던 바이기에 금철휘는 전혀 신경 쓰지 않았다. 물론 그렇다고 기분이 좋은 건 결코 아니었다. 어쨌든 그들은 혼례를 올린 부부 사이다. 명목뿐이긴 하지만 말이다. 한데 고작 외모 때문에 이렇게 남편을 기피하니 기분이 좋을 리 있겠는가.

"오늘도 외로운 밤을 보내야겠구나."

금철휘는 그렇게 말하고는 돌아섰다. 그리고 금룡각에서 멀어져갔다. 유혜련과 채명화는 그런 금철휘의 뒷모습을 그저 멍하니 바라봤다.

한참을 그렇게 서 있다가 유혜련이 진저리를 쳤다. 하마터면 정말 큰일 날 뻔했다. 사실 금철휘가 머무는 곳에 무작정 쳐들어갈까 하는 생각까지 했다. 만일 그랬다면 빼도 박도 못하고 그 자리에서 거사를 치렀어야 하리라.

"끔찍해……."

유혜련이 생각만 해도 끔찍하다는 듯 중얼거리자, 채명화도 퍼뜩 정신을 차리고는 몸을 부르르 떨었다.

'내가 잠시 정신이 나갔지…….'

채명화는 자신의 옷차림을 확인했다. 너무나도 노골적인 복장이었다. 거기에 금철휘를 유혹하기 위해 몸짓, 손짓은 물론이고 미소까지 연습했다. 만일 금철휘가 그 모습에 눈이라도 돌아갔다면 어쩔 뻔했는가. 당장 덮쳤으면 꼼짝없이 당했을 수도 있었다.

"아가씨."

설소영의 부름에 유혜련이 정신을 가다듬었다. 그리고 나직이 한숨을 쉰 후, 고개를 끄덕였다.

"그래. 가자."

유혜련이 돌아가자, 채명화도 잠시 그곳에서 마음을 추스른 뒤 돌아갔다. 화영은 그런 채명화 뒤를 조용히 따르며 의미심장한 미소를 지었다.

금철휘는 향화루 최상층에 느긋이 앉아 술잔을 기울였다.

"어때? 내 말이 딱 맞지?"

화예지가 말없이 술잔을 채워 주자, 금철휘가 손가락을 튀겨 딱 소리를 냈다.

"아깝네. 우겨서라도 내기를 했어야 하는 건데."

화예지가 화들짝 놀랐다. 생각해 보니 그때 멋모르고 내기를 또 했다면 지금쯤 얼마나 비참한 상황에 처했겠는가. 노예라니, 생각만 해도 끔찍했다.

금철휘는 화예지를 그렇게 놀리고는 그 모습을 안주삼아 술잔을 계속해서 비웠다. 그렇게 몇 병을 마셨을까. 방문 앞으로 시비 하나가 조용히 다가왔다.

"손님이 찾아오셨습니다."

"손님?"

금철휘와 화예지는 둘 다 의아한 표정을 지었다. 딱히 지금 찾아올 사람이 없었던 것이다. 화예지는 일단 시비에게 손님을 모셔오라 지시했고, 금철휘는 반사적으로 천령신공을 펼쳐 근방의 모든 기운들을 읽어 냈다.

"음? 이거 전혀 의외의 손님인데?"

신경 쓰지 않았다면 모를까, 일단 관심을 가진 이상 금철휘의 감각을 벗어날 수는 없었다. 처음 손님이라는 말을 들었을 때, 떠올린 사람은 백검화나 한서연이었다. 두 사람은 요즘 금향각의 일을 처리하느라 엄청나게 바빴다. 그렇기에 투정이라도 부리러 온 줄 알았는데, 그게 아니었다.

'하긴 그 둘은 이럴 때 오히려 훨씬 더 열심히 하는 사람들이지.'

잠시 후, 방문이 열리고 한 여인이 안으로 들어섰다. 평소와는 너무나도 다른 복장을 한 화영이었다. 화영은 안이 은은히 비치는 옷을 입고 있었는데, 색기 어린 표정과 어우러져 너무나 매혹적이었다.

"호오. 평소와는 많이 다른데?"

화영이 고혹적인 미소를 지으며 공손히 인사를 했다. 동작 하나하나에 묻어나는 색기와 유혹이 숨 막힐 듯 아름다웠다. 심지어 금철휘 옆에 앉은 화예지가 멍하니 그녀를 바라볼 정도였다.

"자리 좀 비켜주시겠어요?"

화영이 생긋 웃으며 화예지에게 말했다. 화예지는 어이없는 눈으로 화영을 쳐다봤다. 대체 자기가 뭔데 자리를 비키라 마라 한단 말인가. 게다가 옷차림을 보건대 자리를 비키면 무슨 짓을 할지 불을 보듯 훤했다.

"내가 왜 그래야 하죠?"

화영이 어깨를 살짝 흔들었다. 그러자 어깨에 걸렸던 옷자락이 스륵 내려가 가슴에 걸쳤다. 가슴골이 훤히 드러나며 더욱 색정적인 모습이 된 화영이 금철휘를 지그시 바라보며 말했다.

"어른끼리 할 이야기가 있거든요. 그런 이야기와 관계없는 사람은 빠졌으면 해서요. 공자님, 싫으신가요?"

화예지가 반사적으로 금철휘를 바라봤다. 금철휘의 시선은 화영에게서 떨어지지 않았다. 화예지가 막 입을 열려는 찰나, 금철휘가 그녀에게 손짓을 했다.

"잠깐 나가 봐. 무슨 말 하나 보게."

"공자님!"

화예지가 깜짝 놀라 소리치자, 금철휘가 손을 내저었다.

"왜 소리를 지르고 그래? 궁금하니까 잠깐만 나가 봐."

화예지가 입술을 깨물었다. 그녀는 금철휘를 당황한 눈으로 바라보다가 고개를 홱 돌려 화영을 노려봤다. 화영이 득의양양한 표정으로 화예지를 똑바로 쳐다봤다. 그리고 살짝 미소를 지었다. 승리자의 미소였다. 화예지는 다시 고개를 돌려 금철휘를 원망스럽게 바라봤다.

"흥. 맘대로 하세요!"

화영이 입술을 삐죽이며 밖으로 나가 버렸다. 그녀가 지나간 길에 차가운 바람이 휙 일었다.

금철휘는 그 모습을 보며 뒷머리를 긁적였다.

"화 많이 났나 보네."

금철휘가 다시 화영을 바라볼 때는 차갑고 날카로운 눈빛으로 변해 있었다.

"그러니까 날 아주 만족시켜야 할 거야."

화영은 순간 깜짝 놀랐다. 차가운 칼날이 목을 한 번 훑고 지나가는 듯 섬뜩했다. 온몸에 소름이 쫙 돋았다.

금철휘가 거만하게 턱짓을 했다.

"뭘 하고 싶었는지 해 봐."

화영은 순간 말문이 막혔다. 뭘 해 보고 싶어도 적절한 분위기를 만들어야 할 수 있을 것 아닌가.

"하아아."

화영은 숨을 골랐다. 그리고 정신을 똑바로 차렸다. 그녀의 몸에서 다시 매혹적인 분위기가 진득하게 흘러나왔다. 십년이 넘게 수련해 온 일이었다. 언제 어떤 상황이든 원하는 대로 분위기를 만들 수 있었다.

"아이를 꼭 부인들에게서 만들 필요는 없지 않을까요?"

화영의 요염한 눈빛이 금철휘의 몸을 훑고 지나갔다. 뚱뚱하고 볼품없는, 아니, 보기만 해도 눈살이 찌푸려지는 몸이었지만 화영은 전혀 그런 내색을 하지 않았다. 오히려 탄탄한

남자의 몸을 바라보듯 황홀한 표정을 지었다.

금철휘는 속으로 상당히 감탄했다. 화영은 스스로를 조절하는 능력이 뛰어났다. 이런 건 타고난 것만으로는 절대 해결할 수 없다. 또한 연습만으로도 얻을 수 없다.

"대단하군."

화영이 배시시 웃으며 요염한 몸짓을 했다. 그녀의 손발, 그리고 허리가 낭창낭창 움직이며 옷이 흘러내렸다. 그녀는 순식간에 나신이 되었다. 그녀는 천천히 걸어 금철휘에게 다가갔다. 걸음걸이조차 요염함이 담겨 웬만한 사내가 봤다면 당장 달려들 듯했다. 하지만 금철휘는 웬만하지 않았다.

"오지 마라."

금철휘가 한 손을 들어 손바닥을 펼쳤다. 화영은 그것을 보며 걸음을 멈췄다. 당황했지만 그런 티를 내지 않고 배시시 웃었다. 그리고 다시 한 걸음 걸었다.

"그냥 덮치시면 돼요. 전 짐승같이 노는 것도 좋아한답니다."

금철휘가 펼쳤던 손바닥으로 상을 탁 내리쳤다.

텅!

깊고 강한 울림이 방 안을 가득 메웠다. 화영은 크게 당황했다. 몸에 두르고 있고, 눈에 머금었던 색공이 그대로 깨져버렸기 때문이다.

"너 이러는 거 채명화가 알고 있나?"

화영은 색공이 깨진 여파를 감당하느라 몸을 가누지 못했다. 그녀가 비틀거리고 있을 때, 밖이 소란스러워지더니 문이 벌컥 열리고 화예지가 다급히 들어왔다.

"대체 무슨 일이……!"

화예지는 방 안에 펼쳐진 광경에 말을 잇지 못했다. 나신이 되어 금철휘의 코앞에 서 있는 화영의 모습에 갑자기 속에서 뭔가가 울컥 치밀어 올랐다.

"대체……!"

충분히 예상했던 일이다. 하지만 직접 보니 속이 확 뒤집어졌다. 만일 향화루를 뒤흔들 정도의 충격이 없었다면 여기 들어오지도 않았을 것이다.

'그랬다면 그런 짓들을 했겠지.'

갑자기 눈에서 불길이 일어나는 것 같았다. 화예지는 화영을 노려보며 차갑게 말했다.

"옷이라도 좀 입으시죠? 부끄러움을 아신다면요."

"하아."

화영은 간신히 몸을 추슬렀다. 색공이 워낙 호되게 깨지는 바람에 상당한 내상을 입었다. 그녀는 금철휘를 묘한 눈으로 바라봤다. 한 방 먹었으니 화가 나고 보기 싫어야 하는데, 참으로 이상하게도 그런 마음이 들지 않았다.

'생각했던 것보다 훨씬 강한 사람이네.'

화영은 조용히 옷을 입었다. 옷을 입는 내내 시선은 금철휘에게서 떨어지지 않았다. 색공을 펼치지 않고 그저 자신이 가진 순수한 색기와 기술만으로 끈적한 시선을 만들어냈다.

금철휘는 슬쩍 고개를 돌렸다. 화영이 갑자기 마음으로 부딪쳐 오니 왠지 어색해진 것이다. 천령신공의 화후가 어느 수준을 넘어선 이후로 이렇게 가끔 상대가 진심으로 부딪쳐 오는 것이 확실히 느껴질 때가 있었다.

화영은 옷을 모두 차려입은 후, 금철휘에게 공손히 인사를 했다.

"다음에 다시 찾아뵙겠어요. 그때는 모쪼록 절 내치지 말아 주세요."

화영은 그렇게 인사한 후, 화예지를 한 번 바라보고 생긋 웃은 뒤 밖으로 훌쩍 나가 버렸다.

화예지는 그런 화영의 행동에 황당함을 감추지 못했다.

"완전히 여우가 따로 없네요."

화예지는 흥흥거리며 금철휘 옆에 앉았다. 그리고 슬그머니 눈치를 살폈다.

"설마…… 그 짧은 시간 동안 무슨 일 있었던 건 아니죠?"

금철휘가 화예지를 쳐다보며 씨익 웃었다.

"왜? 궁금해?"

화예지는 대답하지 못하고 다시 고개를 돌렸다. 그녀는 술병을 들어 금철휘의 잔을 가득 채웠다.

"그냥 술이나 드세요."

그녀의 입술이 삐죽 나오는 걸 본 금철휘가 크게 웃었다.

*　　　*　　　*

유혜련은 이를 악물었다. 요즘 갑자기 계속 일이 꼬이기만
한다. 원하는 대로 돌아가는 일이라고는 새로 금룡장주가
장원으로 들인 사예린이라는 여인과의 관계뿐이었다.

"아가씨, 사 소저께서 오셨습니다."

설소영의 말에 유혜련이 눈을 빛내며 고개를 끄덕였다.

"이리로 모셔."

잠시 후, 사예린이 사뿐사뿐 걸어 들어왔다. 확실히 아름
다웠다. 금룡장에 들어오며 제대로 꾸며서인지 훨씬 예뻐졌다.
하지만 그뿐이었다. 유혜련이나 채명화에 비하면 제법 뒤처지
는 외모였다. 더구나 한서연을 떠올리면 그야말로 달빛과 반
딧불이를 비교하는 것과 다를 바 없었다.

'장주님은 대체 저런 여자의 어디가 좋은지 모르겠어.'

사예린이 금일청의 추억을 깊이 찔렀다는 사실을 모르는
유혜련은 그 점이 항상 궁금했다. 그래서 사예린에게 더 관심
을 가지는지도 모른다.

"이렇게 이른 시간에 웬일이세요?"

"제가 오는 게 싫으신가요?"

사예린이 빙긋 웃으며 농담을 건네자 유혜련이 기분 좋게

호호 웃었다.

"그럴 리가요. 자, 이쪽으로 앉으세요."

사예린이 자리에 앉자, 설소영이 차를 내왔다. 유혜련과 관계된 대부분의 시중은 설소영이 들었다. 그동안은 그 일에 대해 전혀 거부감이 없고 자연스럽게 받아들였다. 하지만 최근 조금 마음이 불편해진 건 사실이었다.

'이제 더 이상 날 예전처럼 대해주지 않으시네.'

예전에는 거의 친구에 가까웠다. 친구이자 동료이고, 그리고 또 호위무사이기도 했다. 한데 요즘은 호위무사이자 시비에 더 가까웠다.

"소영이는 이만 나가 봐."

"예?"

설소영은 처음 있는 일이라 너무나 당황스러웠다. 유혜련은 누군가를 만날 때는 항상 자신을 옆에 세워 뒀다. 나중에 그 일에 대해 의논하기도 편하고, 또 가장 믿을 수 있는 사람이 설소영이었기 때문이다.

"사 소저와 긴히 할 말이 있으니까 잠깐만 나가 있어줘."

설소영은 마지못해 고개를 숙이고 밖으로 나갔다. 유혜련은 그런 설소영의 뒷모습을 바라보며 차갑게 눈을 빛냈다.

"완전히 멀어졌군요. 이제 방 안에서 하는 말은 아무도 못 들을 거예요."

"사 소저께서 기막으로 소리를 차단하신 건가요?"

유혜련이 놀라서 물었다. 그녀가 알기로 사예린은 무공을 전혀 모른다. 그저 평범한 여인이었는데, 장주의 눈에 들어 금룡장에 들어오게 된 운 좋은 여인이라 알고 있는데, 그런 말을 하니 심히 당황스러웠다.

사예린이 당치 않다는 듯 손으로 입을 가리며 살짝 웃었다.

"제가 아니라 절 따라온 사람이 한 일이랍니다. 지금 밖에서 기다리며 부인의 호위가 못 들어오도록 막고 있어요."

유혜련은 그제야 고개를 끄덕였다. 그리고 금룡장주가 정말로 이 여인에게 푹 빠졌다는 걸 실감했다. 기막으로 소리를 차단할 수 있을 정도라면 엄청난 고수다. 게다가 그와 동시에 설소영을 막고 있다지 않은가.

'그 정도 고수를 호위로 붙여 줬다 이거지? 나나 채명화에게는 신경도 안 쓰면서.'

물론 서운하거나 기분 나쁘지는 않았다. 애초에 그런 건 바라지도 않았다. 금일청이 어떤 사람인데 자신이 금철휘와 혼인하려는 목적을 몰랐겠는가.

"슬슬 시간이 다가오는 건 알고 계시죠?"

"알고 있어요. 이번에 투자한 곳에서 사흘 후에 이익금을 받기로 했으니 아마 이자 정도는 문제없이 지급할 수 있을 거예요."

"다행이네요."

사예린이 환하게 웃었다. 다행이라는 것은 진심이었다. 지금 유혜련에게 빌려준 돈은 그녀의 것이 아니었다. 그녀의 뒤에 도사린 일곱 가문으로부터 나온 돈이었다. 당연히 제때 갚지 못하면 문제가 생긴다. 물론 그렇게 문제를 일으키기 위해 벌인 일이었지만 말이다.

일곱 가문이 얼마나 악랄한지 너무나 잘 알기에 유혜련과 채명화에게 몹쓸 짓을 하면서도 그녀들이 부디 그 계획에 휩쓸리지 않고 꿋꿋이 버티기를 바랐다.

'하지만 안 되겠지.'

사예린은 마음이 무거워졌다. 하지만 얼굴에 그걸 드러내선 안 된다. 여기에는 어머니의 목숨이 걸려 있으니 말이다.

"문밖의 호위와는 좀 거리를 두셨나요?"

"노력 중이에요."

"저 사람 소장주 쪽에 이미 올라탔어요."

유혜련의 눈이 화등잔만 해졌다. 그건 절대 믿을 수 없었다. 설소영이 뭐가 아쉽다고 금철휘에게 붙는단 말인가.

"확인해 보세요. 최근 소장주의 최측근인 아칠이라는 호위무사와 자주 만나는 것 같더군요."

유혜련의 눈에서 불똥이 튀었다. 어찌 설소영이 자신에게 이럴 수 있단 말인가.

"그게 정말인가요?"

사예린이 빙긋 웃었다.

"직접 확인해 보시라니까요? 그 정도 정보망은 가지고 계시잖아요?"

유혜련이 심호흡을 했다. 만일의 사태에 대비해 설소영이 움직이던 정보조직을 자신이 가져오지 않았다면 정말 아무것도 모르고 당할 뻔했다.

"꼭 확인해 보도록 하죠. 충고 감사드려요."

"별말씀을. 아마 제가 말하지 않았어도 조만간 아셨을 거예요."

유혜련은 대답하지 않았다. 그리고 눈을 빛냈다. 이제부터가 진짜 중요한 얘기였다.

"다음 투자금은 금 만 냥으로 결정되었어요."

사예린의 말에 유혜련의 눈이 더욱 반짝였다. 가슴이 쿵쾅쿵쾅 정신없이 뛰었다.

"마, 만 냥이요?"

고작 삼천 냥 정도를 생각했다. 한데 만 냥이라니. 그 많은 돈을 어떻게 써야 할지 감도 잡히지 않았다.

"대신 이자가 좀 더 높아요. 그 정도는 괜찮죠?"

"예? 이자요?"

유혜련이 망설이자, 사예린이 피식 웃었다.

"돈이 돈을 부르는 법이죠. 자본금이 늘어나면 훨씬 더 많은 돈을 벌 수 있잖아요? 그러니 당연히 이자도 조금 더 높게 책정되는 것이 이치에 맞죠."

"그, 그렇죠."

유혜련은 왠지 그럴듯했기에 그저 고개를 끄덕였다. 일단 지금은 돈을 받는 게 중요했다. 갑자기 얼마 전에 나온 객잔과 주루의 매물이 떠올랐다. 둘 중 하나를 고르려고 했는데, 이대로라면 그 둘을 모두 구입할 수 있을 것이다.

"좋아요. 계약하죠."

"탁월한 선택이에요."

사예린은 계약서를 꺼냈다. 특별히 야료를 부리지 않은 정직한 계약서였다. 대신 이자가 상당했다. 게다가 월 복리였다. 이대로 두면 눈덩이처럼 이자가 불어나 몇 년이면 금룡장을 통째로 넘겨도 다 갚지 못할 것이다.

유혜련이 수결을 찍었고, 사예린이 미소 지으며 자리에서 일어났다. 얼굴은 웃고 있었지만 속은 그렇지 않았다. 그녀는 속으로 몇 번이고 되뇌었다. 미안하다고.

유혜련은 사예린이 돌아가고 설소영이 들어오자, 날카로운 눈으로 그녀를 쏘아봤다.

"요즘 그 아칠인지 뭔지 만나고 다녀?"

"예?"

설소영이 크게 당황하며 놀라자, 유혜련이 이를 아득 갈았다.

"역시. 더 알아볼 필요도 없었네."

유혜련은 차갑게 말했다.

“나가.”

“예?”

“나가라고.”

“아가씨……!”

설소영이 당황해 어쩔 줄을 모르자, 유혜련이 발작적으로 소리쳤다.

“당장 나가라는 말 안 들려? 가서 아칠인지 뭔지 하는 놈이랑 살아! 금철휘 밑에서 잘 먹고 잘 살란 말이야! 내 뼛골 빼먹을 생각하지 말고! 알았어?”

유혜련의 폭언에 설소영은 충격을 받고 멍하니 서 있었다. 그런 말을 들었다고 나갈 수는 없었다. 그녀가 있을 곳은 유혜련 곁이다.

“안 나가? 거기 아무도 없느냐!”

유혜련의 말에 시비들이 문을 열고 안으로 들어왔다. 유혜련은 그걸 보고 빽 소리쳤다.

“너희 말고! 무사들을 들이란 말이야!”

무사들이 후다닥 안으로 들어왔다. 그리고 어찌할 바를 몰라 안절부절못했다. 하지만 유혜련의 차가운 명령에 그들도 어쩔 수 없이 움직여야만 했다.

“내보내. 앞으로 홍련각 근처에도 못 오게 해. 만일 내 눈에 띄면 너희들이 죽어.”

유혜련의 독기 어린 눈과 말에 무사들이 바짝 얼어 서둘러 움직였다. 설소영은 멍하니 서서 무사들이 양팔을 잡고 끄는 대로 따라갔다. 그녀의 눈에서 초점이 점점 사라져갔다.

"하아."

유혜련은 설소영이 나가자 한숨을 푹 내쉬었다. 마음이 안 좋았다. 어찌 안 그렇겠는가. 어릴 때부터 함께해 오던 사이였는데. 하지만 그건 그거고 이건 이거다. 유혜련은 이미 사예린과 일곱 가문이 펼친 마수에 걸려들었다. 이건 도박만큼이나 무서운 함정이었다.

'사업을 크게 일으켜서 단번에 성공하면 돼. 굳이 그런 돼지새끼의 아이를 가질 필요가 어디 있어? 사 소저도 보아하니 장주님의 아이를 가질 것 같지 않고. 채명화 그것이 문제이긴 한데…… 흥, 나보다 자존심이 더 센데 과연 그 돼지와 그 짓을 할까?'

유혜련은 모든 결론을 내리고 환하게 웃었다. 자신의 앞에 놓인 탄탄대로를 타고 그저 달리기만 하면 된다. 성공이 코앞으로 다가온 것 같아 기분이 하늘로 날아갈 것만 같았다.

그리고 유혜련이 그런 선택을 하는 사이 유화각에 있는 채명화도 사예린을 맞이하고 있었다. 그리고 얼마 지나지 않아 유혜련과 아주 똑같은 선택을 했다. 유혜련과 다른 점은 화영이 적극적으로 지지했다는 점 하나뿐이었다.

제9장
삼화전장

금철휘는 화예지의 보고를 받고는 눈살을 찌푸렸다.

"그런 일을 한단 말이야? 그 여자 실망인데? 그럴 사람으로는 안 보였는데……."

"한 길 사람 속이야 누구도 모르지요."

"그 여자 뒤에 일곱 가문이 있었다고 했지?"

"예. 그들이 꽤 무리를 해서 돈을 만든 것 같아요."

금철휘가 뺨을 긁적였다. 손가락을 움직일 때마다 얼굴에 붙은 두툼한 살집이 탄력 있게 흔들렸다.

"예전에 나한테 당했던 방법 고대로 써먹는 건가? 창의성이 없는 놈들일세."

예전 금철휘가 표백영의 자존심을 건드려가며 돈을 긁어낸 일이 있었다. 그리고 그 일로 인해 만혈괴의와 얽혔고, 일이 여기까지 흘러왔다. 물론 그때와는 차원이 다른 액수로 시작하지만, 어쨌든 결과는 마찬가지가 될 것이다.

"금룡장에 불똥이 튀기 전에 막아야겠군. 빚이 얼마라고?"

"각각 금 만 삼천 냥입니다."

"금 만 삼천이라…… 액수 자체는 아직 별거 아니군. 일곱 가문이 직접 연결되었을 리는 없고, 그 사이에 누가 있는지는 알아봤지?"

화예지가 살짝 질린 얼굴로 고개를 저었다. 금 만 삼천 냥은 사실 엄청난 액수다. 어설픈 객잔 수십 채를 살 수 있는 돈이었다. 물론 추일객잔 같은 최고급 객잔을 사려면 얘기가 좀 달라지겠지만 말이다. 어쨌든 그런 큰돈을 별거 아닌 것처럼 말할 때마다 질리지 않을 수 없었다. 게다가 금철휘 입장에서는 정말로 그 돈이 푼돈이나 다름없기에 더더욱 기가 질렸다.

"중간에 삼화전장이 끼어 있어요."

"삼화전장? 그런 곳도 있었나?"

"일곱 가문이 함께 출자해 만든 전장이에요. 거의 알려져 있지 않고, 이용하는 사람도 별로 없어요."

"웃기는 놈들일세. 그럼 내 부인들 잡으려고 만든 전장이란 말이잖아?"

"꼭 부인들만 잡으란 법은 없죠."

"그럼 또 누굴 잡겠단 거야? 아, 설마 사예린?"

"어차피 한편이니 계획을 짜기도 편할 테니까요."

"이놈들 준비 단단히 했네."

금철휘는 곤란하다는 듯 계속 뺨을 긁적였다.

"그냥 가서 힘으로 싹 밀어 버릴까?"

화예지의 표정이 살짝 굳었다. 금철휘가 말하면 왠지 농담처럼 안 들린다. 더구나 그럴 힘이 있다는 것도 어렴풋이 알기에 더더욱 그러했다.

"그, 그렇게 모든 걸 힘으로 해결하시면 나중에 일이 꼬일 수도 있어요. 그러니 순리대로……."

"순리? 뭐가 순리인데? 가만히 기다렸다가 뒤통수 맞는 거?"

"아뇨. 그 말이 아니라, 일단 삼화전장을 조사한 다음……."

"이자가 월 얼마라고 했지?"

"월 삼 할이요."

금철휘가 피식 웃었다.

"월 삼 할이면 두 배 되는데 몇 달?"

"세, 세 달이요."

"그래. 세 달이면 이자가 원금을 훌쩍 넘어 버리지. 즉, 시간이 금이라는 말이야. 한데 내가 그런 금을 그냥 줄줄 흘릴 것 같아?"

화예지가 고개를 저었다. 금철휘는 결코 돈을 아무렇게나 뿌리지 않는다. 지난번 추일객잔을 산 것도 그렇다. 그것을 산 이후, 장사 방식을 살짝 바꿔 오히려 지금은 원래의 추일 객잔보다 몇 배 더 많은 돈을 벌어들이고 있다.

다른 방식으로 쓴 돈도 마찬가지였다. 일곱 가문을 견제하기 위해 벌인 일들도 결과적으로는 다 이익이 되어 다시 돌아오고 있다. 안 그래도 하루에 얼마의 돈이 쌓이는지 모르는데, 돈을 더 벌게 된 것이다.

"일단 돈을 갚도록 만들어야겠어."

"어떻게요?"

"다른 전장을 끼우면 되지."

"다른 전장이요?"

금철휘가 씨익 웃었다.

"잊었어? 항주에 내가 가진 전장의 지부가 하나 있었는데."

"만금전장……."

"그래. 과연 만금전장에서 훨씬 싼 이자로 손을 내미는데, 그걸 내칠까, 안 내칠까? 우리 오랜만에 내기 한번 해볼까?"

화예지가 한숨과 함께 고개를 저었다. 정말 돈이 많으니 뭘 해도 되는구나 싶었다.

"내기 안 해? 난 내친다에 걸 건데."

화예지가 황당한 눈으로 금철휘를 바라봤다. 바보가 아닌 이상 그런 결정을 내릴 리 있겠는가. 물론 유혜련과 채명화가 최근 보여주는 행보를 보면 바보가 아니라면 절대 하지 않을 짓만 골라서 하고 있긴 하다. 하지만 아무리 바보라도 이건 아니었다.

"장난하지 마세요. 그럼 만금전장에는 공자님께서 직접 말씀하실 건가요?"

"어라? 진짜 내기 안 해? 난 진심인데?"

화예지는 순간 짙은 유혹에 빠졌다. 하지만 이내 그녀는 고개를 저었다. 금철휘가 그쪽에 승산을 두고 말했다는 건, 뭔가 다른 가능성이 있다는 뜻이었다. 또한 그 가능성이 다른 모든 걸 뒤집을 수 있을 정도로 크다는 뜻이었다.

"이제 저도 그 정도는 안답니다."

"그래서 내기 안 해?"

화예지가 화사하게 웃었다.

"공자님과 내기하면 저만 손해인 걸요."

그렇게 말한 화예지는 잠시 머리를 굴렸다. 그리고 금세 알아채고 손뼉을 짝 쳤다.

"아, 그들도 바보가 아닌 이상 다른 조건을 안 걸어 뒀을 리가 없겠네요. 아마 거래 전장을 바꾸거나 하면 위약금을 어마어마하게 지불해야 한다거나……."

"쩝. 재미없네. 슬슬 다른 사람을 찾아봐야겠어."

화예지는 순간 가슴을 쓸어내렸다. 그리고 누군지 모를 미래의 놀림감에 대해 애도를 보냈다. 아마 자신보다 훨씬 심한 맘고생을 해야만 할 테니까 말이다.

"그럼 일단 만금전장은 그렇다 치고, 다음은 어찌할까요?"

"뭐…… 일단 여기저기 알아봐야지."

금철휘는 그렇게 말하며 히죽 웃었다. 화예지는 금철휘의 미소를 바라보며 또 속으로 고민에 빠졌다. 또 무슨 짓을 꾸미기에 저런 표정을 짓는단 말인가.

*   *   *

"아가씨?"

설소영은 멍하니 앉아 있는 유혜련을 조심스럽게 불렀다. 하지만 유혜련은 그 말에 반응하지 않고 넋 나간 표정을 짓고 있었다. 그렇게 얼마나 시간이 지났을까. 설소영이 계속 안절부절못하고 유혜련을 부르자, 간신히 정신을 차린 유혜련이 천천히 고개를 돌려 설소영을 바라봤다.

자신이 다시는 오지 말라고 면박을 줬는데도 이렇게 다시 찾아온 것을 보면 짜증이 나야 정상이겠지만 지금은 그럴 정신도 없었다.

"하아."

유혜련은 한숨을 푹 내쉬었다. 그리고 불안한 표정으로 설소영을 바라봤다.

"소영아, 나 어쩌니?"

"왜 그러세요, 아가씨? 무슨 일이라도 있었나요?"

걱정 가득한 설소영의 표정과 말에 유혜련은 자신이 정말 제대로 당했다는 것을 깨달았다. 대체 왜 사예린의 말에 넘어가 설소영을 멀리했단 말인가.

"당했어. 그 계집에게 당했다고."

설소영은 차분하게 유혜련의 말을 기다렸다. 유혜련은 하소연하듯 말을 쏟아 냈다.

"오늘 만금전장에서 사람이 왔었어."

"만금전장이요?"

만금전장은 천하에서 손꼽히는 거대한 전장이다. 만금전장의 지부가 항주에 있으니 그곳에서 찾아왔다고 이상할 건 없었다. 이곳은 금룡장이니까. 하지만 이렇게 직접 유혜련을 찾아온 것은 조금 이상한 일이었다.

"나한테 돈을 빌려주겠대."

"돈을 빌려주겠다고요? 아가씨, 설마 허락하신 건 아니죠?"

유혜련이 고개를 절레절레 저었다. 그리고 그대로 울상이 되었다.

"빌리고 싶어도 빌릴 수가 없었어. 이자가 고작 연 일 할에 불과한데!"

"연 일 할이요? 그럴 리가……."

전장은 이자를 통해 이득을 얻는다. 한데 일 년 이자가 고작 일 할이라면 다른 곳에 비해 너무 낮다. 보통 전장의 이자가 일 년에 삼 할이 넘어서는 게 흔하니 그야말로 거저라 할 수 있었다.

설소영이 냉정한 눈으로 생각에 잠겼다. 계산을 해보면 충분한 승산이 보였다. 만금전장에서 돈을 빌려 적당한 객잔이나 주루를 세운다 하더라도 그 수입이 연 일 할은 훨씬 넘어갈 테니까 말이다.

"그 정도면 괜찮은 것 같은데 왜 안 빌리셨어요?"

그제야 유혜련이 울먹거리며 계약서 한 장을 꺼내 내밀었다. 설소영은 그것을 받아 읽으며 그대로 얼굴이 굳었다. 완전히 말도 안 되는 계약서였다.

"대, 대체 이 삼화전장이라는 곳이 어디죠?"

유혜련은 고개를 저었다. 그녀의 눈에서 눈물이 흘렀다.

"나도 몰라. 사 소저가…… 아니, 사예린 그 나쁜 것이 연결해 줬단 말이야."

설소영은 난감했다. 월 복리 삼 할의 이자로 자그마치 금만 냥을 빌렸다. 게다가 갚는 것도 한 번에 갚지 못하게 되어 있었다. 이런 식이라면 갚아야 할 이자가 어마어마하게 늘어나게 된다.

"아가씨. 이건 말도 안 되는 계약입니다. 제가 당장 가서 따지고 올게요."

유혜련이 고개를 저었다.

"이미 했어. 그런데 소용없었어. 비웃음만 잔뜩 당하고 왔다고. 사예린 옆에 붙은 호위가 얼마나 고수인 줄 알잖아."

설소영은 심각하게 고민했다. 그 호위는 자신이 직접 겪어 봐서 안다. 자신 정도 되는 무인 다섯이 한꺼번에 달려들어도 이길 수 없을 정도의 고수였다. 게다가 문제는 고수가 그 한 명이 아니라는 점이었다.

'확실히 뭔가 수상하긴 해.'

아무리 금룡장주가 아낀다고 하지만 그렇게 많은 고수를 호위로 붙여줬다는 건 좀 이상한 일이었다. 금룡장주는 심지어 아들인 금철휘에게도 달랑 한 명의 호위만 붙였다.

사실 금룡장에 돈이 많긴 하지만 뛰어난 무인을 구하는 건 쉽지 않은 일이었다. 물론 돈이면 귀신도 부린다지만, 거기에도 분명히 한계가 있었다. 한데 사예린은 마치 무가의 여인처럼 호위를 주렁주렁 달고 다녔다.

그렇게 한동안 고민하던 설소영이 조심스럽게 유혜련의 눈치를 살피며 말했다.

"저…… 아가씨. 소장주님께 도움을 요청해 보시는 건 어떨까요?"

"싫어!"

유혜련이 빽 소리쳤다. 그리고 원망스러운 눈으로 설소영을 노려봤다.

"너 정말…… 이럴 거야? 내가 어떤 심정인지 알잖아. 그런 데 어떻게 나한테 이럴 수 있어!"

"아가씨, 전……!"

유혜련이 귀를 막고 고개를 흔들었다.

"싫어! 더 이상 그 돼지 얘기는 꺼내지도 마! 그만 해!"

설소영이 안타까운 눈으로 유혜련을 바라봤다. 이렇게 심하게 거부할 줄은 몰랐기에 더 애가 탔다. 설소영이 보기에 금철휘에게 부탁하기만 하면 이 일을 해결할 수 있었다. 한데 유혜련이 이렇게 나오니 정말로 답답하면서도 안쓰러웠다. 설소영은 유혜련을 바라보며 결연한 표정을 지었다.

'그래, 나라도 하자. 날 던져서라도 아가씨를 구해드리자.'

설소영은 고개를 흔드는 유혜련을 달래 주며 속으로 다짐하고 또 다짐했다.

＊　　　＊　　　＊

"뭐야? 평생 무공수련만 할 것처럼 말하더니."

금철휘의 심드렁한 말에 아칠이 헤헤 웃으며 다가왔다.

"저어, 공자님."

"왜?"

"에헤헤. 공자니임."

금철휘가 인상을 팍 썼다.

"느끼하니까 저리 가. 한마디만 더 하면 가만 안 둔다."

"에헤헤헤."

"웃지도 마!"

아칠은 그렇게 모진 구박을 받아도 헤헤 웃으며 금철휘에게 다가가 고개를 조아렸다.

"저 한 번만 살려주십쇼."

"너 죽인 적 없다."

"제가 무슨 말 하는지 다 아시는 거 아닙니다."

"모른다. 그러니까 가서 수련이나 해."

"에헤헤헤. 공자님, 이거 선수끼리 왜 이러십니까."

금철휘가 손을 휘휘 내저었다.

"선수는 가서 너 혼자 해라."

아칠이 다시 넙죽 엎드렸다.

"살려주십쇼."

금철휘가 눈을 가늘게 뜨고 아칠을 쳐다봤다. 속셈이 빤히 보여서 속으로 웃음이 났다.

"너 대체 왜 이러냐? 걔한테 맞은 거 벌써 다 잊었냐?"

"다 잊었습니다."

"속도 좋다. 쯧쯧."

"에헤헤. 저 속 없는 놈인 거 이제 아셨습니까? 헤헤헤."

금철휘가 한숨을 푹 내쉬었다.

"후우. 그렇게 좋으냐?"

"예. 일단 마음을 열고나니까 그보다 더 좋은 여자 못 찾겠습니다."

"그래서 평생 맞고 살라고?"

"에헤헤. 이제 안 때리던데요?"

"그래서, 좋냐?"

"에헤헤헤. 뭘 물어보십니까. 당연한걸."

"쯧쯧. 그래서 그 여우가 뭐라고 꼬드기더냐? 몸이라도 던질 테니까 구해만 달라고 하더냐?"

"헉! 어찌 아셨습니까?"

"뭐, 뻔하잖아."

"역시 공자님은 대단하십니다. 에헤헤헤."

아칠이 손바닥을 살살 비비며 말하자, 금철휘가 고개를 몇 번 젓고는 아칠을 똑바로 쳐다봤다.

"그래서 혼례는 언제 올릴 셈이냐?"

"뭐, 이번 일 잘되면 올리려고요."

"얘기는 끝났고?"

아칠이 뒷머리를 긁적였다.

"사실 얘기는 이번 일 터지기 훨씬 전에 끝나긴 했습니다."

"수련하는 줄 알았더니 뒤로 호박씨를 까고 있었군."

"에헤헤. 호박씨라뇨. 저 아직 손도 제대로 못 잡아봤습니다."

"쯧쯧. 그게 뭐냐? 혼례 올리기로 한 거 맞긴 해?"

"예. 그건 확실합니다."

금철휘가 아칠을 빤히 쳐다보다가 고개를 끄덕였다.

"뭐, 알았으니 가 봐라. 네가 그렇다면 그런 거겠지."

아칠이 다시 넙죽 엎드렸다.

"공자님! 감사합니다! 이 은혜 절대 안 잊겠습니다!"

금철휘는 대답하지 않고 손을 휘휘 내저었다. 아칠은 다시 한 번 공손히 인사하고는 물러갔다.

"설소영이야 여우라기보다는 곰에 가까우니까 아칠이 속아서 나중에 눈물 짜낼 일은 없겠지."

금철휘는 그렇게 말하고는 씨익 웃었다.

"자아, 이제 삼화전장을 어떻게 해줄까……."

금철휘의 눈에 금빛 광망이 흘렀다.

금철휘가 먼저 찾아간 것은 사예린이었다. 일단 사예린을 만나서 그녀를 파악해 보고, 그다음 삼화전장으로 가서 어떤 수를 써서든 해결할 생각이었다. 그저 유혜련이나 채명화를 건드리는 거라면 대충 넘어갈 수도 있지만, 지금 그들이 벌이는 짓은 금룡장에 해를 끼칠 가능성이 높은 일이었다.

사예린은 금철휘의 방문에 전혀 의외라는 듯 눈을 동그랗게 떴다. 그녀의 곁에는 아무도 보이지 않았다. 하지만 모습을 감추고 암중에 호위하는 무사가 무려 일곱이나 있었다.

"소장주님께서 여긴 어쩐 일이신가요? 절대 오실 일이 없을 줄 알았는데."

"하고 싶은 일이 고작 고리대금이었어?"

금철휘의 도발 섞인 말에도 사예린은 아무렇지도 않은 표정으로 고개를 끄덕였다.

"그렇게 됐어요."

그런 그녀의 모습에 금철휘가 눈을 빛내며 말했다.

"솔직히 말해 봐. 너 네가 지금 하고 있는 일, 싫지?"

금철휘의 정확한 지적에 사예린은 순간 움찔했다. 하지만 그녀는 거의 내색하지 않고 고개를 저었다.

"제가 좋아서 하는 일이랍니다."

금철휘가 씨익 웃었다.

"아하, 저놈들이 감시자였군?"

그 말이 끝나기 무섭게 사예린 근방에 모습을 숨기고 있던 무사들이 털썩털썩 쓰러졌다. 사예린은 깜짝 놀라 그들을 바라봤다. 모두 여섯이나 되는 무사들이었다. 당연히 일곱 가문에서 그녀에게 지원해준 자들이었다.

"아직 하나 남았지? 제일 강한 놈."

금철휘는 그렇게 말하며 손을 아무렇게나 한 번 휘저었다.

꽈앙!

강렬한 폭음과 함께 한쪽 벽에 구멍이 뚫렸다. 그리고 그 구멍을 통해 바닥을 구르고 있는 무사 한 명이 보였다.

"데려와."

금철휘의 말이 떨어지기 무섭게 허공에서 무영객이 뚝 떨어져 내리더니, 바닥에 쓰러진 무사를 덥석 집어서 금철휘 앞에 내려놓았다.

"이놈들 전부 감시자지? 자, 이제 감시자도 없으니 우리 허심탄회하게 대화를 나눠 보자고."

사예린은 질린 눈으로 금철휘를 바라봤다. 그리고 불안에 가득한 표정으로 더듬더듬 말을 이어갔다. 자신이 현재 처한 상황에 대해서 말이다.

그 모든 설명을 들은 금철휘는 잠시 이해할 수 없는 시선으로 사예린을 쳐다봤다. 그녀는 금룡장주인 금일청의 관심을 받는 여인이다. 한데 고작 일곱 가문의 힘에 겁을 먹고 휘둘린다니, 그것도 금룡장 안에서 그렇게 당하고 있다니 조금 어이가 없었다.

'하긴 보통은 폭력에 더 민감한 법이지.'

일곱 가문은 직접적인 폭력을 쓴다. 보통 사람에게는 그것이 훨씬 더 무서운 일이다. 하지만 진짜 무서운 건 금룡장이 가진 힘을 암중에 쓰는 것이다. 돈의 힘이 제대로 들어가면 그것이 만들어내는 참상은 그저 단순한 폭력이 만들어내는 것과는 차원이 다르다.

"넌 좀 더 스스로에 대해 자각을 할 필요가 있을 것 같군."

"그, 그게 무슨 말이죠?"

"차차 생각해 보라고. 지금 네가 얼마나 대단한 걸 가졌는지 말이야."

금철휘는 그렇게 말하고는 진짜 본론으로 넘어갔다.

"어머니가 독에 당했다고 했나?"

"예. 그래서 전 그들의 말을 거역할 수 없어요."

"그것 봐. 여전히 자기가 어떤 걸 가졌는지 모르고 있잖아. 그깟 독 해결하지 못할 것 같아? 여기 금룡장이야."

사예린의 눈이 화등잔만 해졌다.

"일단 그걸 해결하고 나면 너도 더 이상 일곱 가문과 얽힐 일은 없는 거지?"

"예? 그, 글쎄요."

사예린은 여전히 정신을 차리지 못했다. 자신이 어떤 상황에 처했고, 또 이제 어떻게 되는 건지 전혀 알 수 없었다. 금철휘가 보여주는 말과 행동은 모두다 깜짝 놀랄 만한 것뿐이었다.

"하긴, 너무 갑작스러웠지? 잠깐 정리할 시간을 줄 테니까 잘 생각해 봐."

금철휘는 그 말을 끝으로 시선을 돌렸다. 금철휘가 다음으로 관심을 갖는 것은 사예린을 호위한다는 명목으로 감시하고 있는 일곱 무사들이었다.

"한데 그럼 정작 금룡장에서는 호위를 한 명도 안 붙여줬단 말이야? 아무리 그래도 너무한데?"

금철휘가 뺨을 긁적였다. 생각해 보면 금일청은 호위에 대해 지나칠 정도로 무심했다. 심지어 금철휘의 호위가 달랑 한 명이었으니 말 다한 것이다. 그나마 무영객의 실력이 뛰어나서 망정이지 그렇지 않았다면 벌써 객사했을 것이다.

그리고 금철휘의 두 부인들에게도 당연히 호위를 한 명도 주지 않았다. 그렇게 장원 내에 무인의 수가 적은데도 도둑질 한 번 안 당한 걸 보면 참으로 용했다.

"일단 저놈들에게서 얻어낼 건 싹 얻어내는 게 좋겠지? 아는 건 거의 없겠지만 말이야."

금철휘가 손짓을 하자 무영객이 바쁘게 움직였다. 그는 어딘가로 가서 금향각의 정보원 몇 명을 데리고 와 널브러진 무사들을 순식간에 치워 버렸다.

그즈음, 사예린이 생각을 정리하고 금철휘를 바라봤다.

"어때? 이제 좀 정신이 들어?"

"예. 하지만 불안해요. 감시자가 정말 완전히 사라진 건가요?"

"너 그 일곱 가문을 너무 크게 보는 경향이 있어. 내가 장담할 테니까 안심해."

"그리고 어머니를 치료해주신다는 거 정말인가요? 그들이 어떤 독을 어떻게 썼는지 알 수 있겠어요?"

금철휘가 벌떡 일어났다.

"일단 그거부터 해결하지."

사예린은 벌떡 일어나 뚱뚱한 몸을 우스꽝스럽게 뒤뚱거리며 걸어가는 금철휘의 뒷모습을 멍하니 바라봤다. 전혀 믿음이 가지 않는 모습이었다. 하지만 그럼에도 이상하게 모든 것이 잘될 것만 같은 기분이 들었다.

삼화전장은 항주의 번화가에서 살짝 벗어난 곳에 있었다. 워낙 작은 전장이라 드나드는 사람도 거의 없었고, 간판조차 제대로 달려 있지 않아 얼핏 지나가다가 봐선 그곳이 전장인지조차 알 수 없을 정도였다.

"더럽게 허름하군."

금철휘는 그렇게 중얼거리며 눈살을 찌푸렸다. 제대로 된 전장이 아니라고 온몸으로 외치는 것 같았다. 마치 아무도 찾아오지 말라는 듯한 외관을 보니 어이가 없었다.

"그래도 이렇게 전장을 진짜 세워둔 게 어디야. 하여튼 나름대로 준비를 하긴 했군."

금철휘는 혼잣말을 하며 안으로 들어섰다. 전장 안은 더 허름했다. 그리고 자리를 지키는 사람도 없었다.

"여기 아무도 없나?"

금철휘가 조금 큰 소리로 외치자, 안에서 덜그럭거리는 소리가 들리고, 험상궂은 얼굴의 사내 하나가 불쑥 모습을 드러냈다.

"뭐요?"

"뭐긴 뭐야? 손님이지. 여긴 손님을 이렇게 맞이하나?"

사내가 움찔하더니 슬그머니 금철휘에게 다가갔다. 분위기를 보아하니 전장의 호위무사쯤 되는 모양이었다.

"아직 사람이 안 와서 좀 기다리셔야 하는데, 괜찮겠소? 시간이 없으면 내 다른 괜찮은 전장을 소개해줄 수도 있소."

영업을 하겠다는 건지, 말겠다는 건지 알 수 없는 말에 금철휘가 어이없다는 듯 그를 쳐다봤다. 사내는 머쓱한 표정으로 슬며시 시선을 돌렸다.

"뭐, 다른 전장으로 가는 것도 나쁘진 않은데, 난 여기에 볼일이 있어서. 그러니까 주인장 나오라고 해."

"주, 주인장?"

사내는 주인장이라는 말에 살짝 어이가 없었지만 어쨌든 손님이라니 확인은 해봐야겠다 싶어서 물었다. 이곳이 거의 명목뿐인 전장이긴 하지만, 그래도 제대로 손님으로 맞아야 할 사람이 몇 명은 있었으니까. 만일 눈앞에 있는 돼지가 그런 사람의 하수인으로 온 거라면 조심해야만 한다.

"대체 무슨 일로 오셨소? 그걸 먼저 알아야 장주님을 모셔 올 수 있지 않겠소?"

금철휘는 피식 웃으며 품에서 서류 한 장을 꺼내 휙 내밀었다. 사내가 잘 볼 수 있게 아래로 쫙 펼쳐서 말이다.

"이, 이건?"

사내의 눈이 화등잔만 해졌다. 서류의 내용은 읽어볼 것도 없다. 너무나 익숙한 서류였으니까. 또한 이 서류는 이런 사내가 가지고 있어선 안 되는 것이었다.

"대, 대체 이게 어디서 난 거요!"

"어디서 나긴, 샀지. 그러니까 빨리 주인장 나오라고 해. 우리 채무 관계를 좀 청산하고 싶으니까."

사내가 넋 빠진 얼굴로 서류와 금철휘를 번갈아 바라봤다. 하지만 이내 심각한 얼굴로 돌아서서 후다닥 달려갔다. 그리고 잠시 후, 후덕한 인상의 중년인 한 명이 사내 대신 달려나왔다.

"차용증을 가져오셨다 들었소이다. 대체 그걸 어디서 구하셨소? 그걸 지급해 준 건 다른 분이었던 걸로 기억하오만……."

그 차용증은 사예린에게 준 것이었다. 삼화전장은 사예린을 이용해 유혜련과 채명화를 옭아맸다. 그녀들을 안심시키기 위해 중간에서 사예린을 이용한 것이다. 즉, 그녀들은 사예린과 계약하고, 사예린은 삼화전장과 계약하는 식이었다. 물론 실제로는 두 여인과 삼화전장의 계약이었지만, 중간에 사예린이 끼어들면서 계약 형태가 요상하게 바뀌었다.

사실 사예린은 어떤 식이든 상관없었다. 어차피 자신은 이용당하는 입장이었으니까. 하지만 아무리 그래도 자신과 삼화전장 간의 계약만큼은 똑바로 했다. 그래서 비교적 정상적인 이자를 책정해서 계약했다. 물론 중간에 한꺼번에 갚아도 아무런 문제가 없었다.

"자, 중간에 미리 갚았을 경우의 수수료까지 해서 모두 금만 오천 냥씩 두 개니까 삼만 냥이지?"

금철휘가 품에서 금 만 냥짜리 전표 세 장을 꺼냈다. 만금전장에서 발행한 빳빳한 새 전표였다.

중년인은 그것을 보며 빠져나갈 구실을 찾았다는 듯 히죽 웃었다.

"우리는 타 전장의 전표를 취급하지 않습니다. 오로지 현금만을 취급합니다. 그러니 금으로 삼만 냥을 가져오셔야겠습니다. 허허허허."

"아하, 그래?"

금철휘가 즉시 손가락을 딱 튀겼다. 그러자 전장 밖에 있던 사람 둘이 커다란 궤짝을 하나 들고 들어왔다. 두 사람이 낑낑 힘을 써야 할 정도로 무거워 보였다.

쿵.

먼지를 피우며 궤짝이 바닥에 놓이자, 중년인이 떨떠름한 표정으로 물었다.

"이, 이게 무엇입니까?"

중년인의 물음이 채 끝나기도 전에 궤짝을 들고 온 사내들이 뚜껑을 열었다. 휘황찬란한 금빛이 쏟아져 나왔다.

"허억!"

놀라 뒷걸음질 치는 중년인을 향해 금철휘가 손을 척 내밀었다.

"차용증."

중년인의 표정이 심각해졌다. 사실 자신에게는 차용증을 처리할 권한이 없었다. 삼화전장 자체가 일곱 가문의 것이었기 때문이다. 일곱 가문에서 결정한 사항을 그대로 따를 뿐, 스스로는 그 어떤 결정도 내릴 수 없었다.

"뭐야? 설마 차용증이 없다는 말은 아니겠지?"

"그, 그건 아니오!"

그래도 일단 전장까지 만들었는데 일을 그렇게 허술하게 처리했을 리 없었다. 차용증은 분명히 삼화전장에 보관되어 있었다. 어쩌면 그것을 확인하기 위해 유혜련이나 채명화가 찾아올 수도 있었기 때문이다.

"그럼 뭐가 문제야? 빨리 가져와. 이 영양가 없는 채무 관계를 끝내 버리자고."

중년인은 갈등에 갈등을 거듭했다. 그러다가 문득 자신을 윽박지르는 저 돼지가 누군지 궁금해졌다.

"한데 혹시 성함이……."

"그게 중요해? 일단 차용증부터 보고 얘기하자니까?"

중년인은 하는 수 없이 일단 차용증을 가져왔다. 틀림없는 진본이었다. 사실 가짜를 만들어 속일까 생각했지만 왠지 그래선 안 될 것 같은 느낌에 진본을 가져온 것이다.

"생각 잘했어. 만일 수작을 부렸으면 진짜 재미없었을 거야."

금철휘의 섬뜩한 웃음을 본 중년인은 속으로 가슴을 쓸어 내렸다. 그렇게 결정하길 잘했다고 생각하면서 말이다.

"자, 그럼 이제 대충 끝난 건가? 뭐, 확인서라도 하나 써야 하는 거 아냐? 분위기 보니 나중에 지분거릴 거 같은 예감이 드는데?"

중년인은 그 말에 속으로 또 뜨끔했다. 금철휘는 그런 중년인을 보며 씨익 웃었다.

"그전에 너 여기 주인장 맞아?"

"마, 맞습니다. 이 삼화전장은 제 것이 분명합니다."

"그래? 그럼 간단하겠네. 확인증 하나 써 봐."

결국 중년인은 금철휘의 이런저런 요구들을 몽땅 들어줄 수밖에 없었다. 그리고 마지막으로 자신과 대화를 나눴던 돼지가 금룡장의 소장주인 금철휘라는 사실을 알고는 그대로 절망에 빠졌다.

*   *   *

콰앙!

탁자가 산산조각 났다. 탁자를 부순 장본인인 풍운보주는 벌떡 일어난 채로 자신에게 보고를 한 중년인을 죽일 듯 노려봤다. 하지만 부들부들 떨고 있는 중년인을 가만히 보다가 결국 화를 안으로 갈무리했다.

"후우. 그래도 도망가지 않고 왔으니 살려는 주마."

"가, 감사합니다!"

"그나저나 이 일을 어찌한다……."

풍운보주는 심각한 표정으로 고개를 저었다. 당장 금이 삼만 냥이나 생겼다. 투자한 금액을 빼면 고작 몇 달 만에 금삼천 냥 정도를 벌어들인 것이다. 하지만 전혀 기쁘지 않았다. 계획이 완전히 틀어졌기 때문이다.

"내 이래서 처음부터 우리가 직접 나서야 한다고 그렇게 말을 했건만……."

풍운보주는 중간에 삼화전장을 끼우지 말자고 했다. 하지만 다른 사람들의 격렬한 반대로 인해 결국 뜻을 꺾을 수밖에 없었다. 특히 사해방의 반대가 심했다. 일곱 가문이 금룡장과 반목한다는 건 항주에 파다하게 퍼진 일이었다. 그러니 그들의 존재를 되도록 가려야 한다는 것이 그들의 의견이었다.

"틀린 말은 아니지만 결국 일이 이렇게 되었으니……."

사실 냉정하게 따져보면, 중간에 삼화전장을 끼워 넣지 않았다면 이 계획 자체가 아예 무산되었을 가능성이 컸다.

"그 멍청한 계집이 감히 배신을 했다 이거지?"

풍운보주는 이를 갈았다. 이 모든 것이 사예린의 배신으로 인해 벌어진 일이다. 이에 대한 응징은 아주 철저히 할 생각이었다. 물론 눈앞에 닥친 일을 먼저 해결하고 난 뒤에 말이다.

"나머지 가문에 사람들을 보내라. 이리로 즉시 모여야 한다. 시간이 없다는 걸 강조해라."

"예!"

중년인은 죽었다 살아난 표정으로 바닥에 이마를 한 번 쿵 찧은 후, 바람 같이 사라졌다.

사해방주는 허탈한 표정을 감추지 못했다. 자신이 잠시 자리를 비운 사이 일이 완전히 틀어진 것이다. 대체 어떻게 하면 이렇게 엉망진창으로 일이 꼬일 수 있단 말인가. 그는 바닥에 납작 엎드린 두 사람을 지그시 쳐다봤다.

"일어나라."

하지만 두 사람은 일어날 생각을 하지 않았다. 지은 죄가 있으니 얼굴을 들 수 없었다.

"그럼 그냥 그렇게 엎드려서 죽든가."

사해방주의 손에서 두 줄기 지풍이 쏟아져 나갔다. 동령주와 서령주는 뒤통수가 서늘해지는 느낌에 기겁을 하며 엎드린 상태에서 두 손에 힘을 줘 그대로 미끄러졌다.

퍼벅!

두 사람의 뒤통수가 있던 자리에 손가락만 한 구멍이 뻥 뚫렸다. 동령주와 서령주는 슬그머니 고개를 들어 그것을 확인하고는 식은땀을 흘렸다.

"내가 처음 시작한 곳이 항주라고 말을 했던가?"

사해방주가 나직이 중얼거렸다. 동령주와 서령주는 대답하지 못하고 꿀 먹은 벙어리처럼 입을 꾹 다문 채 사해방주의 눈치를 슬슬 살폈다.

"다른 건 몰라도 금향각에 밀리는 건 용서가 안 된다. 한데 네놈들이 일을 멍청하게 처리하는 바람에 금향각을 다시 밟아 버릴 수 있는 기회가 날아가 버렸다. 알고 있느냐?"

당연히 알고 있다. 금향각의 기반은 금룡장에 있다. 정보조직들 사이에서는 금향각의 실제 주인이 금룡장주라는 확인되지 않은 정보들이 돌아다니고 있었다. 하니 금룡장을 무너뜨리거나 먹어치운다면 금향각도 자연스럽게 힘을 잃거나 사해방에 흡수되는 것이 수순이었다.

한데 그 모든 것이 단 한 방에 무너져 버렸다.

"일곱 가문을 너무 믿었어. 그러니 이제 그놈들을 버릴 때가 왔다. 움직여라."

"하면……."

"그래. 이제 우격다짐으로 밀어붙이는 것밖에 방법이 없다. 금룡장 보다는 금향각을 위주로 쳐라. 일단 눈을 가리고 귀를 막으면 다시 뭔가를 해볼 수 있을 테니까."

"예."

동령주와 서령주가 고개 숙여 대답하고 물러났다. 이제 조만간 일곱 가문이 무력을 동원해 항주에서 큰 분란을 일으키게 될 것이다.

사해방주는 심각한 표정으로 생각에 잠겼다. 그의 얼굴에 점점 두려움이 번져갔다. 결국 그는 고개를 휘휘 저었다.

"이대로는 안 돼. 그놈들을 움직여 봐야 절대 금향각을 무너뜨릴 수 없어."

사해방주 진추방은 금향각을 처리하라는 명령을 받은 상태다. 다른 건 몰라도 그거 하나만큼은 무조건 처리해야만 한다. 만일 그렇지 못한다면 그의 목숨은 딱 여기까지다. 그렇기에 점점 애가 탔다.

"대체 어떻게 해야 그놈들을 무너뜨릴 수 있단 말인가."

차라리 이럴 때, 어마어마한 무공을 가진 사람이 도와준다면 조금 더 편하게 일을 처리할 수 있을 것이다. 사해방의 전력을 집중해 알아낸 정보를 통해서 금향각의 손발을 거침없이 잘라낼 수 있을 테니까 말이다.

절대고수 한 명으로는 모자라다. 최소한 열 명은 있어야 해볼 만하다. 일단 시작하면 금향각도 나름대로 대처를 할 테니, 금향각이 미처 손을 쓰기 전에 몰아치듯 일을 끝내 버려야 한다.

"하지만 내게는 그 정도 힘이 없지."

생각해 보면 지금이 가장 적기였다. 일곱 가문을 움직여 항주에 혼란을 만들고 그 빈틈을 이용하면 금향각에 엄청난 타격을 입힐 수 있을 것이다.

진추방이 고민에 휩싸여 있을 때, 방문이 벌컥 열렸다. 진추방은 깜짝 놀라 벌떡 일어나며 검을 뽑았다.

"누구냐!"

외침과 동시에 진추방의 몸이 빛살처럼 날아갔다. 그는 검은 문을 열고 안으로 들어서는 사내의 심장을 향해 곧장 날아갔다.

떠엉!

"크흑!"

검이 부러질 듯 흔들렸다. 방에 들어선 사내가 손가락을 튀겨 검을 쳐낸 것이다. 진추방은 입가에 피를 흘리며 뒤로 주춤주춤 물러났다. 그리고 불신 가득한 눈으로 방에 들어선 사내를 노려봤다.

"주군께서 보내서 왔다. 슬슬 우리가 필요할 거라 하시더군."

진추방의 눈이 화등잔만 해졌다. 주군이라는 말에 심장이 미친 듯이 뛰었다. 그리고 얼굴에 공포가 어렸다.

"훗. 반응을 보니 주군의 개답군. 십검(十劍)이다."

사내가 손을 내밀며 말하자, 진추방은 자신도 모르게 그 손을 잡았다. 그리고 순간 손에서 쏟아져 들어오는 막대한 기운에 비명을 질렀다.

"크아악!"

사내가 손을 획 떨쳐 진추방을 던졌다. 진추방은 꼴사납게 벽에 부딪히며 바닥을 굴렀다. 그는 바닥에 쓰러진 채 몸을 부들부들 떨었다. 몸속에 파고든 기운이 마치 칼로 온몸을 난자하는 듯한 고통을 안겨줬다.

기운이 점차 사라져가자, 고통도 사그라졌다. 진추방은 천천히 자리에서 일어나며 이를 악물고 사내를 노려봤다.

"주군께서 내리시는 가벼운 처벌이다. 만일 이번 일이 실패한다면 훨씬 더 무거운 벌을 받겠지."

사내의 말에 진추방의 표정이 급격히 어두워졌다. 사내는 그것을 보며 말을 이었다.

"나도 너랑 다를 바 없는 처지다. 주군의 개야. 그러니 실패하면 처벌을 받는 건 당연하다. 그러니 어떻게든 성공해야겠지. 안 그런가?"

사내의 말이 끝나기 무섭게 방 안으로 아홉 명의 사내들이 속속 나타났다. 천장에서 뚝 떨어지는 사람도 있었고, 바닥에서 솟아난 사람도 있었다. 그들은 모두 처음 나타난 사내와 같은 복장이었다. 팔뚝에 새하얀 검이 새겨진 새까만 옷에, 허리춤에 길쭉한 검을 차고 있었다.

"열 명 정도면 될 거라고 말씀하시던데, 그런가?"

진추방이 무겁게 고개를 끄덕였다. 다시 한 번 주군에 대한 두려움이 밀려왔다. 마치 자신의 마음속에 들어갔다 나온 듯하지 않은가.

"맞소. 당신들이 내가 생각한 정도로 강하다면…… 하지만 주군께서 보내셨으니 확인은 필요 없을 것 같군."

사내가 씨익 웃었다.

"원한다면 보여주고."

진추방은 진저리를 치며 고개를 저었다. 사내의 웃음은 보기만 해도 소름이 돋을 정도로 섬뜩했다. 그리고 웃음과 함께 은은히 펴져 나오는 기세는 금방이라도 살이 갈라질 것처럼 날카로웠다.

'일단 가능성이 생겼다.'

진추방은 열 명의 사내들을 보며 슬쩍 미소 지었다.

제10장
십검(十劍)

금철휘는 누워서 뚱뚱한 몸을 공처럼 굴렸다. 살에 탄력이 붙으니 이러고 노는 것도 나름 재미있었다. 물론 언제까지 이러고 있을 생각은 없었다. 조만간 살을 뺄 것이다. 막대한 내공을 얻으면서 말이다.

그렇게 데굴거리면서 끊임없이 천령신공을 연마하던 금철휘의 표정이 갑자기 살짝 굳었다.

"이거 뭐지?"

금철휘는 벌떡 일어나 전력으로 천령신공을 일으켰다. 감각의 범위가 급격히 넓어졌다. 그와 동시에 훨씬 자세한 정보가 물밀 듯이 뇌리로 쏟아졌다.

현재 금철휘가 있는 곳은 항주의 중심이라 할 수 있었다. 향화루의 위치가 그러했다. 항주 최고의 번화가에서도 가장 중심에 있었으니까. 그곳을 중심으로 반경 수백 장이 금철휘의 감각 아래 놓였다. 금철휘는 그곳에서 상당히 강렬하고 어두운 느낌을 가진 사람을 찾아냈다.

　"이놈이로군."

　묘하게 감각을 건드리는 놈이었다. 가지고 있는 기운도 평범하지 않았고, 풍기는 분위기도 심상치 않았다. 사실 항주에 드나드는 사람은 어마어마하게 많다. 그러니 그런 사람 한 명쯤 항주에 있다고 해서 이상할 건 없었다.

　"하지만 그런 놈이 동시에 셋이나 나타났다면 얘기가 좀 달라지지."

　금철휘는 그렇게 중얼거리며 감각을 좁게 모았다. 감각이 좁혀지며 훨씬 먼 곳까지 탐색이 가능해졌다. 반경 수백 장을 뒤덮었던 감각이 이제 가늘고 길게 늘어나며 수천 장까지 뻗어나갔다.

　금철휘는 그렇게 뻗은 감각을 빙글 돌렸다. 금철휘를 중심으로 크게 회전한 감각이 안에 들어온 모든 것에 대한 정보를 전해주었다.

　"역시 더 있었군."

　금철휘가 그렇게 무리해서까지 넓은 범위를 탐색한 건 그들이 더 있을 거라는 예감 때문이었다.

"정말로 오래간만에 싸움 한 번 할 수 있으려나?"

금룡장의 금철휘로 다시 태어나면서 싸움다운 싸움을 해본 적이 단 한 번도 없었다. 항주오룡과 투닥거리긴 했지만 그건 싸움이라기에는 크게 모자랐다.

금철휘의 눈이 기대감으로 반짝였다. 하지만 그 눈빛은 그리 오래가지 않았다. 그들의 목적을 알아냈기 때문이다. 한 사람의 목숨을 통해서 말이다.

"이런 젠장!"

금철휘가 벌떡 일어났다. 방금 전 그 특이한 사내들 중 하나가 사람 하나를 죽였다. 죽은 사람은 금향각의 정보원이었다. 그것도 상당히 높은 위치에 있는 정보원이었다. 그들의 목적은 명확했다. 금향각의 손발을 다 잘라버리겠다는 뜻이다.

"이대로 있을 수는 없지."

금철휘는 그대로 몸을 날렸다. 커다란 창을 통해 밖으로 나간 금철휘는 덩치에 걸맞지 않게 사뿐히 바닥에 착지했다. 대낮인데다 번화가의 중심이라 보는 눈이 많았지만 금철휘는 전혀 신경 쓰지 않았다. 귀혼보를 믿기 때문이다.

금철휘의 몸이 순식간에 움직였다. 어찌나 빠른지 금철휘의 모습을 제대로 확인한 사람이 거의 없었다. 얼핏 그 모습을 본 사람들도 자신이 뭔가를 잘못 봤다고 여겼다.

그렇게 빠르게 움직인 금철휘가 가장 먼저 찾아간 곳은 방금 전 살인을 저지른 사내 앞이었다. 사내는 막 또 다른 정보원을 죽이려는 찰나였다.

"그만! 딱 거기까지다."

내공 섞인 금철휘의 외침이 사내의 고막을 두드렸다. 절묘하게 기운과 음파를 조절해서 딱 사내만 들을 수 있었다. 사내의 귀에서 피가 흘렀다. 하지만 사내는 자신의 몸이 상하는 것에 전혀 아랑곳하지 않고 검을 그었다.

피슉!

정보원의 가슴에서 피가 튀었다. 하지만 그는 죽지 않았다. 그저 눈을 부릅떴을 뿐이었다. 정보원의 목덜미를 어느새 금철휘가 쥐고 있었다. 급히 달려가 정보원을 잡아당겨 치명상을 피한 것이다.

"이거 아주 지독한 놈들이로군."

금철휘의 눈빛이 차가워졌다. 상대가 지독하게 나오면 자신 역시 지독해지면 된다. 마음을 정한 금철휘의 신형이 그대로 사라졌다. 귀혼보를 극성으로 펼친 것이다.

사내의 눈에 처음으로 당황이 어렸다. 금철휘의 모습을 코앞에서 놓쳤으니 당연하다. 그리고 그다음 순간 사내의 목이 꺾였다.

우드득!

사내는 그대로 절명했다.

금철휘는 사내의 시신을 가슴에 선혈을 잔뜩 묻히고 있는 정보원에게 던졌다.

"향화루 뒷문으로 가져가. 사람들 눈에 안 띄게 조심해서."

금철휘는 그 말을 남기고 다시 몸을 날렸다. 정보원은 멍한 눈으로 고개를 끄덕이며 금철휘가 방금 전까지 서 있던 자리를 바라봤다.

사해방을 돕기 위해 온 열 명의 무사들은 십검(十劍)이라 불리는 자들이었다. 조직의 이름도 십검이었고, 그들에게 주어진 이름도 일검부터 십검까지였다.

십검이라는 조직 내에는 그들과 같은 이름을 부여받은 수십 개의 십검이 존재했다. 만일 그들이 모두 죽으면 새로운 십검이 그들의 빈자리를 채우게 된다. 십검은 그런 조직이었다.

그들을 지휘하는 것은 십검이었다. 그는 동료의 죽음을 알 수 있었다. 그들은 고독을 통해 모두 연결되어 있었으니까.

"삼검?"

십검은 자신의 세 번째 목표를 향해 이동하다가 걸음을 멈췄다. 방금 전 삼검이 죽으며 그와 연결된 고독이 함께 죽었다. 죽은 고독은 가지고 있던 독을 뿜어 그의 가슴에 짜릿한 통증을 안겨주었다.

"정보원 중에 삼검을 이길 정도로 강한 놈이 있는 건 아닐 테고……"

십검의 안색이 굳었다. 정보가 샌 것이다. 자신들이 나서서 금향각의 정보원들을 죽이려 한다는 사실이 금향각 측에 알려지지 않았다면 이런 일이 벌어질 이유가 없었다.

십검의 수준은 그들 스스로가 정확히 파악하고 있었다. 그들이 모두 힘을 모으면 현재 십대고수라 칭해지는 자들까지 상대할 수 있었다.

'한데 삼검이 죽어? 협공이 아니면 불가능하지.'

현재 항주에 있는 무림인들을 냉정히 판단하면 십검의 상대는 전혀 없었다. 그나마 사해방과 손잡은 일곱 가문의 수장들이 나서서 협공한다면 조금 가능성은 있을 것이다.

'금향각, 생각보다 대단한 곳이었군.'

금향각이 그 정도 힘을 감추고 있다는 것이 조금 의외였지만 그래도 결과는 달라지지 않을 것이다. 그러니 일단 지금은 삼검의 죽음에 대해 연연하지 말고 자신이 맡은 임무를 먼저 완벽히 처리해야만 한다.

그렇게 십검이 마음을 정리하고 다시 몸을 날리려 할 때, 가슴이 또 한 번 뜨끔했다.

"오검?"

이번엔 오검이었다. 십검의 안색이 그제야 심각해졌다. 삼검에 이어 오검까지 당했다면 다른 동료들 역시 당할 가능성이 크다는 뜻이다. 어쩌면 자신 외에 다른 모두가 공격을 당하고 있을 가능성도 있었다.

'어쩔 수 없이 계획을 조금 수정해야겠군.'

이대로 자신의 임무를 완수하는 것도 좋지만 지금 상황이 계속된다면 어차피 계획은 실패다. 그건 차라리 잠깐 물러났다가 다시 시도하는 것만 못하다. 물론 그 역시 문책을 피하기 어렵겠지만 말이다.

십검은 일단 가장 가까운 곳에 있는 동료를 향해 이동했다. 동료들의 위치는 손바닥을 들여다보듯 알 수 있었다. 계획이 철저했기 때문이다. 각각 어디서 누굴 죽이고 있을지 알기에 그 동선을 생각하면 찾는 건 금방이었다.

'크윽!'

십검이 가장 먼저 찾아간 사람은 일검이었다. 한데 일검을 채 찾기도 전에 칠검이 죽었다. 십검은 점점 더 다급해졌다. 다리로 흘러가는 내력의 양을 두 배로 늘렸다. 속도가 두 배로 늘어나지는 않겠지만, 그래도 훨씬 빨리 이동할 수 있었다.

'저기로군.'

십검이 일검을 발견했을 때, 그는 막 정보원 하나를 죽이고 있었다. 십검은 순식간에 거리를 좁혀 일검에게 다가갔다.

일검은 누군가 자신에게 다가오고 있다는 것을 느끼고 다급히 몸을 돌리며 검을 휘둘렀다. 검이 허공을 베고 지나갔고, 그 자리에 십검이 들어왔다. 일검의 눈이 커졌다. 십검은 지금 이곳에 있어선 안 되는 사람이었다. 일검의 눈빛이 복잡해졌다.

"고민할 것 없다. 긴급 상황이니까."

"긴급상황?"

"세 명이 죽었다. 누군가 우리를 노리고 있어."

일검의 눈빛이 변했다. 예상에 없던 일이 벌어진 것이다. 두 사람은 잠깐 눈빛을 교환한 뒤 동시에 몸을 날렸다. 일단 나머지 동료를 찾아 모으는 게 중요했다. 혼자 있다가 당하기 전에 말이다.

다른 동료를 찾아 이동하는 사이 세 명이 더 당했다. 결국 네 명만 만나 일단 항주에서 몸을 뺐다. 원래는 사해방주가 있는 곳으로 가야 하지만 이미 정보가 노출된 상태에서 그건 자살행위였다.

항주 밖으로 나온 그들은 일단 주위를 살폈다. 아직 대낮이었기에 사방이 환했지만 인적이 없는 곳으로 왔기에 누군가가 다가온다면 금방 알 수 있었다.

살아남은 것은 일검, 육검, 구검, 십검이었다.

"여섯이 이렇게 금방 당했다니 믿어지지 않는군."

그들은 스스로의 실력에 대해 잘 알고 있다. 그렇기에 이렇게 쉽게 당했다는 사실을 이해할 수 없었다.

"뭐가 믿어지지 않아? 이렇게 간단한데."

투두둑.

십검은 자신의 주변에 툭툭 떨어진 시체들을 보며 경악했다. 그리고 반사적으로 그 시체들을 던진 사람을 향해 시선을 돌렸다. 십검의 눈매가 기괴하게 일그러졌다.

"설마, 금철휘?"

금철휘의 눈이 살짝 커졌다.

"호오? 날 알아? 하긴 항주에서 나 모르면 항주 사람 아니지."

십검은 기감을 끌어올려 주위를 살폈다. 그는 금철휘가 결코 혼자서 이들을 처리했다고 믿을 수 없었다. 금철휘에 대해서는 꽤 잘 알고 있었다.

그들은 임무를 받으면 상당히 세심한 조사를 한다. 당연히 항주에 대해서도 포괄적으로 조사를 했고, 금룡장과 금철휘에 대해서도 충분히 조사를 했다. 금철휘가 무공을 익혔을 가능성이야 있지만, 십검과 비교조차 할 수 없는 수준이라고 판단을 내렸다.

그러니 금철휘 혼자일 가능성은 없었다. 분명히 누군가 조력자가 있을 것이다. 그렇게 판단을 하고 맹렬히 머리를 굴리며 주변 동료들과 눈짓을 나눴다.

십검의 눈짓에 담긴 의미를 파악한 나머지 동료들은 기감을 끌어올려 주변을 살폈다. 하지만 그들 역시 금철휘 외에는 아무도 찾아낼 수 없었다. 그들의 얼굴에 긴장감이 어렸다.

'우리가 찾아낼 수 없을 정도의 고수. 게다가 금철휘가 저렇게 당당히 모습을 드러냈다는 건 그만큼 자신감이 있다는 뜻.'

결국 그들이 내릴 수 있는 결론은 딱 하나였다.

'금철휘를 인질로 잡는다.'

네 사람의 시선이 다시 한 번 마주쳤다. 모두 같은 결론을 냈으니 행동도 빨랐다. 그들은 일제히 몸을 날려 금철휘를 덮쳤다.

금철휘는 그것을 보며 환하게 웃었다.

"알아서 와주니 고마운데?"

금철휘의 손이 순식간에 네 개로 불어났다.

퍼버버벅!

십검은 머릿속이 순간적으로 새까매졌다가 다시 돌아왔다. 잠깐 의식이 날아간 것이다.

'이 무슨……!'

결코 있을 수 없는 일이 벌어졌다. 자신이 금철휘에게 당한 것이다. 고개를 돌려 동료들을 확인하려고 했지만 그럴 수가 없었다. 몸이 아예 움직이지 않았다.

"애쓰지 마. 혈도 풀어줄 테니까."

십검은 갑자기 고개가 돌아가자 놀랐다. 몸에 뭔가가 닿는 느낌이 전혀 없었는데 어떻게 이럴 수 있단 말인가. 금철휘는 자신이 생각했던 것보다 훨씬 고수였다. 그 사실을 인정하자, 자신이 무슨 실수를 저질렀는지 똑똑히 알 수 있었다.

'젠장.'

십검은 일단 주위를 살폈다. 동료들의 얼굴이 보였다. 문제는 정말로 얼굴만 보인다는 점이었다. 그들은 모두 땅에 묻혀 목만 내밀고 있었다.

"이, 이게 무슨 짓이냐!"

십검은 자신이 소리쳐놓고도 조금 어이가 없었다. 무슨 짓이냐니, 그런 말을 왜 한단 말인가. 상황이 이상하게 돌아가니 제정신이 아니었다.

"말해 놓고도 어이없지?"

금철휘는 뚱뚱한 몸을 억지로 구겨서 쭈그려 앉았다. 네 개의 머리통이 땅 위로 불쑥불쑥 솟은 광경은 참으로 기괴하면서도 우스꽝스러웠다.

"자, 내가 왜 이런 힘든 짓을 했을 거 같아? 그냥 죽여버리면 제일 간단한데."

십검은 입을 꾹 다물었다. 더 이상 아무 말도 해선 안 된다. 그랬다간 영혼이 불타오르는 고통을 겪을 테니까 말이다. 자신에게 허락된 건 사해방의 주구라는 것까지였다. 그리고 그 사실은 이미 금철휘에게 알려졌을 것이다.

금철휘는 십검의 표정을 보며 고개를 끄덕였다.

"흐음. 아무래도 쉽진 않겠네. 그럼 하나만 알자. 너희들 이름이 뭐야?"

"그런 건 없다."

"이름도 없어? 그냥 야, 너, 이렇게 불리는 거야?"

금철휘의 말에 십검이 눈살을 찌푸렸다. 상대가 너무 천박하게 나오니 묘하게 기분이 상했다.

"십검."

"십검? 그럼 일검도 있고 이검도 있겠네?"

금철휘는 그렇게 중얼거리다가 주먹으로 손바닥을 탁 쳤다.

"아하, 그래서 딱 열 명이었구나?"

잠시 침묵이 감돌았다. 금철휘는 이들을 보며 고민하다가 그냥 자리에서 일어났다. 상대를 보면 감이 온다. 고문이나 다른 방법을 써서 이들의 입을 열 수 있을지 없을지 말이다. 이들은 그 어떤 방법을 써도 입을 열게 만들 수 없는 자들이었다.

'천령신공, 이럴 때 보면 정말 대단하단 말이야.'

그냥 감이 아니었다. 원래 전생의 금철휘가 갖고 있던 경험과 재능을 갈고 닦아 만들어진 능력이었는데, 그것이 천령신공과 만나며 훨씬 더 정교해졌다.

"그럼 더 살려둘 이유도 없겠지. 어차피 사해방과 관계된 놈들이고, 우리 애들도 여럿 죽였으니까."

금철휘의 말에 십검이 눈을 빛냈다. 역시 금향각은 금룡장과 밀접한 관계가 있었다. 그 사실을 어떻게 해서든 주군이나 사해방주에게 알려줘야만 한다. 물론 큰 정보는 아니겠지만 자신이 바칠 수 있는 마지막 충성이었다.

십검의 눈동자가 위로 휙 돌아갔다. 그리고 몸에서 기괴한 기운이 일렁였다.

금철휘는 그것을 보며 깜짝 놀라 발을 굴렀다.

텅!

백토신공과 천령신공이 결합되어 만들어진 힘이 한 차례 십검과 그의 동료들을 휩쓸었다.

콰아아아!

"끄아아아아!"

십검이 괴성을 토해냈다. 마치 폐부를 모조리 도려내 쏟아내는 듯했다. 그리고 십검의 몸에 일렁이던 검은 기운이 안개처럼 흩어졌다.

"끄으으. 네, 네놈이 어찌⋯⋯!"

십검은 불신 가득한 눈으로 금철휘를 노려봤다. 그의 눈에서 피눈물이 흘렀다. 그리고 그대로 절명했다. 십검이 죽자, 나머지 그의 동료들도 눈동자가 휙 돌아갔다. 그리고 검은 기운이 일렁였다. 막다른 곳에 몰려 될 대로 되라는 마음이 든 것이다.

이미 한 번 겪은 일을 금철휘가 다시 못할 리 없다. 금철휘는 천령신공과 백토신공을 운용하며 발을 굴렀다.

텅!

콰아아아!

"끄아아아아!"

그걸로 끝이었다. 넷 모두 절명했고, 그들이 하려던 시도는 무산되었다. 그리고 검은 기운이 흩어지고 나자, 그들의 시신이 조금씩 가루가 되어 무너지기 시작했다.

이내 바닥에 가루가 수북이 쌓였다. 그나마도 바람이 한차례 불자 그대로 흩어져 버렸다. 마치 원래부터 아무도 없었던 것처럼 평평하게 변했다.

"이놈들 대체 뭐지?"

금철휘는 황당함을 금치 못했다. 뭔가 이상해서 조치를 취하긴 했지만 대체 이들이 무엇을 어떻게 하려 했던 건지 알 수 없었다. 하지만 한 가지 확신할 수 있는 건, 그냥 내버려뒀다면 분명히 심상치 않은 일이 벌어졌을 거라는 점이었다.

"십검이라……."

금철휘의 표정이 심각해졌다. 열 명이라서 십검이라고 했다. 한데 직감적으로 이들이 전부가 아닐 거라는 생각이 들었다. 물론 확신할 수는 없다. 하지만 왠지 그럴 것 같았다.

'조심해서 나쁠 건 없지.'

속으로 중얼거리며 돌아선 금철휘는 방금 전까지 그들이 묻혀 있던 자리를 힐끗 쳐다봤다. 그들이 마지막에 하려던 행동들이 다시 떠올랐다. 섬뜩한 느낌이 등줄기를 한 번 할퀴었다.

"일단 사해방부터 정리해야겠어."

그리고 사해방주를 잡아야 한다. 그는 분명히 뭔가를 더 알고 있을 것이다. 금철휘는 십검과 사해방주를 떠올리며 뭔가 강렬한 예감이 들었다. 진짜는 사해방을 무너뜨린 다음부터 시작이라는 예감이 말이다.

제11장
몰락

　일곱 가문이 은밀히 움직였다. 그들은 뒤에서 사해방이 단단히 받쳐줄 거라 철석같이 믿었다. 또한 사해방 역시 최선을 다해 그들의 뒤를 받쳤다.

　비록 금향각이 갑작스런 공세를 통해 항주에 들어온 사해방의 정보원들을 상당수 처리했지만 그래도 여전히 사해방이 금향각보다 훨씬 더 많은 정보원을 보유하고 있었다.

　현재 금향각이 사해방보다 앞서는 건 오랫동안 항주를 장악해 왔다는 점 하나뿐이었다. 오랫동안 살지 않으면 알기 어려운 정보들을 손아귀에 쥐고 그것을 적재적소에 이용하지 않으면 사해방과의 정보전에서 결코 이길 수 없었다.

그런 사해방이 뒤를 받쳐준다고 해서 일곱 가문이 움직인 것은 아니었다. 그들은 말 그대로 막다른 곳에 몰렸다. 사예린이 배신하면서 금룡장을 압박할 수단이 사라져 버렸으니 이대로 기다리면 그대로 몰락할 수밖에 없었다.

"어쩌다 우리가 이렇게 되었는지 모르겠소."

이 모든 것이 사해방 때문이었다. 사해방이 접근해 허황된 야망을 불어넣었고, 그 야망이 계속 구르고 굴러 눈덩이처럼 불어난 것이다. 그리고 이제 더 이상 구르는 눈덩이를 세울 재간이 없었다.

그들은 대부분 마지막에 몰락이 기다리고 있다는 걸 어렴풋이 짐작했다. 물론 그렇게 되지 않도록 최대한 애쓰겠지만 말이다.

"일단 아이들은 피신을 시켜두는 게 낫지 않겠소?"

다들 그 말에 동의했다. 그리고 고개를 돌려 사해방주를 바라봤다. 사해방주는 지금까지와 다르게 그들과 함께 금룡장과 싸울 준비를 하고 있었다.

"아이들의 목숨은 우리가 책임지겠소. 염려하지 말고 금룡장과 싸울 생각만 하시오."

사해방주는 그렇게 말하며 냉랭한 표정을 지었다. 사실 겉으로는 냉철함을 유지하는 것처럼 보이지만 속은 썩어 들어가고 있었다. 설마 십검이 일을 실패하리라고는 생각도 못했다.

십검이 실패했으니 그에 대한 보고를 해야 하는데, 주군과 연락할 방도가 없었다. 지금까지 그의 주군은 언제나 먼저 연락을 해왔지 연락을 받은 적이 한 번도 없었다. 그러니 연락할 방도가 있겠는가.

그렇게 상황이 안 좋지만, 그래도 겉으로 내색할 수는 없었다. 어쨌든 금룡장에 최대한의 타격을 주지 못하면 그야말로 엄청난 일을 당할 테니까 말이다.

'이번 일은 무조건 실패야. 고작 이걸로 금룡장을 친다고? 말이 안 되는 얘기지.'

금룡장 자체의 무력은 얼마 되지 않는다. 하지만 금룡장이 움직일 수 있는 문파들이 너무 많다. 아마 그 문파들을 조금씩만 움직여도 일곱 가문은 큰 피해를 입게 될 것이다. 그리고 그렇게 피해가 누적된 상황에서 금룡장과 맞서 싸우면 결국 패배할 수밖에 없다.

하지만 그냥 패배하느냐, 아니면 금룡장에 어느 정도 큰 타격을 주고 패배하느냐는 엄청난 차이가 있다.

'금룡장주라도 죽일 수 있으면 최고인데.'

진추방은 그 생각을 떠올리자마자 고개를 저었다. 하고 싶어도 할 사람이 없다. 금룡장주가 전면에 나설 가능성은 전혀 없었다. 그러니 누군가 몰래 가서 암살을 해야 하는데, 그 정도 능력을 가진 사람이 남아 있지 않았다.

'이럴 줄 알았으면 차라리 십검을 이용해 금룡장주를 해치

울 것을.'

십검이라면 가능할지 모른다. 그들은 암살에 상당한 능력을 가지고 있으니 말이다. 하지만 이미 그들은 없다. 어떻게 되었는지 모르지만 아무런 일도 하지 않고 사라졌다.

'죽었으니 그랬겠지.'

그것 외에는 답이 없다. 죽지 않았다면 어떻게 해서든 돌아왔을 것이다. 그리고 만약의 사태가 발생했을 경우 영혼을 불살라 주군께 보고를 올릴 수 있었다.

'아마 죽으면서 보고를 했겠지. 어떻게 죽었는지 말이야.'

진추방은 문득 자신도 그런 상황이 올지 모른다는 생각에 쓴웃음을 지었다.

'그게 나다운 최후일지도 모르지.'

마음을 정리한 진추방은 홀가분한 표정으로 앞을 바라봤다. 일곱 가문의 무사들이 이동 준비를 마치고 대기 중이었다.

"슬슬 움직이는 게 어떻겠소?"

풍운보주의 물음에 진추방이 고개를 끄덕였다. 이미 금룡장과 항주 곳곳에 위치한 다른 문파의 상황을 끊임없이 확인하고 있다. 그들은 지금 현재 아무도 이 상황을 모르고 있었다.

'이대로 금룡장까지만 갈 수 있다면 티끌만 한 승산이 있다.'

진추방이 먼저 걸음을 옮겼다. 그러자 나머지 일곱 가문의 수장들이 그 뒤를 따랐다. 그리고 그들의 뒤로 모든 무사들이 우르르 움직였다. 마치 진추방이 모두를 이끄는 듯한 모양새였다.

밤의 어둠을 타고 그들이 움직이기 시작했다.

*　　　*　　　*

"그놈들 어때? 슬슬 움직여?"

"예. 이제 막 이동을 시작했어요."

화예지의 대답에는 긴장감이 가득했다. 결국 일곱 가문이 무력을 동원한 것이다. 사실 일이 이렇게 될 거라고 처음부터 예상했다. 그들이 쓸 수 있는 방법은 이것뿐이었다.

"금룡장은 어쩌고 있고?"

"그쪽도 준비 중이에요. 일단 막으면서 시간을 끌고, 그 사이에 다른 문파들이 움직여 저들의 뒤를 친다는 작전이에요."

"작전 잘 짰네. 정보도 잘 가렸고."

화예지가 생긋 웃었다.

"천하에 산재한 사해방의 정보원들에 대한 조치가 거의 끝났거든요. 그 일을 하던 정보원 중 일부를 급히 불러들였어요. 그래서 현재 항주의 정보는 우리가 장악하고 있어요."

"생각보다 빨리 끝났네?"

"너무 무기력하게 당하던데요? 사해방이 사해방답지 않은 느낌이었어요. 항주에 전력을 너무 과도하게 몰아넣은 모양이에요."

화예지의 대답을 들은 금철휘는 뭔가 기묘한 위화감을 느꼈다. 사해방이 사해방답지 않다는 말이 계속 귓가에 걸려 넘어가지 않았다.

"사해방답지 않다고?"

금철휘는 턱을 긁적였다. 뭔가가 좀 이상했다. 하지만 정확히 뭐가 이상한지 딱 꼬집을 수가 없었다.

"어쨌든 우리도 슬슬 가서 좀 도와줘야 하나?"

"백 소저가 있으니 괜찮을 거예요. 현재 일곱 가문에서 백 소저를 이길 수 있는 사람은 없으니까요."

"하긴, 요즘 실력이 일취월장하긴 했지."

"일취월장 정도가 아니에요. 이 정도면 조만간 십대고수 수준에 오를 것 같던데요?"

"십대고수가 그렇게 약해?"

화예지는 잠시 말문이 막혀 멍하니 금철휘를 바라봤다.

"대체 어느 정도가 되어야 강한 건가요?"

"글쎄……."

금철휘는 여전히 턱을 긁적이며 생각에 잠겼다가 손가락을 튀기며 말했다.

"지금 백검화의 딱 두 배 정도?"

화예지의 입이 절로 벌어졌다. 지금의 백검화는 거의 십대고수에 근접해가고 있다. 만일 그보다 두 배 강하다면 그건 거의 천하제일인 아닌가.

"그게 십대고수의 기준이 되는 거지. 그 정도면 십대고수의 말석쯤 될 거야."

화예지는 더 이상 말할 가치가 없다는 듯 화제를 돌렸다.

"공자님은 어쩌실 건가요?"

금철휘는 그녀의 태도에 피식 웃었다. 사실 지금 금철휘가 말한 기준은 실제로 혈룡귀갑대주였던 시절의 경험으로 정한 것이었다. 즉, 불과 십여 년 전만 해도 십대고수의 말석에 발을 걸친 사람이 지금의 백검화보다 두 배나 강했다는 뜻이다.

'확실히 많이 약해지긴 했어.'

하지만 무림 전체로 보면 또 그렇지 않다. 그게 참으로 재미난 점이었다. 예전보다 삼류나 이류쯤 되는 무인의 수준이 훨씬 높았다. 즉, 고수와 하수간의 격차가 꽤 줄어들었다는 뜻이다. 하수의 수는 훨씬 많으니 무림 전체로 따지면 수준이 올라간 것이다.

'뭐, 지금의 나한테는 의미 없는 일이지만.'

지금의 금철휘는 더 이상 스스로를 무림인으로 여기지 않는다. 남들이 강하건 약하건 기준이 높건 낮건 상관없다. 그저 자기 한 몸 편하게 건사하면 그만이다. 더불어 주변 사람들도 좀 챙기고 말이다.

"그놈들 이 앞을 지나가지 않나?"

"아마 여기를 지나갈 거예요. 그게 금룡장까지 가는데 가장 빠른 길이니까요."

"그럼 아직 시간이 많네."

금철휘가 씨익 웃었다. 지금 이 상황을 그냥 보고만 있을 생각은 없었다. 어떤 방식으로든 개입할 것이다. 그렇게 하지 않으면 금룡장의 피해가 상당할 테니까 말이다. 현재 금철휘의 목적은 거의 피해 없이 이번 일을 끝내는 것이다.

"그나저나 천하를 장악했는데, 뭐 재미있는 거 없어?"

천하를 장악할 정도의 정보망으로 고작 재미를 찾아다니는 금철휘의 말은 참으로 어이가 없었지만 그래도 화예지는 생긋 웃었다. 금철휘가 어떤 사람이라는 건 이제 대충이나마 파악했다. 이 사람은 원래 이런 사람이었다. 게다가 금철휘가 아니었다면 금향각은 결코 천하를 장악할 수 없었을 것이다.

'아니, 이미 끝났겠지.'

화예지가 작은 주먹을 꽉 쥐었다. 예전 일이 떠오르니 절로 복수심이 일어났다. 이제 천하를 장악했으니 어떻게든 그놈을 찾아 반드시 복수하고 말 것이다. 화예지는 그렇게 다짐하며 금철휘를 바라봤다. 그리고 환하게 웃었다.

"특별히 재미있는 일은 없어요. 아! 혈룡귀갑대의 무공들이 이름난 문파나 가문에 흘러들어간 모양이에요."

"그러고 보니 만혈괴의는 뭐 하고 있어?"

"오룡쌍화와 함께 움직이고 있어요."

"그 토룡들? 그놈들 이쪽으로 오고 있는 거 아냐? 설마 도망갔어?"

"예. 사해방이 빼돌렸어요. 현재 사해방의 몇몇 정보원이 그들을 데리고 항주를 빠져나가는 중이에요. 감시는 제대로 하고 있어요."

금철휘가 고개를 끄덕였다. 일단 어디 있는지 장소만 알면 된다. 그들이 다시는 금룡장을 향해 이를 드러내지 못하도록 조치를 취하기만 하면 무슨 짓을 하든 신경 쓸 필요가 없다.

'예전 같으면 그냥 망설임 없이 죽여버렸겠지만.'

혈룡귀갑대주였다면 그랬을 것이다. 하지만 지금 그는 혈룡귀갑대주가 아니라 금룡장의 소장주인 금철휘다. 금철휘는 문득 자신이 너무 전생에 얽매이는 게 아닌가 하는 생각이 들었다. 매번 무슨 일이 있을 때마다 예전에는 어떻게 했는지 떠올린다는 건 거기에 집착하고 있다는 뜻 아니겠는가.

"용케 만혈괴의가 거기 꼈군."

"설마 그가 우리 측 정보원 노릇을 하고 있다고는 생각지도 못할 거예요."

화예지는 그 말을 하며 경이로운 표정으로 금철휘를 바라봤다. 이건 진짜 존경하지 않을 수 없는 사항이다. 만혈괴의가 쓴 고독을 역으로 이용해 그를 장악한다는 게 과연 가능한지조차 알 수 없었다.

"뭘 그렇게 사랑스러워 죽겠다는 눈으로 쳐다봐?"

화예지는 순간 존경심이 박살 나는 걸 느꼈다. 그녀는 고개를 저으며 말을 이었다.

"일단 그들이 가는 방향과 근방을 보면 무림맹과 혈무련의 무사들이 포진해 있어요. 그들은 모르겠지만요."

"그 둘은 아직 아무 비급도 얻지 못했지?"

"예. 그래서 위기감이 살짝 조성되었어요. 아마 어떻게든 만혈괴의를 잡아 비급을 빼앗을 것 같아요."

"좋아. 그쯤하면 되겠군. 만혈괴의는 잘할 것 같지?"

"가끔 눈물을 흘리는 것 빼고는 괜찮아요."

금철휘가 씨익 웃었다. 만혈괴의에 대해서는 이쯤 손을 터는 것이 적당할 듯했다.

"자아, 그럼 슬슬 나가볼까?"

금철휘의 감각에 수많은 무사들이 다가오는 게 느껴졌다. 반 각쯤 지나면 이 앞을 지날 듯했다. 그전에 미리 일어나서 준비는 해둬야만 했다.

"앞에 나서실 건가요?"

"그럴 필요 있나. 그냥 가볍게 건드려 주기만 해도 돼."

화예지가 의아한 표정을 지었다. 대체 뭘 어떻게 건드린다는 건지 이해할 수 없었다.

금철휘가 설렁설렁 밖으로 나갔다. 향화루 앞은 대로였다. 하지만 금철휘는 대로 한가운데 서지 않고 길가에 선 건물과 건물 사이에 서서 거의 숨다시피 했다.

"뭐 하시는 거죠?"

화예지의 물음에 금철휘가 씨익 웃었다.

"뭐 하긴, 숨잖아."

"숨어서 뭘 어쩌시려고요?"

"쉿!"

금철휘가 손가락을 들어 입을 가리자, 화예지가 인상을 확 썼다.

"에퉤퉤! 이게 무슨 짓이에요!"

화예지는 고개를 틀어 자신의 입을 가린 금철휘의 손가락을 치우며 빽 소리쳤다. 하지만 즉시 솥뚜껑만 한 금철휘의 손바닥이 그녀의 입을 가렸다.

"읍! 읍!"

화예지가 아무리 몸부림쳐도 금철휘의 손아귀를 벗어날 수 없었다. 결국 그녀는 포기하고 가만히 있을 수밖에 없었다. 그제야 금철휘가 뭔가 깨달았다는 듯 탄성을 흘렸다.

"아! 그냥 기막으로 소리를 차단하면 되는구나."

그렇게 말하며 손을 떼자, 화예지가 곱게 눈을 흘겼다.

"정말 이러시기예요?"

"자자, 슬슬 준비하자고."

금철휘는 한쪽을 노려봤다. 그 모습이 어찌나 진지한지 화예지는 차마 건드릴 수가 없었다. 말도 못 걸고 가만히 서서 금철휘가 하는 양을 지켜보기만 했다.

이내 수많은 사람들이 우르르 달려오는 모습이 보였다. 하나같이 경공을 쓰고 있었는데, 선두에서 달리는 자들이 속도를 맞춰줘 뒤에서 달리는 무사들이 비교적 어렵지 않게 따라가고 있었다.

화예지는 그들을 힐끗 쳐다봤다. 그리고 그대로 몸이 굳었다. 무리의 가장 선두에서 달려오는 사람을 본 순간 머릿속이 새하얘졌다. 아무것도 생각나지 않았고, 아무런 말도 할 수 없었다. 그저 몸이 굳은 채로 그를 노려보기만 했다. 그녀의 눈이 활활 타올랐다.

"진…… 추방!"

틀림없이 그였다. 대체 진추방이 여기 왜 있단 말인가. 그리고 왜 저들을 이끌고 있단 말인가. 화예지의 머릿속에서 수만 가지 정보들이 정신없이 움직이며 꿰맞춰졌다.

"금향각을 팔아 사해방으로 간 거였어?"

화예지가 이를 갈았다. 그러는 사이 일곱 가문의 정예 무사들은 금철휘와 화예지가 숨어 있는 곳을 지나쳐 금룡장을 향해 빠르게 나아갔다.

이내 그들이 모두 시야에서 사라졌다. 화예지는 조용히 심호흡을 통해 흥분을 가라앉혔다. 그리고 손가락을 튀겼다.

따악!

커다란 소리와 함께 검은 옷을 입은 자들이 화예지 앞에 나타나 한쪽 무릎을 굽혀 앉아 고개를 조아렸다.

"저들의 선두에 선 사람이 바로 사해방주야. 무슨 수를 써서라도 그의 행적을 놓치지 마."

화예지의 명이 떨어지기 무섭게 사내들이 사라졌다. 그들은 그녀의 명을 충실히 이행할 것이다. 항주의 모든 정보원을 움직여서 말이다.

"하아."

화예지는 다시 한 번 숨을 길게 내뱉으며 감정을 조절했다. 지금 달려가 봐야 얻을 건 없고 손해만 보게 되어 있다. 지금은 흥분을 가라앉히고 냉철하게 따져서 행동해야만 한다.

그렇게 정신을 차리고 나니 바로 옆에서 심각한 표정으로 적들이 사라진 방향을 노려보고 있는 금철휘의 모습이 보였다. 결국 금철휘는 아무것도 하지 않았다.

"다 갔어요."

"알아."

금철휘는 그렇게 대충 대답하고는 여전히 그쪽을 노려봤다. 정말로 진지하게 집중하고 있기에 화예지는 또 처음과 비슷한 감정이 되었다. 결국 그녀는 한발 물러나 금철휘가 하는 양을 가만히 지켜봤다.

"후우. 이거 힘드네."

금철휘의 말에 화예지가 어이가 없다는 듯 바라봤다.

"뭐가 그렇게 힘들어요? 쳐다보는 거요?"

금철휘가 두꺼운 목을 이리저리 돌리며 소리를 냈다. 우둑

거리는 소리가 크게 울렸다.

"얼마나 힘들었는데. 자, 이제 할 만한 건 다 했으니 올라가자. 아무래도 오늘은 술 한 잔 안 마시면 못 자겠으니까."

"예에? 지금 술을 드시겠다고요?"

화예지가 제정신이냐는 듯 금철휘를 바라봤다. 하지만 금철휘는 아랑곳하지 않고 뒤뚱뒤뚱 걸어 향화루로 들어갔다. 화예지는 그 뒷모습을 살짝 걱정스러운 눈으로 바라봤다.

"정말…… 정말 괜찮은 걸까?"

지금 일곱 가문의 무사들이 금룡장으로 몰려갔다. 금룡장에서 아무리 준비를 했다 하더라도 저 정도 규모의 무사들과 싸우면 분명히 큰 피해를 입을 것이다. 한데 과연 여기서 이러고 있어도 되는 걸까?

"무공도 익히셨으면서……."

화예지가 알기로 금철휘는 무공을 익혔다. 그것도 상당한 수준으로 익혔다. 아마 그가 간다면 굉장한 도움이 될 것이다. 그런데도 여기서 술이나 마시고 있겠다니 왠지 실망스러우면서도 걱정이 됐다.

"뭐해? 안 들어와?"

금철휘의 외침이 향화루 최상층에서 들려왔다. 어느새 꼭대기에 있는 자신의 방으로 간 것이다. 화예지는 결국 고개를 절레절레 저으며 사박사박 향화루 안으로 들어갔다.

　　　　*　　　　*　　　　*

　백검화는 금룡장 정문 앞에 조용히 서서 적이 오기만을 기다렸다. 그녀의 기세는 시간이 지날수록 칼날처럼 벼려졌다. 그런 백검화 뒤에는 한서연이 마찬가지로 기세를 가다듬으며 서 있었고, 열린 정문 뒤로 수많은 무사들이 서성이고 있었다.

　그들은 하나같이 긴장한 기색이 역력했는데, 백검화와 한서연의 기세가 날카로워지면 날카로워질수록 조금씩 긴장감이 사라져갔다. 강한 동료가 있으면 아무래도 덜 긴장하기 마련이었다.

　"사부님, 과연 그들이 올까요?"

　한서연의 물음에 백검화가 단호히 대답했다.

　"온다."

　백검화는 금향각의 정보를 믿었다. 금향각은 금철휘가 만든 거나 다름없는 곳이다. 그녀는 금향각을 믿는 게 아니라 금철휘를 믿었다.

　"기감을 더 날카롭게 벼려보아라."

　"예."

　한서연은 백검화의 말에 조용히 눈을 감고 기감을 가다듬었다. 그녀의 기세와 마찬가지로 기감도 날카롭게 벼려졌다. 잠시 후, 한서연이 눈을 번쩍 떴다.

　"와요, 사부님."

백검화가 빙긋 웃었다. 제자의 성장에 기분이 좋아진 것이다. 물론 그 와중에도 그녀의 기세는 점점 더 날카로워졌고, 더 멀리까지 뻗어 나갔다.

　멀리서 발소리가 들려왔다. 수백 명이 달려오는 소리였다. 경공을 통해 달려오니 지축을 울릴 정도는 아니었지만 충분히 그 소리와 진동을 느낄 수 있었다.

　"다들 준비해라."

　백검화의 명에 정문 안쪽에 있던 무사들이 각자의 무기를 꽉 쥐었다. 그들 중 절반은 금룡장의 무사였고, 나머지 절반은 금룡장이 급히 모아들인 낭인이었다.

　백검화의 시선이 적의 선두에 선 진추방에게 고정되었다. 그녀가 가장 먼저 상대해야 할 사람이 바로 그였다. 백검화가 판단하기에 그가 가장 강했다.

　"조심해라."

　백검화는 그 말을 남기고 그대로 몸을 날렸다. 몸이 쭉 늘어나나 싶더니 어느새 진추방 앞에 서서 검을 휘두르고 있었다.

　진추방은 기겁을 하며 검을 들어 백검화의 공격을 막았다.

　쩌정!

　진추방의 눈이 화등잔만 해졌다. 진추방뿐 아니라 백검화의 눈도 커졌다. 단 한 방에 진추방의 검이 산산조각 나버린 것이다. 진추방은 가슴에 화끈한 통증을 느끼며 다급히 몸을 굴렸다.

백검화는 의외의 상황이 벌어지는 바람에 물 흐르듯 공격을 연결시키지 못했다. 그래서 진추방이 몸을 빼는 걸 완벽히 제지하지 못했다. 그저 어깨에 살짝 생채기를 내는 걸로 만족했다.

"젠장!"

진추방은 그대로 몸을 돌려 도망쳤다. 싸움터를 벗어난 게 아니라, 백검화로부터 도망친 것이다. 진추방은 일단 자기 진형의 후위로 이동했다가 금룡장 무사들이 모인 다른 곳으로 몸을 날렸다. 비록 무기를 잃긴 했지만 일반 무사들은 맨손으로도 충분히 격살할 수 있었다.

그리고 그렇게 이동하면서 정말로 황당한 광경을 봐야만 했다. 일곱 가문에 속한 무사들의 무기가 연달아 부서져 나갔다. 상대의 무기와 부딪치기만 하면 부서지니 이건 뭔가 음모가 숨어 있다고밖에 생각할 수 없었다.

'이대로는 끝장이다!'

진추방은 그렇게 생각하고 다시 몸을 날렸다. 수많은 무사들이 피를 뿌리며 쓰러졌다. 비등한 실력인데 무기를 날려 먹었으니 금룡장의 무사들을 당해낼 수 있을 리 없었다. 게다가 낭인들이 물불 안 가리고 달려드니 더 이상 버틸 수가 없었다.

엎친 데 덮친 격이라고, 그 와중에 항주 유수의 문파들이 파견한 무사가 뒤로 들이쳤다. 일곱 가문의 무사들은 그야말로 추풍낙엽처럼 스러져갔다.

진추방은 이를 악물고 몸을 뺐다. 여기 더 있다간 그저 개죽음을 당할 뿐이다. 살아남아서 당할 고통을 떠올리고 잠시 멈칫했지만 그래도 삶에 대한 욕구를 버릴 수가 없었다. 그는 모두를 버려두고 도망쳤다. 마치 예전 금향각을 버리고 항주를 떠나듯이 말이다.

*　　*　　*

싸움은 너무나 싱겁게 끝났다. 일곱 가문이 보유한 무기들이 부서지면서 승기가 단번에 기울어 버렸다. 덕분에 금룡장은 상당히 경미한 피해로 사태를 마무리할 수 있게 되었다.

그 모든 상황은 속속 금철휘에게 보고되었다. 보고를 하는 사람은 당연히 화예지였다.

보고를 마친 화예지가 반짝반짝 빛나는 눈으로 금철휘를 바라보며 물었다.

"대체 어떻게 된 일일까요? 공자님은 아시죠? 그렇죠?"

화예지의 물음에도 금철휘는 대답해주지 않고 그저 웃기만 했다. 그럴수록 화예지는 더 안달이 나서 묻고 또 물었지만, 금철휘는 끝까지 대답해주지 않았다.

"그날 밖에서 노려보던 거랑은 관계없는 거죠? 미리 그들의 무기를 바꿔치기 한 건가요? 아니, 그러면 내가 몰랐을 리가 없는데……."

화예지는 손가락을 입술에 대고 곰곰이 생각했다. 이번 싸움에 그녀가 한 일은 헤아릴 수 없을 정도로 많았다. 그 중 백미는 마지막 순간 사해방의 나머지 정보원들을 싹 정리하면서 항주 유수의 문파들이 사해방의 정보망에 걸려들지 않게 무사들을 이동시킬 수 있도록 만들어준 것이었다.

하지만 그런 화예지조차 어떻게 그들의 무기가 부서졌는지는 알아내지 못했다.

"원래 불량품이었던 거 아냐?"

금철휘가 의뭉을 떨며 그렇게 말하자, 화예지가 살짝 눈을 흘겼다.

"그게 말이 돼요? 우연이 아무리 여러 번 중첩된다 하더라도 그건 불가능해요. 어떻게 그쪽 편의 무기만 다 부서져요?"

화예지는 입술을 삐죽이며 그렇게 말하고는 다시 생각에 잠겼다. 어떻게든 알아내겠다는 의지를 불태우면서.

금철휘는 그 모습을 보며 빙긋 웃었다. 화예지가 그 사실을 알아낼 수는 없을 것이다. 천령신공에 대해 알기 전에는 말이다. 금철휘는 생각난 김에 천령신공을 펼쳤다. 지난번 일로 한층 더 깊어져서 이제는 감각의 범위가 상당히 넓어졌다.

'아주 괜찮아졌는데? 잘하면 나중에는 항주를 다 뒤덮고도 남겠어.'

금철휘는 히죽 웃으며 감각의 범위를 최대한으로 확장하

고 또 확장했다. 그렇게 천령신공을 수련하던 금철휘의 표정이 갑자기 싸늘하게 굳었다.

"이게 뭐지?"

너무나 익숙하면서도 너무나 불쾌한 감각이 엄습해 왔다. 감각에 방금 걸려든 것을 설명하라면 한마디로 그러했다. 금철휘는 그게 무엇인지 반드시 확인해 보고 싶었다. 무조건 그래야 할 것 같은 기분이 들어서 그대로 자리를 박차고 몸을 날렸다. 화예지가 미처 말릴 틈도, 아니, 볼 틈도 없을 정도로 빨랐다.

금철휘의 신형이 순식간에 항주 외곽에 도착했다. 금철휘는 기분 나쁜 기운을 풀풀 풍기는 뭔가를 향해 천천히 걸어갔다. 이내 항주를 벗어난 금철휘는 그대로 못 박힌 듯 멈춰 섰다.

그리고 믿을 수 없는 눈으로 앞을 똑바로 쳐다봤다.

"이게…… 뭐지?"

금철휘의 눈앞에 금철휘가 서 있었다. 금룡장의 금철휘가 아닌, 혈룡귀갑대의 금철휘가 말이다.

〈다음 권에 계속〉

劍

검·마·도

劍·魔·島

우각 신무협 장편소설

ORIENTAL FANTASY STORY & ADVENTURE

『십전제』, 『환영무인』, 『파멸왕』의 작가!
우각 신무협 장편소설

검(劍)·마(魔)·도(島)

천일평의 지옥, 정마대전 이후 십 년.
음모로 빚어낸 거짓 평화에 종연을 고한다!

dream
books
드림북스

NIGHTWALKER

나이트
워커

"사람을 돕는 데 무슨 이유가 필요하다는 거야!?"
임동욱 현대판타지 장편소설

『나이트 워커』

세상만 탓하며 행동하지 않는 패배주의는 가라!
부조리한 세상에 맞서는 소년 영웅이 왔다!

dream
books
드림북스

다크스타

DARK STAR

김현우 판타지 장편소설
FANTASYSTORY & ADVENTURE

『레드 데스티니』, 『골든 메이지』의 작가!

김현우 판타지 장편소설

『다크 스타』

천오백 년 전 영마대전은 재현될 조짐을 보이니……
전대미문의 폭군이 출현할 것이라.

dream books
드림북스

魔人正傳
마인정전

김현영 신무협 장편소설

ORIENTAL FANTASYSTORY & ADVENTURE

강호의 은원은 그 끝이 없는 법!
마인이라 명명될 능운백의 무림 원정이 펼쳐진다!

김현영 신무협 장편소설
『마인정전』

"사람은 소중한 것을 지키기 위해선 싸울 줄 알아야 한다.
네가 소중하다고 여기는 것이라면 뭘 어떻게 해서든
수단과 방법을 가리지 않고 맞서야 하는 거야."

dream
books
드림북스